小李飞刀 2

边城浪子（下）

古龙 著

河南文艺出版社
·郑州·

古 龙

1938—1985

作为华语小说界一代宗师，“古龙”二字本身已成为一个文化符号。

古龙以惊人的才华，创作出《小李飞刀》《陆小凤》《楚留香》等七十多部精彩绝伦的经典。这些作品中涌动着永恒的热血、自由和生命力，不仅征服了一代代读者，更引发了巨大的文化浪潮，被无数次改编为影视、游戏、动漫，风靡整个中文世界，半个世纪风行不衰。

古龙为人，像他笔下的英雄们一样，豪气干云、放浪形骸、嗜酒如命、风流倜傥。其传奇一生的尽头，在医生下达严禁饮酒的告诫之后，豪饮三天三夜，大醉归西。

古龙是孤独的，一颗滚烫狂放的自由灵魂，与冷漠的现实世界显得那么格格不入；古龙又是幸运的，无数读者通过他的作品与他成为了知己。

中文世界如果没有古龙，将多么寂寞！没有读过古龙的人生，将多么寂寞！

目 录

第二十七章

出鞘一刀

秋。秋色染红了枫林，枫林在群山深处。

三十四匹马，二十六个人。人在马上欢呼，欢呼着驰入枫林。马是快马，人更剽悍。他们的脸上却带着风霜，有的甚至已受了伤，可是他们不在乎，因为这一次出猎的收获很丰富。

他们猎的是人，是别人的血汗。他们的收获就在马背上，是四十个沉重的银箱子。

别人骂他们是土匪，是马贼，是强盗，可是他们一点也不在乎。因为他们认为自己是好汉——绿林好汉。

绿林好汉喝酒当然要用大碗，吃肉当然要切大块。

大碗的酒，大块的肉，和银鞘子一起摆在桌上，等着他们的老大分配。

他们的老大是个独眼龙，所以他的名字就叫作独眼龙。他喜欢用一块黑布蒙着这只瞎了的眼睛，因为他觉得这样子看来很有威严。事实上，他也的确是个很有威严的人，因为他虽然残忍，却很公平。

只有公平的人，才能做个绿林好汉的老大。

何况他还有两个随时都肯为他拼命的好兄弟，一个勇敢，一个机智。

勇敢的叫屠老虎。

机智的叫白面郎中。

绿林好汉若没有一个响亮的外号，那还成什么绿林好汉。

所以他们几乎已将自己本来的名字忘了。

屠老虎的头脑本来就比一只真老虎聪明不了多少，尤其在喝了酒之后，他简直比老虎还笨，也比老虎还要凶。

他最凶的是拳头。据说他一拳可以打死只活老虎，这虽然没有人真的看过，却没有人敢怀疑。

因为他一拳打死的人已不少。

这次他们出猎时，镇远镖局的二镖头“铁金刚”，就是被他一拳打死的。

所以这次他分的银子最多，被人恭维的也最多。

“那个铁金刚到了我们二寨主拳头下，简直就像是纸扎的。”

屠老虎大笑，觉得开心极了。

可是他忽然发现人们的笑声都已停顿，一双双眼睛都在盯着大门。

他跟着看过去，笑声也立刻停顿。他几乎不能相信自己的眼睛。

一个人正从大门外慢慢地走进来，一个本来绝不可能在这里出现的人。

一个女人，美丽得令人连呼吸都随时会停顿的那种女人。

这地方叫龙虎寨，就在枫林后，四面群山环抱，奇峰矗立，看起来就像是一只野兽，正张大了嘴在等着择人而噬。

他们这些人，也正像是一群野兽。

谁也不愿意被野兽吞下去，所以这地方非但很少看得见陌生人，连飞鸟都已几乎绝迹。

但现在这地方竟来了个陌生的女人。

她身上穿的是件质料极高贵的墨绿百褶裙，漆黑的长发，挽着当时最时髦的杨妃堕马髻，满头珠翠，衬得她的头发更黑，皮肤更白。

她脸上带着甜蜜而成熟的微笑，莲步姗姗，慢慢地走了进来，就像是一个盛装赴宴的贵妇，正步入一个特地为她举行的宴会里。

每个人的眼睛都直了。他们并不是没有见过女人的男人，却实在没见过这种女人。

他们的老大虽然清醒得最早，但老大是一向不轻易开口的。

他沉着脸，向屠老虎打了个眼色，屠老虎立刻一拍桌子，厉声道：“你是什么人？”

这绿裙丽人嫣然一笑，柔声道：“各位难道看不出我是个女人？”

她的确从头到脚都是个女人，连瞎子都能看得出她是个女人。

屠老虎板着脸，道："你来干什么？"

绿裙丽人笑得更甜："我们想到这里来住三个月，好吗？"

这女人莫非疯了，竟想到强盗窝里来住三个月？

"我希望你们能把这里最好的屋子让给我们住，床上的被褥最好每天换两次。"

"……"

"我们一向是很喜欢干净的人，但吃得倒很随便，每天三餐只要有牛肉就够了，但却要最嫩的小牛腰肉，别的地方的肉都吃不得的。"

"……"

"我们白天不大喝酒，但晚上却希望你们准备几种好酒，其中最好能有波斯来的葡萄酒，和三十年陈的竹叶青。"

"……"

"我们睡觉的时候，希望你们能派三班人轮流在外面守夜，但却千万不可发出声音来，因为我们很容易被惊醒，一醒就很难再睡着。"

"……"

"至于别的地方，我们就可以马虎一点了，我知道你们本都是个粗人，所以并不想太苛求。"

"……"

大家面面相觑，听着她一个人在自说自话，就好像在听着疯子唱歌似的。但她却说得很自然，仿佛她要求的本是天经地义的事，没有人能拒绝她。

等她说完了，屠老虎才忍不住大笑，道："你当这里是什么地方？是个客栈？是个饭馆？"

绿裙丽人嫣然笑道："但是我们也并没有准备付钱。"

屠老虎忍住笑道："要不要我们付钱给你？"

绿裙丽人笑道："你若不提醒，我倒差点忘了，这桌上的银鞘子，我们当然也要分一份。"

屠老虎道："分多少？"

绿裙丽人道："只要分一半就行了。"

屠老虎道："一半不嫌太少么？"

绿裙丽人道："我刚才说过，我们并不是十分苛求的人。"

屠老虎又仰面大笑，就像是从来也没听见这么可笑的事。

每个人都在笑，只有独眼龙和白面郎中的神色还是很严肃。

白面郎中的脸看来比纸还白，突然道："你刚才说你们要来，你们有多少人？"

绿裙丽人道："只有两个人。"

白面郎中道："还有一个是谁？"

绿裙丽人笑道："当然是我丈夫，我难道还能跟别的男人住在一起么？"

白面郎中道："他的人呢？"

绿裙丽人道："就在外面。"

白面郎中忽然笑了笑，道："为什么不请他一起进来？"

绿裙丽人道："他脾气一向不好，我怕他出手伤了你们。"

白面郎中微笑道："你不是怕我们伤了他吧？"

绿裙丽人也笑了，嫣然道："不管怎么样，我们总是来做客的，不是来打架。"

白面郎中道："这样你就来对了，我们这里的人本就从来不喜欢打架的。"

他忽然沉下了脸，冷冷道："我们这里的人，一向只杀人！"

从院子里还可以看见那片枫林。

这个人就站在院子里，面对着枫林外的远山。

暮色苍茫，远山是青灰色的，青灰中带着墨绿，在这秋日的黄昏里，天地间仿佛总是充满了一种说不出的惆怅萧索之意。

这人的眼睛也和远山一样，苍凉、迷茫、萧索。

他背负着双手，静静地站在那里，静静地眺望着远山。他的人却似比远山更遥远，似已脱离了这世界。

最后的一抹夕阳，淡淡地照在他脸上。他脸上的皱纹又多又深，每一条皱纹中，都仿佛藏着有数不清的辛酸往事、痛苦经验。

也许他已太老了，可是他的腰仍然笔挺，身子里仍然潜伏着一种可怕的力量。

他虽然并不高，也不魁伟，但有股力量使得他看来显得很严肃，令人不由自主会对他生出尊敬之意。

只可惜这里的绿林好汉们，从来也不懂得尊敬任何人。

屠老虎第一个冲出来，第一个看见这个人。

“就是这老头子？”

屠老虎仰天狂笑道：“我一拳若打不死他，我就拿你们当祖宗一样养三年。”

绿裙丽人淡淡道：“你为何不去试试？”

屠老虎大笑道：“你不怕做寡妇？”

他大笑着冲过去。他的身材魁伟，笑声如洪钟。

但这老人却像是完全没有看见，完全没有听见。他神情看来更萧索，更疲倦，仿佛只想找个地方静静地躺下来。

屠老虎冲到他面前，又上上下下看了他几眼，道：“你真的想到这里来住三个月？”

老人叹了口气，道：“我很疲倦，这地方看来又很宁静……”

屠老虎狞笑道：“你若真的想找个地方睡觉，就找错地方了，这里没有床，只有棺材。”

老人连看都没有看他一眼，淡淡道：“你们若不答应，我们可以走。”

屠老虎狞笑道：“既然已来了，你还想走？”

老人嘴角忽然露出一丝讥诮的笑意，道：“那么我只好在这里等了。”

屠老虎道：“等什么？”

老人道：“等你的拳头。”

屠老虎狞笑道：“你也用不着再等了。”

他突然出手，迎面一拳向老人痛击过去。

这的确是致命的一拳，迅速、准确、有力，非常有力。拳头还未到，拳风已将老人花白的头发震得飞舞而起。

老人却没有动，连眼睛都没有眨。

他看着这只拳头，嘴角又露出了那种讥诮的笑意。然后他的拳头也送了出去。

他的人比较矮，出拳也比较慢。可是屠老虎的拳头距离他的脸还有三寸时，他的拳头已打在屠老虎的鼻梁上。

每个人都听到一声痛苦的骨头折碎声。

声音刚响起，屠老虎那一百多斤重的身子，也已被打得飞了出去。飞出去四丈外，重重地撞在墙上，再沿着墙滑下来。

他倒下去的时候，鼻梁已歪到眼睛下，一张脸已完全扭曲变形。

老人还是连看都没有看他一眼，慢慢地取出一块丝巾，擦干了拳上的血迹，目光又凝视在远山外。

他的眼睛也和远山一样，是青灰色的。

独眼龙的脸色已变了。他手下的弟兄们在震惊之后，已在怒喝着，想扑上去。

但白面郎中却阻止了他们，在独眼龙耳畔，悄悄说了几句话。

独眼龙迟疑着，终于点了点头，忽然挑起大拇指，仰面笑道："好，好身手！这样的客人我们兄弟请都请不到，哪有拒绝之理。"

白面郎中笑道："小弟老早就知道大哥一定很欢迎他们的。"

独眼龙大步走到老人面前，抱拳笑道："不知朋友高姓大名？"

老人淡淡道："你用不着知道我是谁，我们也不是朋友。"

独眼龙居然面不改色，还是笑着道："却不知阁下想在这里逗留多久？"

绿裙丽人抢着道："你放心，我们说过只住三个月的。"

她嫣然一笑，接着道："三个月后我们就走，你就算要求我们多留一天都不行。"

其实她当然也知道，绝对没有人会留他们的。

"三个月后呢？那时再到哪里去？"

无论如何，那已是三个月以后的事了，现在又何必想得太多呢？

他慢慢地在前面走着，左脚先迈出一步，右腿才跟着慢慢地拖过去。

他手里紧紧握着一柄刀。漆黑的刀！

他的眼睛也是漆黑的，又黑又深，就跟这已逐渐来临的夜色一样。

秋夜，窄巷。就这样走着，在无数个有月无月的晚上，他已走过无数条大街小巷。

走到什么时候为止？

他一定要找到的人，还是完全没有消息。他也问过无数次。

“你有没有看见过一个老头子？”

“每个人都看见过很多老头子，这世上的老头子本就很多。”

“但是这老头子不同，他有一只手上的四根指头全都削断了。”

“没有看过，也没有人知道这老人的消息。”

他只有继续走下去。

她垂着头，慢慢地跟在他身后。这并不是因为她不想走在他身旁，而是她总觉得他不愿让她走在身旁。

虽然他从来没有说出来过，可是他对她好像总有些轻视。

也许他轻视的并不是别人，而是自己。

她也从来没有劝过他，叫他不要再找了，只是默默地跟着他走。

也许她心里早已知道他是永远找不到那个人的。

空巷外的大街上，灯火通明。

也不知为了什么，若不是因为要向人打听消息，他总是宁愿留在黑暗的窄巷里。

现在他们总算已走了出来。

她眼睛立刻亮了，美丽的嘴角也露出了笑意，整个人都有了生气。

她跟他不同。她喜欢热闹，喜欢享受，喜欢被人赞美，有时也会拒绝别人，但那只不过是在抬高自己的身价而已。

她一向都懂得要怎样才能使男人喜欢她，男人绝不会喜欢一个他看不起的女人。

这时正是酒楼饭铺生意最好的时候，你若想打听消息，也没有比酒楼饭铺更好的地方。这条街正是酒楼饭铺最多的一条街。

他们从窄巷里走出来，走上这条街，忽然听到有人大呼：“翠浓！”

两个人刚从旁边的酒楼下来，两个衣着很华丽的大汉，一个人身上佩着刀，一个人腰畔佩着剑。

佩刀的人拉住了她的手。

“翠浓，你怎么会到这里来了？什么时候来的？”

“……”

“我早就劝过你，不要待在那种穷地方。像你这样的人才，到了大城里来，用不着两年，我保证你就可以把金元宝一车车地装回去。”

“……”

“你为什么不说话？我们是老交情了，你难道会忘了我！”

这佩刀的大汉显然喝了几杯，在街上大喊大叫，好像生怕别人不知道他跟这美丽的人有交情。

翠浓却只是低着头，用眼角瞟着傅红雪。

傅红雪并没有回头，却已停下脚，握刀的手背上已现出青筋。

佩刀的大汉回头看了看，又看了看翠浓，终于明白了。

“难怪你不敢开口，原来你已有了个男人，但是你什么人不好找，为什么要找个跛子？”

这句话还没有说完，他已发现翠浓美丽的眼睛里忽然充满了恐惧之色。

他跟着翠浓的目光一起看过去，就看见了另一双眼睛。

这双眼睛并不太大，也并不锐利，但却带着种说不出的冷酷之意。

佩刀的大汉并不是个懦夫，而且刚喝了几杯酒，但这双眼睛看着他时，他竟不由自主忽然觉得手足冰冷。

傅红雪冷冷地看着他，看着他身上的刀，忽然道：“你姓彭？”

佩刀的大汉厉声道：“是又怎么样？”

傅红雪道：“你是山西五虎断门刀彭家的人？”

佩刀的大汉道：“你认得我？”

傅红雪冷冷道：“我虽然不认得你，但却认得你的刀！”

这柄刀就和他身上的衣着一样，装饰华丽得已接近奢侈。刀的形状很奇特，刀头特别宽，刀身特别窄，刀柄上缠着五色彩缎。

佩刀的大汉挺起胸，神气十足地大声道：“不错，我就是彭烈！”

傅红雪慢慢地点了点头，道：“我听说过。”

彭烈面有得色，冷笑道：“你应该听说过。”

傅红雪道：“我也听说过彭家跟马空群是朋友。”

彭烈道："我们是世交。"

傅红雪道："你到万马堂去过？"

彭烈当然去过，否则他怎么会认得翠浓。

傅红雪道："你知不知道马空群的下落？"

彭烈道："他不在万马堂？"

他觉得很诧异，显然连万马堂发生了什么事都不知道。

傅红雪轻轻叹息了一声，觉得很失望。

彭烈道："你也认得三老板？"

傅红雪冷冷地笑了笑，目光又落在他的刀上，道："这柄刀的确很好看。"

彭烈面上又露出得意之色，他的刀实在比傅红雪的刀好看得多。

傅红雪道："只可惜刀并不是看的。"

彭烈道："是干什么的？"

傅红雪道："你不知道刀是杀人的？"

彭烈冷笑道："你以为这柄刀杀不死人？"

傅红雪冷冷道："至少我没有看见它杀过人。"

彭烈变色道："你想看看？"

傅红雪道："的确很想。"

他的脸色也已变了，变得更苍白，苍白得已接近透明。

彭烈看着他的脸，竟不由自主后退了半步，忽然大笑道："你这柄刀呢？难道也能杀人？"

他心里愈恐惧，笑声愈大。

傅红雪没有再说话。现在他若要再说话时，就不是用嘴说了，而是用他的刀！

用刀来说话，通常都比用嘴说有效。

那佩剑的是个很英俊的少年，身材很高，双眉微微上挑，脸上总是带着种轻蔑之色，好像很难得将别人看在眼里。

他一直在旁边冷冷地看着，这时竟忽然叹了口气，道："以前也有人说过这句话。"

彭烈道："说过什么话？"

佩剑的少年道："说他这柄刀不能杀人。"

彭烈道："是什么人说的？"

佩剑的少年道："是个现在已经死了的人。"

彭烈道："是谁？"

佩剑的少年，道："公孙断！"

彭烈悚然失色，道："公孙断已死了？"

佩剑的少年道："就是死在这柄刀下的。"

彭烈额上忽然沁出了冷汗。

佩剑的少年道："而且三老板也已经被逼出了万马堂。"

彭烈道："你……你怎么知道？"

佩剑的少年道："我刚从西北回来。"

傅红雪的眼睛已在盯着他，忽然问道："去干什么的？"

佩剑的少年道："去找你。"

这次傅红雪也不禁觉得很意外。

佩剑的少年又道："我想去看看你。"

傅红雪道："特地去看我？"

佩剑的少年道："不是去看你的人，而是去看你的刀！我只想看看你的刀究竟有多快！"

傅红雪握刀的手突然握紧，苍白的脸几乎已完全透明。

佩剑的少年道："我姓袁，叫袁青枫，袁家和万马堂也是世交。"

傅红雪又慢慢地点了点头，道："我明白了。"

袁青枫道："你应该明白的。"

傅红雪道："你现在是不是还想看看我的刀？"

袁青枫道："是。"

傅红雪垂下头，凝视着自己握刀的手。

袁青枫道："你还不拔刀？"

傅红雪道："好，先拔你的剑！"

袁青枫道："天山剑派的门下，从来还未向人先拔过剑！"

傅红雪脸上忽然出现了种很奇怪的表情，喃喃道："天山……天山……"

他目光已在眺望着远方，眼睛里仿佛已充满了思念和悲哀。

袁青枫道："拔你的刀！"

傅红雪握刀的手更用力。他左手握刀，右手忽然握住了刀柄。

彭烈竟又不由自主后退了半步，翠浓美丽的眼睛似已因兴奋而燃烧起来。

袁青枫的脸上，虽然还是全无表情，但他的手也不禁握住了剑柄。

“天山……天山……”

忽然间，刀光一闪！

只一闪！

等到人的眼睛看见这比闪电还快的刀光时，刀已又回到刀鞘里。

有风吹过，一根根红丝飞起。

袁青枫剑上的红丝绦却已赫然断了。

傅红雪还是低着头，看着自己握刀的手，道：“现在你已看过了。”

袁青枫脸上还是全无表情，但额上却已有冷汗流下来了。

傅红雪道：“我这柄刀本不是看的，但却为你破例了一次。”

袁青枫什么话都没有再说，慢慢地转过身，走入酒楼旁的窄巷里。

他还没有看见傅红雪的刀，只不过看见了刀光。

但这已足够。

人已去了，血红的丝绦却还有一两条留在风中。

彭烈握刀的手已湿透。

傅红雪转过头来，凝视着他，道：“我的刀你已看过？”

彭烈点点头。

傅红雪道：“现在我想看看你的刀。”

彭烈咬着牙，咬牙的声音，听来就像是刀锋摩擦一样。

突听一人道：“这把刀不好看。”

路上刚有顶轿子经过，现在已停下，这声音就是从轿子里发出来的。

是女人的声音，很好听的女人声音，但却看不见她的人。

轿上的帘子是垂着的。

傅红雪冷冷道：“这柄刀不好看？什么好看？”

轿子里的人笑道：“我就比这柄刀好看。”

她不但笑声如银铃，而且真的好像有铃铛“叮铃铃”地响。

清脆的铃声中，轿子里已有个人走下来，就仿佛一朵白莲开放。

她穿的是件月白衫子，颈子上，腕子上，甚至连足踝上都挂满了带着金圈子的铃铛。

丁灵琳。

傅红雪眉尖已皱起，道："是你？"

丁灵琳眼波流动，嫣然道："想不到你居然还认得我。"

其实傅红雪根本不认得她，只不过看见过她跟叶开在一起。

丁灵琳笑道："我说这把刀不好看，因为这并不是真正的五虎断门刀。"

傅红雪道："不是？"

丁灵琳道："你若要看真正的五虎断门刀，就该到关中的五虎庄去。"

她忽又转身向彭烈一笑，道："现在他一定不想再看你的刀，你还是快去喝酒吧，小叶一定已经等得急死了。"

傅红雪道："小叶？"

丁灵琳道："今天晚上小叶请客，我们都是他的客人。"

她娇笑着，接着道："他不喜欢死客人，也不喜欢客人死。"

傅红雪道："叶开？"

丁灵琳道："除了他还有谁？"

傅红雪道："他也在这里？"

丁灵琳道："就在那边的天福楼，看见你去了，他一定开心得要命！"

傅红雪冷冷道："他看不见我的。"

丁灵琳道："你不去？"

傅红雪道："我不是他的客人。"

丁灵琳叹了口气，道："你若不去，也没有人能勉强你，只不过……"

她用眼角瞟着傅红雪，悠然道："他今天请的客人，消息全都灵通得很，若要打听什么消息，到那里去是再好也没有的了。"

傅红雪没有再说什么。

他已转身向天福楼走了过去，似已忘记了还有个人在等他。

丁灵琳看了翠浓一眼，又叹了口气，道："他好像已忘记你了。"

翠浓笑了笑，道："但是我并没有忘记他。"

丁灵琳眨了眨眼，道："他为什么不带你去？"

翠浓柔声道："因为他知道我自己会跟着去的。"

她果然跟着去了。

丁灵琳看着她苗条的背影，婀娜的风姿，喃喃道："看来这才是对付男人最好的法子。"

她说话的声音并不高，翠浓的耳朵很尖，忽又回眸一笑，道："你为什么不学学我呢？"

丁灵琳嫣然一笑，道："因为这种人盯人的法子本是我创出来的。"

天福楼上的客人很多，每个人的衣着都很考究，气派都很大。

丁灵琳并没有替叶开吹牛，真正消息灵通的人，当然都是有地位、有办法的人。

能请到这种人并不容易，何况一下子就请了这么多人。

两个多月不见，叶开好像也突然变成个很有办法的人了。

他身上穿的是五十两银子一件的袍子，脚上着的是粉底官靴，头发梳得又黑又亮，还戴着花花大少们最喜欢戴的那种珍珠冠。

这人以前本来不是这样子的，傅红雪几乎已不认得他了。

但叶开却还认得他。

他一上楼，叶开就一眼看见了他。

灯火辉煌。

傅红雪的脸在灯下看来却更黑。

已经有很多人看见了这柄刀，先看见这柄刀，再看见他的人。

傅红雪眼睛里却好像连一个人都没有看见。

叶开已到了他面前，也带着笑在看他。

只有这笑容还没有变，还是笑得那么开朗，那么亲切。

也许就因为这一点，傅红雪才看了他一眼，冷冷的一眼。

叶开笑道："真想不到你会来。"

傅红雪道："我也想不到。"

叶开道："请坐。"

傅红雪道："不坐。"

叶开道："不坐？"

傅红雪道："站着也一样可以说话。"

叶开又笑了，道："我知道你要说什么。"

傅红雪道："你知道？"

叶开点点头，又叹道："只可惜我也没有听过那人的消息。"

傅红雪沉默着，过了很久，突然道："再见。"

叶开道："不喝杯酒？"

傅红雪道："不喝。"

叶开笑道："一杯酒绝不会害人的。"

傅红雪道："但我却绝不会请你喝酒。"

叶开苦笑道："我碰过你的钉子。"

傅红雪道："我也绝不喝你的酒。"

叶开道："我们不是朋友？"

傅红雪道："我没有朋友。"

他忽然转过身，走出去，左脚先迈出一步，右腿再跟着慢慢地拖过去。

叶开看着他的背影，笑容已变得有些苦涩。

可是，傅红雪并没有走下楼，因为这时丁灵琳正和翠浓从楼梯走上来。

楼梯很窄。

翠浓站在楼梯口，似已怔住，她已看见了叶开，叶开正在看着她。

傅红雪也在看着她，丁灵琳却在看着叶开。

四双眼睛里的表情全都不同，没有人能形容他们此刻的表情。

幸好翠浓很快就垂下了头。

但叶开还是在盯着她。

丁灵琳走上来，傅红雪走下去。

翠浓也无言地转过身，跟着他走下去，没有再看叶开一眼。

但叶开却还是在盯着那空了的楼梯口，痴痴地出了神。

丁灵琳忍不住拍他的肩，冷冷道："人家已走了。"

叶开道："哦？"

丁灵琳道："跟着你的朋友走了。"

叶开道："哦。"

丁灵琳冷冷道："你若想横刀夺爱，可得小心些，因为那个人的刀也很快。"

叶开笑了。

丁灵琳也在笑，却是冷笑，冷笑着道："只不过那个女人的确不难看，听说她以前就是靠这张脸赚钱的，你的钱大概也被她赚了不少。"

叶开道："你以为我在看她？"

丁灵琳道："你难道没有？"

叶开道："我只不过在想……"

丁灵琳道："在心里想比用眼睛更坏。"

叶开叹了口气，道："我心里在想什么，你永远不会相信的。"

丁灵琳眼珠子一转，道："我相信，只要你告诉我，我就相信。"

叶开叹道："我只希望她真的喜欢傅红雪，真的愿意一辈子跟着他，否则……"

丁灵琳道："否则怎么样？"

叶开目中似乎有些忧郁之色，缓缓道："否则也许我就不得不杀了她！"

丁灵琳道："你舍得？"

叶开淡淡道："我本不是个怜香惜玉的人。"

丁灵琳咬着嘴唇，用眼角瞟着他，轻轻道："我知道你是个什么样的人。"

叶开道："哦？"

丁灵琳道："你是个口是心非的小色鬼，所以你说的话我一个字也不相信。"

叶开又笑了，却是苦笑。

就在这时，突然楼下有人在高呼："叶开，叶开……"

一个紫衣笠帽的少年，刚纵马而来，停在天福楼外，用一只手勒紧缰绳，另一只手却在剥着花生。

站在窗口的人，一转头就看到了他，也看到了他斜插在腰带上的那柄剑。

一柄没有鞘的剑，薄而锋利。

有的人已在失声惊呼："路小佳！"

路小佳这三个字竟似有种神秘的吸引力，听到这名字的人，都已赶到窗口。

叶开也赶过来，笑道："不上来喝杯酒？"

路小佳仰起了脸，道："你吃不到我的花生，为何要请我喝酒？"

叶开道："那是两回事。"

他转身拿起桌上一杯酒，抛过去。

这杯酒就平平稳稳地飞到路小佳面前，就像是有人在下面托着一样。

路小佳笑了笑，手指轻轻一弹，酒杯弹起，在空中翻了个身。

杯中的酒就不偏不倚恰好倒在路小佳嘴里。

路小佳笑道："好酒。"

叶开道："再来一杯？"

路小佳摇摇头，道："我只想来问问你，你是不是也接着了帖子？"

叶开道："昨天才接到。"

路小佳道："你去不去？"

叶开道："你知道我是一向喜欢凑热闹的。"

路小佳道："好，我们九月十五，白云庄再见。"

他捏开花生，抛起，正准备用嘴去接。

谁知叶开的人已飞了出去，一张嘴，接着了这颗花生，凌空倒翻，轻飘飘地又飞了回来，大笑道："我总算吃到了你的花生了。"

路小佳怔了怔，突也大笑，大笑着扬鞭而去，只听他笑声远远传来，道："好小子，这小子真他妈的是个好小子。"

面已经凉了。面汤是混浊的，上面漂着几根韭菜。

只有韭菜，最粗的面，最粗的菜，用一只缺了口的粗碗装着。

翠浓低着头，手里拿着双已不知被多少人用过的竹筷子，挑起了几根面，又放下去。

她虽然已经很饿，但这碗面却实在引不起她的食欲来。

平时她吃的面通常是鸡汤下的，装面的碗是景德镇来的瓷器。

看着面前的这碗面，她忍不住轻轻叹了口气，放下筷子。

傅红雪碗里的面已吃光了，正在静静地看着她，忽然道：“你吃不下？”

翠浓勉强笑了笑，道：“我……不饿。”

傅红雪冷冷道：“我知道你吃不惯这种东西，你应该到天福楼去的。”

翠浓垂着头，轻轻地道：“你知道我是不会去的，我……”

傅红雪道：“你是不是怕别人不欢迎？”

翠浓摇摇头。

傅红雪道：“你为什么不去？”

翠浓慢慢地抬起了头，凝视着他，柔声道：“因为你在这里，所以我也在这里，别的无论什么地方我都不会去。”

傅红雪不说话。

翠浓悄悄地伸出手，轻抚着他的手——那只没有握刀的手。

她的手柔白纤美。她的抚摸也是温柔的，温柔中又带着种说不出的挑逗之意。

她懂得怎么样挑逗男人。

傅红雪忽然甩开了她的手，冷冷道：“你认得那个人？”

翠浓又垂下头，道：“只不过……只不过是个普通客人。”

傅红雪道：“什么叫普通客人？”

翠浓轻轻道：“你知道我以前……在那种地方，总免不了要认得些无聊的男人。”

傅红雪目中已露出痛苦之色。

翠浓道：“你应该原谅我，也应该知道我根本不想理他。”

傅红雪的手握紧，道：“我只知道你一直都在死盯着他。”

翠浓道：“我什么时候死盯着他了，只要看他一眼，我就恶心得要命。”

傅红雪道：“你恶心？”

翠浓道：“我简直恨不得你真的杀了他。”

傅红雪又冷笑，道：“你以为我说的是那个姓彭的？”

翠浓道："你不是说他？"

傅红雪冷笑道："我说的是叶开。"

翠浓怔住。

傅红雪道："你是不是也认得他？他是不是个普通的客人？"

翠浓脸上也露出痛苦之色，凄然道："你为什么要说这种话？你是在折磨我？还是在折磨你自己？"

傅红雪苍白的脸已因激动而发红，他勉强控制着自己，一字字道："我只不过想知道，你是不是认得他而已。"

翠浓道："就算我以前认得他，现在也已经不认得了。"

傅红雪道："为什么？"

翠浓道："因为现在我只认得你一个人，只是认得你。"

她又伸出手，用力握住了他的手。

傅红雪看着她的手，神色更痛苦，道："只可惜我不能让你过你以前过惯的那种日子，你跟着我，只能吃这种面。"

翠浓柔声道："这种面也没什么不好。"

傅红雪道："但你却吃不下去。"

翠浓道："我吃。"

她又拿起筷子，挑起了碗里的面，一根根地吃着，看她脸上勉强的笑容，就像是在吃毒药似的。

傅红雪看着她，突然一把夺过她的筷子，大声道："你既然吃不下，又何必吃？……我又没有勉强你。"

他声音已因激动而嘶哑，手也开始发抖。

翠浓眼睛已红了，眼泪在眼睛里打着滚，终于忍不住道："你何必这样子对我？我……"

傅红雪道："你怎么样？"

翠浓咬了咬牙，道："我只不过觉得我们根本不必过这种日子的。"

她叹息着，柔声道："你带出来的钱虽然已快用完了，但是我还有。"

傅红雪胸膛起伏着，嗄声道："那是你的，跟我没有关系。"

翠浓道："连我的人都已是你的，我们为什么还要分得这么清楚？"

傅红雪苍白的脸已通红，全身都已因激动而颤抖，一字字道："但你为什么不想想，你的钱有多脏？我只要一想起你那些钱是怎么来的，我就要吐。”

翠浓的脸色也变了，身子也开始发抖，用力咬着嘴唇道：“也许不但我的钱脏，我的人也是脏的。”

傅红雪道：“不错。”

翠浓道：“你用不着叫我想，我已想过，我早已知道你看不起我。”

她嘴唇已咬出血来，嘶声接着道：“我只希望你自己也想想。”

傅红雪道：“我想什么？”

翠浓道：“你为什么不想想，我是怎么会做那种事的？我为了谁？我……我这又是何苦？”

她虽然尽力在控制着自己，还是已忍不住泪流满面，忽然站起来，流着泪道：“你既然看不起我，我又何必定要缠着你，我……”

傅红雪道：“不错，你既然有一串串的银子可赚，为什么要跟着我，你早就该走了。”

翠浓道：“你真的不要我？”

傅红雪道：“是的。”

翠浓道：“好，好，好……你很好。”

她突然用手掩着脸，痛哭着奔出去。

傅红雪没有阻拦她，也没有看她。

她已冲出去，“砰”地，用力关上了门。

傅红雪还是动也不动地坐着。他身子也不再颤抖，但一双手却已有青筋凸出，额上已有冷汗流下。可是他突然倒了下去，倒在地上不停地抽搐、痉挛，嘴角吐出了白沫。然后他就开始在地上打着滚，像野兽般低嘶着，喘息着……就像是一只在垂死挣扎着的野兽。

门又开了。

翠浓又慢慢地走了进来。她面上泪痕竟已干了，干得很快，眼睛里竟似在发着光。但是她的手却又在颤抖。那绝不是因为痛苦而颤抖，而是因为兴奋！紧张！她眼睛盯着傅红雪，一步步走过去……突然间，她听到一种奇怪的声音——咀嚼的声音！

一个人不知何时已从窗外跳进来，正倚在窗口，咀嚼着花生。

路小佳！

翠浓脸色变了，失声道："你来干什么？"

路小佳道："我不能来？"

翠浓道："你想来杀他？"

路小佳笑了笑，淡淡道："是我想杀他？还是你想杀他？"

翠浓脸色又变了变，冷笑道："你疯了，我为什么想杀他？"

路小佳叹了口气：道："女人若要杀男人，总是能找出很多理由来的。"

翠浓忽然挡在傅红雪前面，大声道："不管你怎么说，我也不许你碰他。"

路小佳冷冷道："就算你请我碰他，我也没兴趣，我从来不碰男人的。"

翠浓道："你只杀男人？"

路小佳答道："我也从来不杀一个已经倒下去的男人。"

翠浓道："你究竟是来干什么的？"

路小佳道："只不过来问问你们，有没有接到帖子而已。"

翠浓道："帖子？什么帖子？"

路小佳又叹了口气，道："看来你们的交游实在不够广阔。"

翠浓道："我们用不着交游广阔。"

路小佳道："不交游广阔怎么能找到人？"

他突然拔剑，眨眼间就在墙上留下了八个字！

"九月十五，白云山庄。"

翠浓道："这是什么意思？"

路小佳笑了笑，道："这意思就是，我希望你们能在九月十五那天，活着到白云山庄去，死人那里是不欢迎的。"

一阵风吹过，窗台上有样东西被吹了下来，是个花生壳。路小佳的人却似已被吹走了。

风吹木叶，簌簌地响，傅红雪的喘息却已渐渐平静下来。

翠浓痴痴地站在那里，怔了许久，终于俯下身，抱起了他。

她的怀抱温暖而甜蜜。她一向懂得应该怎么样去抱男人。

第二十八章

有女同行

九月十四。土王用事，曲星。宜沐浴，忌出行。冲虎煞南，晴。

黄昏。

官道旁有个茶亭。

并不是每个茶亭都只供应茶水，有些茶亭中也有酒。茶是免费的，酒却要用钱买。

这茶亭里有四种酒，都是廉价的劣酒，而且大多是烈酒。除了酒之外，当然还有廉价的食物，豆干、卤蛋、馒头、花生。

茶亭四面的树荫下摆着些长板凳，很多人早就在板凳上，跷着脚，喝着酒，剥着花生。

傅红雪却在看别人剥着花生，似已看得出了神。有的人正在用花生和豆干配酒，有些人正在用花生和豆干配馒头。花生和豆干，本来就好像说相声的一样，一定要一搭一档才有趣，分开来就淡而无味了。但他却只要豆干，拒绝花生。好像花生只能看，不能吃的。

翠浓忍不住悄悄道："你还在想那个人？"

傅红雪闭着嘴。

翠浓道："就因为他喜欢吃花生，所以你不吃？"

傅红雪还是闭着嘴。

翠浓叹了口气，道："我知道……"

傅红雪突然道："你知道什么？"

翠浓道："你的病发作时，不愿被人看见，但他却偏偏看见了，所以你恨他。"

傅红雪又闭起了嘴，闭得很紧，就和他握刀的手一样紧。除了他之外，这里很少有人带刀。也许就因为这柄刀，所以大家都避开了他，坐得很远。

翠浓又叹了一口气，道：“九月十五，白云庄，他为什么要在九月十五这天到白云庄去呢？我真不明白……”

傅红雪冷冷道：“你不明白的事很多。”

翠浓道：“但是我却不能不想。”

傅红雪道：“想什么？”

翠浓道：“他要我们去，一定没什么好意，所以我更不懂你为什么一定偏偏要去。”

傅红雪道：“没有人要你去。”

翠浓垂下头，咬着嘴唇，不说话了。她已不能再说，也不敢再说。

茶亭外的官道旁，停着几辆大车，几匹骡马。到这里来的，大多是出卖劳力的人，除了喝几杯酒外，生命中并没有太多乐趣。几杯酒下肚后，这世界立刻就变得美丽多了。

一个黝黑而健壮的小伙子，刚刚下了他的大车走进来，带着笑跟几个伙伴打过招呼，就招呼这里的老板，叫道：“王聋子，给我打五斤酒，切十个卤蛋，今天我要请客。”

王聋子其实并不聋，只不过有人要欠账时，他就聋了。

他斜着白眼，瞧着那小伙子，冷冷地道：“你小子疯了？”

小伙子瞪眼道：“谁说我疯了？”

王聋子道：“没有疯好好的请什么客？”

小伙子道：“今天我发了点小财，遇见了个大方客人。”

他故作神秘地笑了笑，又道：“提起这个人来，倒真是大大的有名。”

于是大家立刻都忍不住抢着问：“这人是谁？”

小伙子又笑了笑，摇着头道：“我说出来，你们也未必听说过。”

“这是什么话？”

“既然大大的有名，我们为什么没听说过？”

“因为你们还不配。”

“我们不配，你配？”

“我若不是有个堂兄在镖局里做事，我也不会听说的。”

“你少卖关子好不好，那人到底是姓什么？叫什么？”

小伙子跷起了泥脚，悠然道：“他姓路，叫作路小佳。”

傅红雪本已站起来要走，突又坐了下去。

幸好别的人都没有注意他，都在问：“这路小佳是干什么的？”

“是个刺客。”

他故意压低了语声，但声音又刚好能让每个人都听得见。

“刺客？”

“刺客的意思就是说，你只要给他银子，他就替你杀人，据说他杀一个人至少也要上万两的银子。”

每个人都瞪大了眼睛，几乎连气都喘不过来了。

“我堂兄那家镖局的总镖头，就是被他杀了的。”

“你说的是上半年刚做过丧事的那位邓大爷？”

“不错，他出丧的那天，你们都去了，每个人都得了五两银子，是不是？”

“嗯，那天的气派真不小。”

“所以你们总该看得出，他活着时当然也是个很了不起的人，可是他遇见这位路大爷，连刀都没拔出来，就被人家一剑刺穿了喉咙。”

“你怎么知道的？”

“我堂兄在旁边亲眼看见的，就因为他一回去就把这位路大爷的样子告诉了我，所以今天我才认出了他——倒也不是认出了他的人，是认出了他的剑。”

“他的剑有什么特别？”

“他的剑没有鞘，看来就像是把破铜烂铁，但我堂兄却告诉我，他这一辈子从来也没有看见过这么可怕的剑了。”

大家惊叹着，却还是有点怀疑。

“人家杀个人就能赚上万两的银子，怎么会坐上你的破车？”

“他的马蹄铁磨穿了，我刚巧路过，从前面的清河镇到白云庄这么点路，他就给了我二十两。”

“看来你这小子的造化真不错。”

大家惊讶着，叹息着，又都有点羡慕：“不吃白不吃，今天我们若不吃他个三五两银子，这小子回去怎么睡得着？”

突然一人道：“要请客也得请我。”

这人就躺在后面的树荫下，躺在地上，用一顶连边都破了的马连坡大草帽盖着脸。

他不但帽子是破的，衣服也又脏又破，看来连酒都喝不起，所以只有躺在那里干睡。

有的人已皱起眉头在嘀咕：“请你，凭什么请你？”

那小伙子却笑道：“四海之内皆兄弟，就请请你也没什么，朋友你既然要喝酒，就请起来吧。”

这人冷冷道：“我虽然喝你的酒，却不是你的朋友，你最好记着。”

他把帽子往头上一推，懒洋洋地站了起来，赫然竟是条身高八尺的彪形大汉，肩膀几乎有平常人两个宽，一双蒲扇般的大手垂下来，几乎已盖过了膝盖，脸上颧骨高耸，生着两道扫帚般的浓眉，一张大嘴。

他身上穿的衣服虽然又脏又破，但这一站起，可是威风凛凛，叫人看着害怕。

本来已经有人要教训他了，问他为什么要喝人家的酒，却不承认人家是朋友。

现在哪里还有人敢开口的。

王聋子刚把五斤酒、十个卤蛋搬出来，这人就走过去，道：“这一份归我。”

他说的话好像就是命令，既简单，又干脆。只见他抓起两个蛋，往嘴里一塞，三口两口就吞了下去。吃两个蛋，喝一口酒，眨眼间五斤酒十个蛋就全下了肚。大家在旁边看着，眼珠子都快掉了下来。

他喝完最后一口酒，才总算停下来歇口气，懒洋洋地摸着肚子，道：“照这样再来一份。”

王聋子又吓了一跳，失声道：“再来一份？”

大汉沉下了脸，厉声道：“我说的话你听不见？”

这一声大喝，就像是半空中打下个霹雳，连聋子的耳朵都要被震破。

那小伙子正跷着脚坐在旁边的凳子上，竟被他吓得跌了下去。大汉伸出蒲扇般的大手，像抓小鸡似的把他从地上抓了起来，忽然对他咧嘴一笑，道："你怕什么？怕请客？"

他不笑还好，这一笑起来，一张嘴几乎已裂到耳朵根子，看来就像是庙里的金刚恶鬼。

小伙子脸都吓白了，吃吃道："我……我……"

大汉道："你不请，我请。"

他随手一掏，就掏出锭银子来，竟是五十两一锭的大元宝。小伙子的眼睛又发了直。

大汉道："这锭银子全是你的了，但明天一早，你就得在这里等着，载我去白云庄，你若敢误了我的事，你的脑袋就会变得像这锭银子一样。"

他的手一用力，手里的银子竟被捏得像团烂泥。

小伙子刚站起来，又吓得一跤跌倒。大汉仰面大笑，将银子往这小伙子面前一抛，头也不回地扬长而去。

他走得虽不快，但一步迈出去就是四五丈，眨眼间就已消失在暮色里，只听一阵悲壮苍凉的歌声自秋风中传来：

> 九月十五月当头，
> 月当头兮血可流。
> 流不尽的英雄泪，
> 杀不尽的仇人头……

歌声也愈来愈远，终于听不见了。

傅红雪痴痴地出了半晌神，忽然仰天长叹，道："好一个杀不尽的仇人头！"

凌晨。东方刚现出鱼肚白色，大地犹在沉睡。茶亭里已没有人了，王聋子晚上并不睡在这里，现在这里只有那小伙子的大车还停在树下，他的人已蜷曲在车上睡着。

他生怕自己来迟了，那凶神般的大汉会将他脑袋捏成烂泥。

风很冷，大地苍茫，远处刚传来一两声鸡啼。

一个人慢慢地从熹微的晓色中走过来，左脚先迈出一步，右腿再跟着拖上去。

一个苗条美丽的女人，手里提着个包袱，垂着头跟在他身后。

风吹着木叶，晨雾刚升起。

雾也是冷的。

冷雾，晓风，残月。

傅红雪在茶亭上停下来，回头看着翠浓。

翠浓的脸也是苍白的，虽然拉紧了衣襟，还是冷得不停发抖。

在雾中看来，她显得更美，但神色间却已显得有些疲倦、憔悴。

傅红雪静静地看着她，冷漠的目光已渐渐变得温柔，忍不住轻轻叹息了一声，道："你累了。"

翠浓柔声道："累的应该是你，你本该多睡一会儿的。"

傅红雪道："我睡不着，可是你……"

翠浓垂下头嫣然一笑，道："你睡不着，我怎么能睡得着？"

傅红雪忍不住走过去，拉住了她的手。

她的手冰冷。

傅红雪黯然道："还没有找到马空群之前，我绝不能回去，也没有脸回去。"

翠浓道："我知道。"

傅红雪道："所以我只有要你陪着我吃苦。"

翠浓抬起头，凝视着他，柔声道："你应该知道我不怕吃苦，什么苦我都吃过。"

她拉起傅红雪的手，贴在自己脸上，轻轻道："只要你能对我好一点，不要看不起我，就算叫我死，我也愿意。"

傅红雪又长长叹息了一声，道："我实在对你不好，我自己也知道，所以那天你就算真的走了，我也不会怪你的。"

翠浓道："可是我怎么会走？就算你用鞭子来赶我，我也不会走的。"

傅红雪忽然笑了。

他的笑容就像是冰上的阳光，显得分外灿烂，分外辉煌。

翠浓看着他的笑容，竟似有些痴了，过了很久，才叹息着道："你知道我最喜欢的是什么？"

傅红雪摇摇头。

翠浓道："我最喜欢看到你的笑，但你却偏偏总是不肯笑。"

傅红雪柔声道："我会常常笑给你看的，只不过，现在……"

翠浓道："现在还不到笑的时候？"

傅红雪慢慢地点了点头，忽然改变话题，道："那个人为什么还不来？"

他仿佛总不愿将自己的情感表露得太多，仿佛宁愿被人看成个冷酷的人。

翠浓失望地叹了口气，勉强笑道："你放心，我想他绝不会不来的。"

傅红雪沉吟着，道："你看他是个怎么样的人？"

翠浓道："我看他一定是路小佳的仇人，既然已知道路小佳在白云庄，他怎么会不去？"

傅红雪抬起头，遥望着已将在冷雾中逐渐消失的晓月喃喃道："今天已经是九月十五了，今天究竟会发生些什么事？……"

有风吹过，突听一阵歌声隐隐随风而来：

流不尽的英雄血，
杀不尽的仇人头。
头可断，血可流，
仇恨难罢休……

歌声在这愁煞人的秋晨中听来，显得更苍凉，更悲壮。

翠浓动容道："果然来了。"

傅红雪道："嗯。"

翠浓道："我们要不要先躲一躲？"

傅红雪冷冷道："我从来不逃，也从来不躲。"

只听远处有人大笑，道："好一个从来不逃，从来不躲，这才是真正的男子汉。"

翠浓叹了口气，苦笑道："这人的耳朵好尖。"

这句话刚说完，那大汉已迈着大步，走到他们面前，头上还是戴着那顶破旧的大草帽，手里却多了个漆黑发亮的酒葫芦，看着傅红雪大笑道："果然是你，我就知道你一定也会在这里等的。"

傅红雪道："你知道？"

大汉道："我不知道谁知道？"

他扬起脸，将酒葫芦凑上嘴，"咕嘟咕嘟"地喝了几大口，忽然沉下了脸，厉声道："我既已来了，你为何还不动手？"

傅红雪怔了怔，道："我为什么要动手？"

大汉道："来取我项上的人头。"

傅红雪道："我为什么要取你项上的人头？"

大汉仰天笑道："薛果纵横天下，杀人无算，有谁不想要我这颗大好头颅？"

傅红雪道："我不想。"

这次是大汉怔住。

傅红雪道："我根本不认得你。"

大汉冷笑道："薛果仇家虽遍布天下，认得我的却早已被我杀光了，还能活着来杀我的，本就已只剩下些不认得的。"

傅红雪道："你常常等着别人来杀你？"

大汉道："不错。"

傅红雪淡淡道："只可惜这次你却要失望了。"

大汉皱眉道："你不是在这里等杀我的？"

傅红雪道："我已立誓杀人绝不再等。"

大汉道："你说的不错，杀人的机会本就是稍纵即逝，错过了实在可惜，实在是等不得的！"

傅红雪冷冷道："所以你若是我的仇人，我昨夜就已杀了你！"

大汉道："所以我并不是你的仇人？"

傅红雪道："不是。"

大汉忽又大笑，道："看来我运气还不错，看来做你的仇人并不是件愉快的事。"

傅红雪道："绝不是。"

大汉道："做你的朋友呢？"

傅红雪道："我没有朋友。"

大汉道："连薛大汉也做不了你的朋友？"

傅红雪道："薛大汉？"

大汉笑道："我就是薛大汉。"

傅红雪道："我还是不认得你。"

薛大汉道："你也不想认得我？"

傅红雪道："不想。"

薛大汉又叹了口气，喃喃道："既不想要我人头，也不想做我朋友，这种人倒少见得很。"

傅红雪道："本来就少见得很。"

薛大汉道："你想要什么？"

傅红雪道："只想跟着你的大车，到白云庄去。"

薛大汉道："就这样？"

傅红雪道："就这样。"

薛大汉道："好，上车吧。"

傅红雪道："我不上车。"

薛大汉又怔了怔，道："为什么又不上车了？"

傅红雪道："因为我没有五十两银子付车钱。"

薛大汉道："你难道要跟在车子后面走？"

傅红雪道："你坐你的车，我走我的路，我们本就没有关系。"

薛大汉看着他，看着他苍白的脸、漆黑的刀，又忍不住叹道："你真是个怪人，简直比我还怪！"

他的确也是个怪人。

天渐渐亮了。

初升的阳光，就像是刀一样，划破了轻纱般的冷雾，大地上的生命已开始苏醒了。

那小伙子还没有醒。

薛大汉大步走过去，一把抓起了他，大声道："快起来，赶车到白云庄去。"

小伙子揉着惺忪的睡眼，赔着笑道："大爷就请上车。"

薛大汉道："大爷不上车。"

小伙子怔了怔，道："为什么不上车？"

薛大汉道："因为大爷高兴。"

这小伙子年纪虽轻，赶车也赶了六七年，却还没有见过这样的人。明明花了钱雇车，却情愿跟在车子后面走。但只要是人家大爷高兴，他就算要在后面爬，也没有人管得着。

小伙子心里虽奇怪，倒也落得个轻松。他赶着车在前面走，后面居然有三个人在跟着——一个凶神般的大汉，一个脸色苍白的跛子，一个风姿绰约的美女。

这样一行人走在路上，有谁能不多看几眼的。

但薛大汉洋洋自得，别人对他是什么看法，他完全不放在心上。

傅红雪心事重重，我行我素，仿佛根本就不属于这世界的。翠浓眼睛里更没有别的人，在傅红雪面前，她根本连看都不看别人一眼。

赶车的小伙子心里又不禁嘀咕，他实在想不通这三个人为什么要到白云庄去。白云庄本来根本不是他们这种人去的地方。

薛大汉喝了几大口酒，忽然用力赶上大车，道："我们又不是赶去奔丧的，你慢点行不行？"

小伙子赔笑道："行，当然行。"

雇车的不急，他当然更不急。

薛大汉自己也放慢了脚步，道："白云庄又不远，反正今天一定可以赶到的。"

他这句话显然是说给傅红雪听的，傅红雪却像是没听见。

薛大汉已落在他身旁，又问道："却不知你到白云庄去干什么？"

傅红雪还是听不见。

薛大汉道："你认得袁秋云？"

傅红雪终于忍不住问道："袁秋云是谁？"

薛大汉道："就是白云庄的庄主。"

傅红雪道："不认得。"

薛大汉笑了笑，道："你连薛大汉都不认得，当然是不会认得袁秋云的了。”

傅红雪道：“你认得他？”

薛大汉道：“我怎么会认得那种老古董。”

傅红雪沉默了半晌，忽然又问道：“你只认得路小佳？”

薛大汉动容道：“你怎么知道我认得他？”

他忽又摇了摇头，叹息着道：“你当然知道，无论谁都应该看得出，我是去找他的。”

傅红雪道：“找他干什么？”

薛大汉冷笑道：“也不干什么，只不过想把他的脑袋切下来，一脚踢到阴沟里去。”

傅红雪道：“他是你的仇人？”

薛大汉道：“本来不是。”

他又喝了两口酒，道：“本来他是我的朋友。”

傅红雪道：“朋友？”

薛大汉咬着牙，道：“朋友有时比仇人还可怕，更可怕，尤其是像他这样的朋友。”

傅红雪道：“你上过他的当？”

薛大汉恨恨道：“我把全副家当都交付于他，把我最喜欢的女人也交给了他，但他却溜了，带着我的全副家当和我的女人溜了。”

傅红雪皱了皱眉，道：“看来他倒不像是个这么样的人。”

薛大汉沉声道：“就因为他不像，所以我才会信任他。”

傅红雪又沉默了半晌，淡淡道：“朋友有时的确比仇人还可怕。”

薛大汉道：“你从来都没有朋友？”

傅红雪道：“没有。”

薛大汉叹了口气，又一大口一大口地喝起酒来。

过了很久，傅红雪忽然又道：“你本来不必陪我走的。”

薛大汉道：“的确不必，本来我们可以一起坐在车上。”

傅红雪也不说话了。

又走了段路，薛大汉忽然把酒葫芦递过去，道：“喝口酒？”

傅红雪道：“不喝。”

薛大汉道：“你从来都不喝酒？”

傅红雪道："从来不喝。"

薛大汉道："赌钱呢？"

傅红雪道："从来不赌。"

薛大汉道："你喜欢干什么？"

傅红雪道："什么都不喜欢。"

薛大汉叹道："一个人若是什么都不喜欢，活着还有什么乐趣？"

傅红雪道："我本不是为了有趣而活着的。"

薛大汉道："你活着是为了什么？"

傅红雪紧握着他的刀，一字字道："为了复仇。"

薛大汉看着他苍白的脸，心里竟也忍不住升起一股寒意，苦笑着道："看来做你的仇人，的确不是件愉快的事。"

傅红雪垂下头，看着自己手里的刀，又不说话了。

薛大汉目光闪动，试探着问道："你是不是也认得路小佳？"

傅红雪道："我只见过他。"

薛大汉道："怎么会见到的？"

傅红雪道："他想来杀我。"

薛大汉动容道："后来呢？"

傅红雪淡淡道："后来他就走了。"

薛大汉道："你就让他走？"

傅红雪道："我并不想杀他……我想杀的只有一个人。"

薛大汉道："你的仇人？"

傅红雪点点头。

薛大汉道："你的仇人只有一个？"

傅红雪道："现在我只知道一个。"

薛大汉叹了口气，道："你的运气比我好。"

傅红雪忽然也长叹了一口气，道："其实你的运气比我好。"

薛大汉道："为什么？"

傅红雪道："若有杀不尽的仇人可杀，倒也是人生一快，只可惜我……"

他目中露出痛苦之色，黯然道："只可惜我连那一个仇人都找不到。"

薛大汉道："你那仇人是谁？"

傅红雪道："你不必知道。"

薛大汉目光闪动，道："但是我却说不定可以帮你找到他。"

傅红雪沉吟着，终于道："他姓马，马空群。"

薛大汉悚容道："万马堂的主人？"

傅红雪也悚然动容，道："你认得他！"

薛大汉摇摇头，没有回答这句话，却喃喃道："这就难怪你要到白云庄去了！"

傅红雪道："白云庄和万马堂又有什么关系？"

薛大汉道："本来是没有的。"

傅红雪道："现在呢？"

薛大汉道："你难道真不知道今天是什么日子？"

傅红雪道："我怎么会知道？"

薛大汉道："你也没有接到帖子？"

傅红雪道："谁发的帖子？"

薛大汉道："当然是白云庄，今天就是他们少庄主大喜的日子。"

傅红雪道："我也不认得他。"

薛大汉道："但新娘子你却一定认得的。"

傅红雪道："新娘子是谁？"

薛大汉说道："就是马空群的女儿，听说叫作马芳铃。"

傅红雪的脸色变了。

薛大汉沉吟着，道："所以马空群今天想必也会到白云庄去。"

这句话还没有说完，傅红雪已纵身跃上了马车。

他轻功一施展出来，行动就突然变得箭一般迅速，绝没有人再能看得出他是个跛子。

薛大汉看着他，目中带着深思之色，过了半晌，才叹息着道："果然是好身手！"

这时傅红雪却已蹿上了马车的前座，夺过了那小伙子的马鞭，"唰"的一鞭往马腹上抽了下去。

马车已绝尘而去，竟将薛大汉和翠浓抛在后面。

翠浓垂下头，眼泪似已忍不住要夺眶而出。

薛大汉忽然对她笑了笑，道："你放心，我不会让他甩下你的。"

语声中他已迈开大步追上去，只五六步就已追上了马车，一伸手，拉住了车辕。

拉车的马一声长嘶，人立而起，车马竟硬生生被他拉住了，再也没法子往前走半步。

薛大汉又回头向翠浓笑了笑，道："请上车。"

翠浓终于抬起头，轻轻道："那女人不该抛下你跟路小佳走的，你是个君子。"

薛大汉叹了口气，苦笑道："只可惜这年头君子在女人面前已不吃香了。"

第二十九章

蛇蝎美人

天大亮，阳光普照。

今天已是九月十五。

九月十五。

乌兔太阳申时。

大吉。

忌嫁娶。

忌安葬。

冲龙煞北。

晴。

艳阳天。

大地清新，阳光灿烂。路上不时有鲜衣怒马的少年经过，打马赶向白云山庄。

拉车的马当然不会是快马，但现在它的确已尽了它的力了。傅红雪已将马鞭交回给那小伙子，坐到后面来，手里紧紧握着他的刀。

这双手本就不适于赶车的。

“你为何不留些力气，等着对付马空群！”

傅红雪紧紧地闭着嘴，脸色又苍白得接近透明。

翠浓坐在他身旁，看着他，目中充满了忧郁之色，却又不知是为谁忧虑。

薛大汉一大口一大口地喝着酒，喃喃道：“我只希望路小佳和马空群都在那里……”

傅红雪突然道：“那么你就该少喝些酒。”

薛大汉皱眉道："为什么？"

傅红雪冷冷道："醉鬼是杀不死人的，尤其杀不死路小佳那种人。"

薛大汉冷笑道："难道要杀人前只能吃花生？"

傅红雪道："花生至少比酒好。"

薛大汉道："哪点比酒好？"

傅红雪道："哪点比酒都好。"

嘴里有东西嚼着的时候，的确可以令人的神情松弛，而且花生本就是件很有营养的东西，可以补充人的体力。

薛大汉刚瞪起眼睛，像是想发脾气，却又叹了口气，苦笑道："看来我们都应该吃点花生才是，我们好像都太紧张了。"

赶车的小伙子忽然回过头来，笑说道："现在咱们已经走上往白云庄的大道了，从这里已经可以看到白云庄。"

薛大汉立刻忍不住伸长了脖子去瞧。

大道上黄尘滚滚，山色却是青翠的，翠绿色的山坡上，一排排青灰色的屋顶在太阳下闪着光。

薛大汉皱着眉，道："看来这白云庄的规模倒真不小。"

赶车的小伙子笑道："袁家本是这里的首户，提起袁家的大少爷来，在这周围八百里的人有谁不知道的呢？"

薛大汉又瞪起眼，厉声道："大爷我就不知道他是什么东西！"

赶车的小伙子一看见他瞪眼，早已吓得转回头，再也不敢开腔了。

马车已渐渐走入了山路，两旁浓荫夹道，人迹却已渐少。

该来的人，此刻想必都已到了白云庄。

"马空群是不是真的会在那里？"

傅红雪握刀的手背上已凸出青筋，若不是如此用力，这双手只怕已在发抖。

翠浓悄悄地握住了他的手，柔声道："他若在这里，就跑不了的，你何必着急？"

傅红雪好像根本没听见她在说什么，只是瞪大了眼睛，看着自己手里的刀。

刀鞘漆黑，刀柄漆黑。

薛大汉也正在看着这柄刀。

这本来是柄很普通的刀，但是被握在傅红雪苍白的手里时，刀的本身就似已带着一种神秘的、符咒般的魔力。

无论谁看着这柄刀就像是已被魔神诅咒过的。

薛大汉轻轻叹了口气，忽然道："你能不能让我看看你的刀？"

傅红雪道："不能。"

薛大汉道："为什么？"

傅红雪道："没有人看过我的刀！"

薛大汉道："我若一定要看呢？"

傅红雪冷冷道："那就一定有人要死——不是你死，就是我死。"

薛大汉的脸色已有些变了，却笑了笑，道："路小佳的剑就不怕被人看，他的剑根本就没有鞘。"

傅红雪道："你随时都可以去看他的剑，但最好永远也不要想看我的刀。"

他目光忽然变得很遥远，一字字接着道："这本来就是柄不祥的刀，看到它的人必遭横祸。"

薛大汉脸色又变了变，还想再问，但就在这时，马车忽然停下。

他转过头，就看见有样东西在太阳下闪着光，赫然竟是一粒花生。

剥了皮的花生。

花生落下，落在路小佳嘴里。

路小佳懒洋洋地站在路中央，他的剑也在太阳下闪着光。

薛大汉跳了起来，乌篷大车的顶，立刻被他撞得稀烂。

路小佳叹了口气，道："幸好这辆车不结实，否则你的头岂非要被撞出个大洞？"

薛大汉厉声道："你岂非就想我头上多个大洞。"

路小佳微笑道："仔细想一想，那倒也不坏，把酒往洞里倒，的确比用嘴喝方便些。"

薛大汉又跳起来，怒道："你还想在我面前说风凉话？你还敢来见我？"

路小佳道："为什么不敢？我本来就是在这里等你的。"

薛大汉怔了怔，道："你知道我要来？"

路小佳道："别人都在奇怪，你为什么不坐在车上，我却一点也不奇怪，就算你把车子扛在背上走，我都不会奇怪。”

他微笑着又道：“你这个人本就是什么事都做得出的。”

薛大汉道：“你呢？天下还有什么事是你做不出来的？”

路小佳道：“笨蛋做的事，我就做不出。”

薛大汉冷笑道：“你当然不是笨蛋，我才是笨蛋，我居然将你这种人当作朋友。”

路小佳道：“我本来就是你的朋友。”

薛大汉厉声道：“你是我的朋友？我交给你的八十万两银子呢？”

路小佳淡淡道：“我花了。”

薛大汉大叫道：“什么？你花了？”

路小佳道：“我们既然是好朋友，朋友本就有通财之义，你的银子我为什么不能花？”

薛大汉怔了怔道：“你……你怎么花的？”

路小佳道：“全送了人。”

薛大汉道：“送给了谁？”

路小佳道：“一大半送给了黄河的灾民，一小半送给了那些老公被你杀死了的孤儿寡妇。”

他不让薛大汉开口，又抢着道：“你的银子来路本不正，我却替你正大光明地花了出去，你本该感激我才是。”

薛大汉怔住了，怔了半天，突又大声道：“我的女人你难道也送给了别人？”

路小佳道：“那倒没有。”

薛大汉道：“她的人呢？”

路小佳道：“我已杀了她。”

薛大汉又跳起来，大叫道：“什么，你杀了她？”

路小佳淡淡道：“我杀人又不是什么稀奇的事，你何必大惊小怪？”

薛大汉道：“你……你为什么要杀她？”

路小佳道：“因为她想偷人。”

薛大汉怒道：“她偷的男人是谁？”

路小佳道：“我。”

薛大汉又怔住。

路小佳道："她虽然想偷我，却没有偷着，但我既不能保证别的男人都像我一样，也不能保证她不去偷别人，所以只好杀了她。我只有用这种法子才能让你不戴绿帽子。"

薛大汉道："你难道不能用别的法子？"

路小佳冷冷地答道："别的法子我不会，我只会杀人。"

薛大汉怔在那里，又怔了半天，忽然仰面大笑，道："好，杀得好。"

路小佳道："本来就杀得好。"

薛大汉道："你杀人好像总是杀得大快人心。"

路小佳道："我花钱也花得痛快。"

薛大汉大笑道："花得真痛快，痛快极了，连我都有点佩服你了。"

路小佳道："我早就知道你会佩服我的。"

薛大汉道："这酒还不错，来两口吧。"

路小佳道："这花生也不错，正下酒。"

两人大笑着，你勾起了我的肩，我握紧了你的手。

赶车的小伙子已经在旁边看得连眼睛都直了，他还真没有看见过这样的人，这样的朋友。

薛大汉忽又问道："可是你为什么不等我回去就走了呢？"

路小佳道："我赶着去杀别人。"

薛大汉道："杀谁？"

路小佳笑了笑，道："就是那个刚才还在你车上的人。"

薛大汉道："刚才？……"

他回过头，才发现刚才还在车上的傅红雪，竟已不见了，只剩下翠浓一个人坐在那里。

现在她却已不再低垂着头，正瞪大了眼睛，看着路小佳。

薛大汉皱眉道："你那男人呢？"

翠浓咬着嘴唇，道："他不是我的男人，因为他从来也没有把我当作他的女人，他简直从来没有把我当作人。"

薛大汉道："也许你看错了他。"

翠浓道："我没有……我从来不会看错任何一个男人的。"

她说话的时候，眼睛还是盯着路小佳，忽又冷笑道："我现在总算也看出你是哪种男人了。"

路小佳淡淡道："我是哪种男人？"

翠浓道："是个没胆子的男人！"

路小佳笑了。

翠浓道："你若还有一点胆量，为什么不敢娶马芳铃？"

路小佳道："我为什么一定要娶她？"

翠浓道："因为我知道她是跟着你走的。"

路小佳道："你知道？"

翠浓道："我看见她去追你的，也知道她一定追上了你。"

路小佳叹了口气，道："你知道的事倒真不少。"

翠浓道："只可惜她知道的事却太少，所以才会喜欢你。"

路小佳又笑了，道："你以为她真的喜欢我？"

翠浓道："她若不喜欢你，为什么要去追你？"

路小佳道："也许她只不过是为了要我替她杀人而已。"

翠浓道："男人为女人杀人，也并不是什么稀奇的事，你难道从来没有杀过人？"

路小佳道："你是不是也想要我去杀了傅红雪？"

翠浓道："你敢不敢去？"

路小佳冷笑!

翠浓道："就因为你不敢，所以就想法子将她送给了别人。"

路小佳道："你以为是我不要她的？"

翠浓道："她既然不顾一切去追你，又怎么会不要你？"

路小佳叹道："这其中当然还有个故事。"

翠浓道："什么故事？"

路小佳道："我带她到白云庄来，她看到了小袁，忽然发现小袁比我好，所以就爱上了小袁，把我一脚踢了出去。"

他叹了口气，苦笑道："这故事既不曲折，也不离奇，因为这事本就常常会发生的。"

翠浓道："你为什么要带她到白云庄来？"

路小佳道："这地方我本就常常来的。"

翠浓冷笑道："也许你只不过是为了要摆脱她，所以才故意带她来，故意替他们制造这个机会。"

路小佳道："哦？"

翠浓道："因为你本来就怕傅红雪，怕他的刀比你的剑快。"

路小佳道："哦？"

翠浓道："但现在你当然已用不着怕他了，因为他已绝不会再找你，现在你已跟万马堂的人完全没有关系。"

路小佳冷冷地说道："我本来就跟他们完全没有关系。"

翠浓道："但现在白云庄已跟万马堂结了亲。"

路小佳微笑道："这门亲事岂非本来就是门当户对的？"

翠浓道："而且他当然不会知道是你将马芳铃带来的。"

路小佳道："他知道的事的确不多。"

翠浓道："所以他一定会认为袁秋云也是他的仇人之一。"

路小佳道："很可能。"

翠浓道："所以他现在很可能已杀了袁秋云。"

路小佳道："也很可能。"

翠浓道："你一点也不关心？"

路小佳语气淡淡地道："我为什么要关心？是他杀了袁秋云也好，是袁秋云杀了他也好，跟我又有什么关系？"

翠浓盯着他，道："你关心的是什么？"

路小佳道："我只关心我自己。"

他忽又笑了笑，道："就跟你一样，你几时关心过别人？"

翠浓努着嘴唇，缓缓地道："但我却实在是关心他的。"

路小佳道："哦？"

翠浓道："你不信？"

她美丽的眼睛里忽然涌出了晶莹的泪珠，凄然道："你当然不信，有时连我自己都不信，我怎么会忽然变得关心他了。"

路小佳道："你流泪的样子实在很好看，可惜我一向只喜欢会笑的女人，并不喜欢会哭的。"

翠浓咬着牙，突然从车上扑了过去，手里已多了柄尖刀，一刀刺向他的胸膛。

但她的手很快就被抓住。

路小佳微笑着，紧紧地捏住了她的手，悠然道："你杀人本不该用刀的，像你这样的女人，杀人又何必用刀？"

"叮"的一声，刀落在地上。

翠浓忽然倒在他怀里，失声痛哭了起来。

她刚才还想杀了他，真的想杀了他，但现在却伏在他胸膛上，似已将整个人都交给他。

因为他比她强。女人一向只尊敬比自己强的男人。

薛大汉在旁边冷冷地看着，忽然笑了笑，道："刚才她好像真的想杀了你。"

路小佳道："本来就是真的。"

薛大汉道："但现在……"

路小佳道："现在她已知道杀不了我。"

薛大汉道："所以她现在已准备让你宰了。"

路小佳道："宰？"

薛大汉笑道："你难道真不懂我说的这'宰'字是什么意思？"

路小佳当然懂。

每个男人都懂。

薛大汉道："女人就是这样子的，她宰不了你，你就可以宰她。"

路小佳垂下头，看着怀中的翠浓。

翠浓显然已听见了他们所说的话，但却一点反应也没有，她的躯体柔软而温暖。

薛大汉道："傅红雪还是个不懂风情的孩子，这女人看来却一定要我们这样的男人才能对付得了。"

路小佳冷冷道："她本来就是个婊子。"

他忽然一把抓住了她的乳房，抓得很用力。

但翠浓还是一点反应也没有。

路小佳看着她，眼睛里忽然露出痛苦厌恶之色，又一把揪住她头发，重重的一个耳光掴了下去。

她苍白美丽的脸立刻被打出了个掌印，鲜红的血慢慢地从嘴角流了下来。

可是她眼睛里却发出了光，看着路小佳，忽然大笑道："原来你是个……"

路小佳不让她这句话说完，又一掌掴在她脸上。

她的人立刻被打得滚在马车下，像一摊泥般倒在那里。

薛大汉长长叹了口气，道："你不该打她的，你应该……"

路小佳道："我应该杀了她。"

薛大汉道："为什么？因为她偷人？但傅红雪又不是你的朋友，何况她本就是婊子。"

路小佳道："婊子并不该杀，世上还有种比婊子更下贱的女人。"

薛大汉道："哪种？"

路小佳道："一种天生的婊子。"

薛大汉又笑了，道："你难道希望天下所有的女人都是处女？"

路小佳脸色变了变，冷冷道："我们又何必站在这里谈这种女人？"

薛大汉道："我们应该到哪里去？"

路小佳道："去看杀人。"

他神情忽然变得很兴奋，他一向觉得杀人比女人好看得多。

薛大汉道："杀人？谁杀人？"

路小佳道："除了傅红雪外，还有谁杀人值得我们去看？"

忽又笑了笑，道："你一定也想看看傅红雪那柄刀究竟有多快的。"

薛大汉脸上忽然也露出种很奇怪的表情，微笑着道："我只希望他莫要杀错了人。"

第三十章

护花剑客

路小佳和薛大汉都已走了，翠浓却还蜷伏在马车下，动也不动。

赶车的小伙子已被刚才的事吓得面无人色，又怔了半天，才蹲下身，从马车下拉出了翠浓。

他以为翠浓一定很气愤，很痛苦。

谁知她却在笑。

她的脸虽然已被打青了，嘴角虽然在流着血，但眼睛里却充满了兴奋之意。

挨了揍的人，居然还笑得出。

小伙子怔住。

翠浓忽然道："你知不知道他为什么要打我？"

小伙子摇摇头。

翠浓道："因为他在对自己生气。"

小伙子更不懂，忍不住问道："为什么要对自己生气？"

翠浓道："他恨自己不是个男人，我虽然是个女人，他却只能看着我。"

小伙子还不懂。

翠浓笑道："我现在才知道，他只不过是条蚯蚓而已。"

小伙子道："蚯蚓？"

翠浓道："你没有看见过蚯蚓？"

小伙子道："我当然看见过。"

翠浓道："蚯蚓是什么样子？"

小伙子道："软软的，黏黏的……"

翠浓眨着眼，道："是不是硬不起来的？"

小伙子道：“一辈子也硬不起来。”

翠浓嫣然道：“这就对了，所以他就是条蚯蚓，在女人面前，一辈子也硬不起来。”

小伙子终于懂了。

“她天生就是个婊子。”

想到别人对她的批评，看着她丰满的胸膛、美丽的脸……

他的心忽然跳了起来，跳得好快，忽然鼓起勇气，吃吃道：“我……我不是蚯蚓。”

翠浓又笑了。

她笑的时候，眼睛里反而露出种悲伤痛苦之色，柔声道：“你看我是个怎么样的女人？”

小伙子看着她，脸涨得通红，道：“你……你……你是个很漂亮的女人。”

翠浓道：“还有呢？”

小伙子道：“而且……而且你很好，很好……”

他实在想不出什么赞美的话说，但“很好”这两个字却已足够。

翠浓道：“你会不会抛下我一个人走？”

小伙子立刻大声道：“当然不会，我又不是那种混蛋。”

翠浓道：“抛下我一个人走的男人就是混蛋？”

小伙子道：“不但是混蛋，而且是呆子。”

翠浓看着他，美丽的眼睛里忽然又有泪光涌出，过了很久，才慢慢地伸出手。

她的手纤秀柔白。小伙子看着她的手，似已看得痴了。

翠浓道：“快扶我上车去。”

小伙子道：“到……到哪里去？”

翠浓柔声说道：“随便到哪里去，只要是你带着我走。”

说完了这句话，她眼泪已流了下来。

“今天真是他们家办喜事？”

“当然是真的，否则他们为什么要请这么多的客人来？”

“但这些人脸上为什么连一点喜气都没有，就好像是来奔丧的？”

“这其中当然有缘故。”

“什么缘故？”

“这本来是个秘密，但现在已瞒不住了。”

“究竟为了什么？”

“该来的人，现在已经全都来了，只不过少了一个而已。”

“一个什么人？”

“一个最重要的人。”

“究竟是谁？”

“新郎官。”

“……”

“他前天到城里去吃人家的酒，本来早就该回来了，却偏偏直到现在还连人影都不见。”

“为什么？”

“没有人知道。”

“他的人呢？到哪里去了？”

“也没有人看见，自从那天之后，他这个人就忽然失踪了。”

“奇怪……”

“实在奇怪。”

看着喜宴中每个客人都板着脸，紧张得神经兮兮的样子，并不能算是件很有趣的事。

但叶开却觉得很有趣。

这无疑是种很难得的经验，像这样的喜宴并不多。

他留意地看着每个从他面前经过的人，他在猜，其中不知道有几个人是真的在为袁家担心。

有些人脸上的表情虽然很严肃，很忧郁，但却也许只不过是因为肚子饿了，急着要喝喜酒。

有些人也许在后悔，觉得这次的礼送得太多，太不值得。

叶开笑了。

丁灵琳坐在他旁边，悄悄道：“你不该笑的。”

叶开道：“为什么？”

丁灵琳道："现在每个人都知道新郎官已失踪了，你再笑，岂非显得有点幸灾乐祸？"

叶开笑道："不管怎么样，笑总比哭好，今天人家毕竟是在办喜事，不是出葬。"

丁灵琳嘟起了嘴，道："你能不能少说几句缺德的话？"

叶开道："不能。"

丁灵琳道："不能？"

叶开笑道："因为我若不说，你就要说了。"

丁灵琳也板起了脸，看来好像很生气的样子，其实心里却很愉快。

因为她觉得叶开的确是个与众不同的男人，而且没有失踪。

午时。

新郎官虽然还没有消息，但客人们总不能饿着肚子不吃饭。

喜宴已摆了上来，所以大家的精神显得振奋了些。

丁灵琳却皱起了眉，道："我那些宝贝哥哥怎么还没有来？"

叶开道："他们会来？"

丁灵琳道："他们说要来的。"

叶开道："你希望他们来？"

丁灵琳点点头，忍不住笑道："我想看看路小佳看见他们时会有什么表情。"

叶开道："路小佳若真的把他们全都杀了呢？"

丁灵琳又嘟起嘴，道："你为什么总是看不起我们丁家的人？"

叶开笑了笑，说道："因为你们丁家的人也看不起我。"

丁灵琳冷笑道："马家的人看得起你，所以把儿子女儿都交托给了你。"

叶开忽然叹了口气，道："早知道马芳铃会忽然成亲，我就该把小虎子也带来的。"

现在他已将小虎子寄在他的朋友家里。

他的朋友是开武场的，夫妇两个人就想要个儿子，一看见小虎子，就觉得很欢喜。

叶开有很多朋友，各式各样的朋友，做各种事的朋友。

他本来就是一个喜欢朋友的人，朋友们通常也很喜欢他。

丁灵琳瞪着他，忽然冷笑道："你叹什么气？是不是因为马大小姐嫁给了别人，所以你心里难受。"

叶开淡淡道："丁大小姐还没有嫁给别人，我难受什么？"

丁灵琳又忍不住笑了，悄悄道："你再不来我家求亲，总有一天，我也会嫁给别人的。"

叶开笑道："那我就……"

这句话只说了一半，因为这时他已看见了傅红雪。

傅红雪手里紧紧握住他的刀，慢慢地走入了这广阔的大厅。

大厅里拥挤着人群，但看他的神情，却仿佛还是走在荒野中一样。

他眼睛里根本没有别的人！

但别的人却都在看着他，每个人都觉得屋子里好像忽然冷了起来。

这脸色苍白的年轻人身上，竟仿佛带着种刀锋般的杀气。

叶开也感觉到了，皱着眉，轻轻道："他怎么也来了？"

丁灵琳道："说不定也是路小佳找来的？"

叶开道："他为什么要特地把我们找来？我本来就觉得奇怪。"

他语声又忽然停顿，因为这时傅红雪也看到了他，眼睛里仿佛结着层冰。

叶开微笑着站起来，他一直都将傅红雪当作他的朋友。

但傅红雪却很快地扭过头，再也不看他一眼，慢慢地穿过人丛，脸也仿佛结成了冰。

但他握刀的手，却似在轻轻颤抖着，虽然握得很紧，还是在轻轻颤抖着。

他走得虽然很慢，但呼吸却很急。

丁灵琳摇了摇头，叹道："他看来更不像是来喝喜酒的！"

叶开道："他本来就不是。"

丁灵琳道："你想他是来干什么的？"

叶开道："来杀人的！"

丁灵琳动容道："杀谁？"

叶开道："他既然到这里来，要杀的当然是这地方的人！"

他的声音缓慢，神色也很凝重。

丁灵琳从未看过他表情如此严重，忍不住又问道："难道他要杀袁……"

叶开的表情更严肃，慢慢地点了点头。

丁灵琳道："就在这里杀？现在就杀？"

叶开道："他杀人已绝不会再等。"

丁灵琳道："你不去拦阻他？"

叶开冷冷道："他杀人也绝没有人能拦得住。"

他目光忽然也变得刀锋般锐利，只有心怀仇恨的人，目光才是这样子的。

丁灵琳此刻若是看到了他的眼睛，也许已不认得他了，因为他竟像是忽然变成了另外的一个人。

但丁灵琳却已在看着傅红雪的刀，轻轻地叹息，道："看来今天的喜事只怕真的要变成丧事了……"

苍白的脸，漆黑的刀。

这个人的心里也像是黑与白一样，充满了冲突和矛盾。

生命是什么？死亡又是什么？

也许他全部不懂。

他只懂得仇恨。

傅红雪慢慢地穿过人群，走过去。

大厅的尽头处挂着张很大的"喜"字，金色的字，鲜红的绸。

红是吉祥的，象征着喜气。

但血也是红的。

一个满头珠翠的妇人，手里捧着碗茶，本来和旁边的女伴窃窃私语。

她忽然看到了傅红雪。

她手里的茶碗就跌了下去。

傅红雪并没有看她，但手里紧握的刀已伸出。

看来他的动作并不太快，但掉下去的茶碗却偏偏恰巧落在他的刀鞘上。

碗里的茶连一滴都没有溅出来。

叶开叹了口气，道："好快的刀。"

丁灵琳也叹了口气，道："的确快。"

傅红雪慢慢地抬起手，将刀鞘上的茶碗又送到那妇人面前。

这妇人想笑，却笑不出，总算勉强说了一声："多谢。"

她伸出手，想去接这碗茶。

但她的手却实在抖得太厉害。

忽然间，旁边伸出一只手，接过那碗茶。

一只很稳定的手。

傅红雪看着这只手，终于抬起头，看到了这个人。

一个很体面的中年人，穿着很考究，须发虽已花白，看来却还是风度翩翩，很能吸引女人。

事实上，你很难判断他的年纪。

他的手也保养得很好，手指修长、干燥、有力。不但适于握刀剑，也适于发暗器。

傅红雪盯着他，忽然问道："你就是袁秋云？"

这人微笑着摇摇头，道："在下柳东来。"

傅红雪道："袁秋云呢？"

柳东来道："他很快就会出来的。"

傅红雪道："好，我等他。"

柳东来道："阁下找他有什么事？"

傅红雪拒绝回答。

他目光似已到了远方，他眼前似已不再有柳东来这个人存在。

柳东来居然也完全不放在心上，微笑着将手里的一碗茶送到那妇人面前，道："茶已有点凉了，我再去替你换一碗好不好？"

这妇人嫣然一笑，垂下头，轻轻道："谢谢你。"

看到柳东来，她好像就立刻变得轻松多了。

丁灵琳也在看着柳东来，轻轻道："这人就是'护花剑客'柳东来？"

叶开笑了笑，道："也有人叫他夺命剑客。"

丁灵琳道，"他是不是袁秋云的大舅子？"

叶开点点头，道：“他们不但是亲戚，也是结拜兄弟。”

丁灵琳眼波流动，道：“听说他是个很会讨女人欢喜的人。”

叶开道：“哦？”

丁灵琳道：“我看他对女人实在很温柔有礼，你为什么不学学他？”

叶开淡淡道：“我实在应该学学他，听说他家里有十一房妾，外面的情人更不计其数。”

丁灵琳瞪起了眼，咬着嘴唇道：“你为什么不学学好的？”

她的脸忽然红了，因为她忽然发现大厅里只有他们两个人在说话，所以已有很多人扭过头来看她。

大家现在虽然还不知这脸色苍白的年轻人究竟是来干什么的，但却都已感觉到一种不祥的预兆，仿佛立刻就要有灾祸发生在这里。

就在这时，他们看见一个人从后面冲了出来，一个已穿上凤冠霞帔的女人。

新娘子马芳铃。

新郎官下落不明，新娘子却冲出了大厅，大家瞪大了眼睛，张大了嘴，几乎连气都已喘不过来。

马芳铃身上穿的衣服虽然是鲜红的，但脸色却苍白得可怕。

她一下子就冲到傅红雪面前，嗄声道：“是你，果然是你！”

傅红雪冷冷地看了她一眼，就好像从来没有见到这个人似的。

马芳铃瞪着他，眼睛也是红的，大声道：“袁青枫呢？”

傅红雪皱了皱眉，道：“袁青枫？”

马芳铃大声道：“你是不是已经杀了他？有人看见你们的……”

傅红雪终于明白，这地方的少庄主，今天的新郎官，原来就是那在长安市上的佩剑少年。

他也看见了彭烈。

彭烈也是这里的客人，这消息想必就是彭烈告诉他们的。

傅红雪淡淡道：“我本来的确可以杀了他。”

马芳铃的身子颤抖，突然大叫，道：“一定是你杀了他，否则他为什么还不回来，你……你……你为什么总要害我，你……”

她声音嘶哑，目中也流下泪来。

她衣袖里早已藏着柄短剑，突然冲过去，剑光闪电般向傅红雪刺下。

她的出手又狠又毒辣，只恨不得一剑就要傅红雪的命。

傅红雪冷冷看着她，刀鞘横出一击。

马芳铃已踉跄倒退了出去，弯下了腰不停地呕吐起来。

可是她手里还是紧紧地握着那柄剑。

傅红雪冷冷道："我本来也可以杀了你的。"

马芳铃流着泪，喘息着，突又大喊，挥剑向他扑了过来。

她似已用了全身的力量。

但旁边有个人只轻轻一拉她衣袖，她全身力量就似已突然消失。

这是内家四两拨千斤，以力解力的功夫。

懂得这种功夫的人并不多，能将这种功夫运用得如此巧妙的人更少。

那至少要二三十年以上的功夫。

所以这人当然已是个老人，是个很有威仪的老人。

他穿着也极考究，态度却远比柳东来严肃有威，一双炯炯有神的眼睛，正瞪着傅红雪，厉声道："你知不知道她是个女人？"

傅红雪闭着嘴。

老人目中带着怒色，道："就算她不是我的媳妇，我也不能看你对一个女人如此无礼。"

傅红雪突然开口，道："她是你的媳妇？"

老人道："是的。"

傅红雪道："你就是袁秋云？"

老人道："正是。"

傅红雪道："我没有杀你的儿子。"

袁秋云凝视着他，终于点了点头，道："你看来并不像是个会说谎的人。"

傅红雪缓缓道："但是我却可能要杀你！"

袁秋云怔了怔，突然大笑。

他平时很少这样大笑的，现在他如此大笑，只因为他心里忽然觉得有种无法形容的恐惧。

他大笑着道：“你说你可能要杀我？你竟敢在这里说这种话？”

傅红雪道：“我已说过，现在我只有一句话还要问你。”

袁秋云道：“你可以问。”

傅红雪握紧了他的刀，一字字问道：“十九年前，一个大雪之夜，你是不是也在落霞山下的梅花庵外？”

袁秋云的笑声突然停顿，目光中忽然露出恐惧之色，一张严肃有威的脸，也突然变得扭曲变形，失色道：“你是白……白大侠的什么人？”

他知道这件事！

这句话已足够说明一切。

傅红雪苍白的脸突然发红，身子突然发抖。

奇怪的是，他本来在发抖的一双手，此刻却变得出奇稳定。

他咬紧牙关，一字字道：“我就是他的儿子！”

他说完了这句话。

袁秋云也听了这句话，但这句话却已是他最后能听见的一句话了。

傅红雪的刀已出鞘！

他杀人已绝不再等！

刀光一闪。

闪电也没有他的刀光这么凌厉，这么可怕！

每个人都看到了这一闪刀光，但却没有人看见他的刀。

袁秋云也没有看见。

刀光只一闪，已刺入了他的胸膛。

所有的声音突然全都停顿，所有的动作也突然全都停顿。

然后袁秋云的喉咙里才突然发出一连串“咯咯”声，响个不停。

他瞪大了眼睛，看着傅红雪，眼睛里充满了惊讶、恐惧、悲哀和怀疑。

他不信傅红雪的刀竟如此快。

他更不信傅红雪会杀他！

傅红雪的脸又已变为苍白，苍白得几乎透明。

袁秋云看着他，忽然用力将自己的身子从他的刀上拔出。

于是他倒了下去。

鲜血雨点般溅出，落在他自己身上。

他眼珠渐渐凸出，忽然用尽全身力气大嘶："那天我不在梅花庵外！"

这就是他说的最后一句话，但却不是傅红雪听到的最后一句话。

刀已入鞘，刀上还带着血。

他忽然听见一个人用比刀还冷的声音说："你杀错人了！"

"你杀错人了！"

没有人出声，没有人动，甚至连惊呼和叹息都没有，每个人都已被这幕就在他们眼前发生的事情所震惊，震惊得几乎麻木。

"你杀错人了！"

傅红雪的耳朵里似也被震得"嗡嗡"地响。

这句话说的声音虽不大，但在他听来，却像是一声霹雳。

过了很久，他才慢慢转过身。

柳东来就站在他面前，那张永远带着微笑的脸，已变成死灰色！

他的眼睛看来却像是把刀，正像刀锋般在刮着傅红雪的脸，缓缓道："那天晚上，他的确不在梅花庵外。"

傅红雪咬紧牙关，终于忍不住问："你知道？"

"只有我知道。"

柳东来的脸也已扭曲，因痛苦和悲伤而扭曲，接着说道："那天晚上，也正是他妻子因难产而死的时候，他一直都守在床边，没有离开过半步。"

这绝不是谎话。

傅红雪只觉得自己胸膛上仿佛也被人刺了一刀，全身都已冰冷。

柳东来道："但他却知道那天晚上在梅花庵外的血战。"

傅红雪道："他……他怎么会知道的？"

柳东来道："因为有人将这秘密告诉了他。"

傅红雪道："是谁告诉了他？"

柳东来道："我！"

这一个字就像是一柄铁锤，又重重地击在傅红雪胸膛上。

柳东来充满痛苦和悲伤的眼睛里，又露出种说不出的讥嘲之色，道："我才是那天晚上在梅花庵刺杀你父亲的人！"

他转过脸看着袁秋云的尸身，目中早已有泪将出，黯然接着道："他不但是我的姻亲，也是我最好的朋友，我们从小就同生死、共患难，我们之间从无任何的秘密。"

傅红雪道："所以你才将这秘密告诉了他？"

柳东来凄然道："但我却从未想到我竟因此而害了他。"

他的话就像是尖针一样，在刺着傅红雪。

他接着道："我将这秘密告诉他的时候，他还责备我，说我不该为了个女人，就去做这件事，那只因他还不知道我跟那女人的情感有多深。"

傅红雪颤声道："你……你去行刺，只不过是为了个女人？"

柳东来道："不错，是为了个女人，她叫作洁如，她本来是我的，但是白天羽却用他的权势和钱财，强占了她！"

傅红雪突然大吼，道："你说谎！"

柳东来仰面狂笑，道："我说谎？我为什么要说谎？你难道从未听说过你父亲是个怎么样的人？那么我可以告诉你，他是个……"

傅红雪的脸又已血红，身子又在剧烈地颤抖，忽然大吼拔刀！

雪亮的刀光，匹练般向柳东来刺过去，刀又入鞘。

柳东来前胸的衣襟却已裂开，鲜血像雨点般溅了出来。

但是他连动也没有动，脸上还是带着那种狠毒讥诮的笑容。

傅红雪厉声道："你敢再说一句这种无耻的谎话，我就要你慢慢地死。"

柳东来冷冷道："袁老二已因我而死了，我本就没有准备再活下去，怎么死都一样。"

傅红雪道："所以你才血口喷人，用这种话来侮辱他。"

柳东来道："我随便你用什么法子都行，但你却一定要相信我说的是真话，每个字都是。"

他声音虽已因痛苦而颤抖嘶哑，但却还是动也不动地站在那里。

傅红雪却在发抖，突然转身，拔出了一个人的剑，抛给他。

柳东来接住。

傅红雪厉声道：“现在你手里已有剑了。”

柳东来道：“是的。”

傅红雪道：“你为什么还不动手，难道你只有在蒙着脸的时候才敢杀人？”

柳东来凝视着他手里握着的剑，喃喃道：“我的确该杀了你，免得你再杀错别人，但血已经流得太多了，太多了……”

他忽然挥手，手里的剑立刻洒出了一片光幕。

他的剑轻灵、巧妙。

他出手的部位奇特，剑招的变化奇诡而迅速。

护花剑客本是武林中最负盛名的几位剑客之一，他的声名并不是骗来的。

你可以骗得到财富，骗得到权力，但无论谁也骗不到武林中的名声。

那只有用血才能换来——用别人的血才能换来。

但这次他流的却是自己的血。

轻灵美妙的剑光刚洒出去，还很灿烂，很辉煌，但突然间就已消失。

刀已在他胸膛上。

他的脸已扭曲，但嘴角却还是带着那种讥诮恶毒的笑。

他还是在看着傅红雪，喘息着道：“果然是举世无双的快刀，只可惜无论多么快的刀，也改变不了事实的真相！”

说完了这句话他才倒下去。

他一定要说完这句话才能倒下去，才肯倒下去。

第三十一章

刻骨铭心

刀已入鞘。

刀上的血当然绝不会干的。

傅红雪慢慢地转过身，左脚先迈出去，右腿再慢慢地跟上去。

他身子还在发抖，正用尽全身力气，控制着自己。

“你说谎，你说的每个字都是谎话。”

他慢慢地走过人群，眼睛笔直地看着前面，他已没有勇气再去看地上的尸体，也没有勇气再去看别的人。

后面突然传来痛哭的声音。

是马芳铃在哭。

她痛哭，咒骂，将世界上所有恶毒的话全都骂了出来。

傅红雪却听不见，他整个人都已麻木。

没有人阻拦他，没有人敢阻拦他。

他的手还是紧紧地握着他的刀。

漆黑的刀！

外面的阳光却还是明亮灿烂的，他已走到阳光下。

马芳铃头发已披散，疯狂般嘶喊：“你们难道不是袁秋云的朋友？你们难道就这样让凶手走出去？”

没有人回答，没有人动。

这仇恨本是十九年前结下的，和这些人完全没有关系。

以牙还牙，以血还血，这本就是江湖中最古老的规律。

何况白天羽他在当年也实在死得太惨。

除了痛哭和咒骂外，马芳铃已完全没有别的法子。

但痛哭和咒骂是杀不死傅红雪的。

她忽然用力咬住了嘴唇，哭声就立刻停止。嘴唇虽已咬出了血，但她却拉直了衣服，将头上戴的凤冠重重地摔在地上，理了理凌乱的头发，挺起了胸，大步从吃惊的人群中走了出去。

走过叶开面前的时候，她又停下来，用那双已哭红的眼睛，瞪着叶开，忽然道："现在你总该满意了吧。"

叶开只有苦笑。

丁灵琳却忍不住道："他满意什么？"

马芳铃狠狠地瞪着她，冷冷道："你也用不着太得意，总有一天，他也会甩了你的。"

说完了这句话，她就头也不回地走了出去。

刚走到门口，就有个白发苍苍的老管家赶过来，在她面前跪下，道："现在老庄主已去世了，少庄主也下落不明，少奶奶你……你怎么能走？"

这老人满脸泪痕，声音已嘶哑。

马芳铃却连看都不看他一眼，仰起了脸，冷冷道："我不是你们袁家的少奶奶，我根本还没有嫁到袁家来，从现在起，我跟你们袁家一点关系也没有。"

她大步走出院子，再也没有回头。

"从现在起，我再也不会踏入白云庄一步。"

秋风飒飒，秋意更浓了。

丁灵琳轻轻叹了口气，道："想不到她竟是这么样一个无情的人。"

叶开也叹了口气，道："无情本就是他们马家人的天性。"

丁灵琳用眼角瞟着他，道："你们叶家的人呢？"

这句话刚说完，就听见身后有个人冷冷道："他们叶家的人也差不多。"

丁灵琳还没有回头，叶开又叹了口气，道："你大哥果然来了。"

一个人正施施然从后面走过来，羽衣星冠，白面微须，背后斜背着柄形式奇古的长剑，杏黄色的剑穗飘落在肩头。

他穿着虽然是道人打扮，但身上每一样东西都用得极考究，衣服的剪裁也极合身，一双保养极好的手上，戴着个色泽柔润的汉玉扳指，无论谁都看得出那一定是价值连城的古物。

他身材修长，儒雅俊秀，可以说是个少见的美男子，但神色间却显得很骄傲、很冷漠，能被他看上眼的人显然不多。

这正是江湖中的大名士，名公子，自号“无垢道人”的丁大少爷——丁云鹤。

丁灵琳已欢呼着迎上去，身上的铃铛“叮铃铃”地响个不停。

丁云鹤却皱起了眉，道：“你在外面还没有野够？还不想回家去？”

丁灵琳嘟起了嘴，道：“人家已经不是小孩子了，大哥怎么还是一见面就骂人？”

丁云鹤叹息着摇了摇头，皱着眉看了看叶开冷冷道：“想不到阁下居然还没有死。”

叶开微笑道：“托你的福，最近我吃也吃得下，睡也睡得着，看来一时还死不了。”

丁云鹤叹了口气，道：“好人不长命，祸害遗千年。这句话真不假。”

丁灵琳嘟着嘴，道：“大哥你为什么老是要咒他死呢？”

丁云鹤道：“因为他若死了，你也许就会安安分分地在家里待着了。”

丁灵琳眨了眨眼，道：“不错，他若死了，我一定就不会在外面乱跑了，因为那时我已进了棺材。”

丁云鹤沉下了脸，还未开口，丁灵琳忽又拉了拉他的衣袖，悄然道：“你看见门口那个人没有？那个腰带上插着柄剑的人。”

刚从门外走进来的人，正是路小佳。

丁云鹤又皱起了眉，道：“你难道跟那种人也有来往？”

丁灵琳道：“你知道他是谁？”

丁云鹤点了点头。

看到了那柄剑，江湖上还不知道他是谁的人并不多。

丁灵琳道：“他说他要杀了你。”

丁云鹤道："哦？"

丁云琳道："你难道就这样'哦'一声就算了？"

丁云鹤淡淡道："我现在还活着。"

丁灵琳眼珠子转了转，道："你难道不想跟他比比是谁的剑快？"

丁云鹤道："我的剑一向不快。"

内家剑法讲究的本是以慢制快，以静制动。能后发制人的，才算懂得内家剑法的真义。

丁灵琳叹了口气，用一双大眼睛狠狠地去瞪着路小佳。

路小佳却不睬她。

丁灵琳忽然大步走过去，道："喂。"

路小佳剥了个花生，抛起。

丁灵琳道："那边站着的就是我大哥，你看见了没有？"

路小佳正在看着那粒花生落下来。

丁灵琳道："你好像说过你要杀他的。"

花生已落入路小佳嘴里，他才淡淡地道："我说过么？"

丁灵琳道："你现在为什么不过去动手？"

路小佳慢慢地嚼着花生，道："巧得很，今天我刚巧不想杀人。"

丁灵琳道："为什么？"

路小佳道："今天死的人已够多了。"

丁灵琳眼珠子又一转，忽然笑道："我明白了，原来你嘴巴说得虽凶，心里却是怕我们的。"

路小佳笑了。

他并没有否认，因为他的确对一个人有些畏惧。

但是他畏惧的人却绝不姓丁。

傅红雪站在那里，就站在路的中央，就站在他们马车刚才停下来的地方。就站在刚才和翠浓分手的地方。

白云庄的客人已散了。

只要有一个人先开始走，立刻就有十个人跟着走，一百个人跟着走。除非是真正肝胆相照、患难相共的朋友，谁也不愿意再留在那里。

这种朋友并不多，绝不多。

人群倒水般从白云庄里涌出来，有的骑着马，有的乘着车，也有的一面走路，一面还在窃窃私语，表示他们虽然走了，却并不是不够义气，只不过这种事实在不是他们能插手的。

无论哪种人，都远远地就避开了傅红雪，好像只要靠近了这个人，就会给自己带来灾祸。

但大家心里还是在奇怪："这个人为什么还留在这里？"

傅红雪根本没有看见他们。

他眼睛里根本没有看见任何人、任何事。

对他说来，这世界已是空的，因为翠浓已经不在这里。

他本来以为她一定会在这里等他的。

他从来也没有想到她会走，就这样一个人悄悄地走了，甚至连一句话都没有留下来。

她怎么能这样对他？

虽然他刚才也是自己一个人走了的，但他是为了要去复仇。

他不愿她陪着他去冒险。

最重要的是，他绝不会真的把她一个人留在这里，他一定会回来找她的。

这些话他虽然没有说出来，但是她应该明白。

因为她应该了解他的。

有时他对她虽然很凶恶、很冷淡，甚至会无缘无故地对她发脾气。

但那也只不过因为他太爱她，太怕失去她。

所以有时他明知那些事早已过去，却还是会痛苦嫉妒。

只要一想起那些曾经跟她好过的男人，他的心里就会像针一样在刺着。

他觉得那些男人都不配，他觉得她本来应该是个高高至上的女神。

这些话他虽然没有说出来，但是她也应该明白的。

她应该知道他爱她，爱得有多么深。

可是她现在却走了，就这样一个人悄悄地走了，连一句话、一点消息都没有留下。

这是为什么？

她为什么会如此狠心？

风还是刚才一样的风，云还是刚才一样的云。

但是在他感觉中，这世界已变了，完全变了，变成了空的。

他手里紧紧握着他的刀，他的心仿佛也被人捏在手里，捏得很紧。

而且就在心的中间，还插着一根针。

一根尖锐、冰冷的针。

没有人能想象这种悲苦是多么深邃，多么可怕。

除了仇恨之外，他第一次了解到世上还有比仇恨更可怕的感情。

本来他想毁灭的，只不过是他的仇人。

但这种感情却使得他想毁灭自己，想毁灭这整个世界！

他从没有想到自己的错，因为他觉得自己根本没有错。

所以他更痛苦。

他从来没有想到，有句话是一定要说出来的，你若不说出来，别人怎么会知道？

这也许只因为他还不了解翠浓，不了解女人。

他还不懂得爱。

既不懂得应该怎么样被爱，也不懂得应该怎么样去爱别人。

但这种爱才是最真的！

你只有在真正爱上一个人的时候，才会有真正的痛苦。

这本来就是人类最大的悲哀之一。

但是只要你真正爱过，痛苦也是值得的！

夜。

群星在天上闪耀，秋树在风中摇曳。

秋月更明。

这还是昨夜一样的星，一样的月。

但昨夜的人呢？

星还在天上，月还在天上。

人在哪里？

三个月，他们已在一起共同度过了三个月，九十个白天，九十个晚上。

那虽然只不过像是一眨眼就过了，但现在想起来，那每一个白天，每一个晚上，甚至每一时、每一刻中，都不知有多少回忆。

有过痛苦，当然也有过快乐，有过烦闷，也有过甜蜜。

有多少次甜蜜的拥抱？多少次温柔的轻抚？

现在这一切难道已永远成了过去？

那种刻骨铭心、魂牵梦萦的情感，现在难道已必须忘记？

若是永远忘不了呢？

忘不了又能如何？

记得又如何？

人生，这是个什么样的人生？

傅红雪咬紧了牙，大步向前走出去，让秋风吹干脸上的泪痕。

因为他现在还不能死！

灯昏。

小酒铺里的昏灯，本就永远都带着种说不出的凄凉萧索。

酒也是浑浊的。

昏灯和浊酒，就在他面前。

他从未喝过酒，可是现在他想醉。

他并不相信醉了真的就能忘记一切，可是他想醉。

他本来只觉已能忍受各种痛苦，但现在忽然发觉这种痛苦竟是不能忍受的。

浑浊的酒，装在粗瓷碗里。

他已下定决心，要将这杯苦酒喝下去。

可是他还没有伸出手，旁边已有只手伸过来，拿起了这碗酒。

“你不能喝这种酒。”

手很大，又坚强而干燥，声音也同样是坚强而干燥的。

傅红雪没有抬头，他认得这只手，也认得这声音——薛大汉岂非也正是坚强而干燥的人，就像是个大核桃一样。

“为什么我不能喝？”

"因为这酒不配。"

薛大汉另一只手里正提着一大缸酒，他将这缸酒重重地放在桌上，拍碎了泥封，倒了两大碗。

他并没有再说什么，脸上的神色既不是同情，也不是怜悯。

他只是将自己面前的一碗给傅红雪。

傅红雪没有拒绝。

现在已连拒绝别人的心情都没有，他只想醉。

谁说酒是甜的？

又苦又辣的酒，就像是一股火焰，直冲下傅红雪的咽喉。

他咬着牙吞下去，勉强忍耐着，不咳嗽。

可是眼泪却已呛了出来。

薛大汉看着他，道："你以前从来没有喝过酒？"

没有回答。

薛大汉也没有再问，却又为他倒了一碗。

第二碗酒的滋味就好得多了。

第三碗酒喝下去的时候，傅红雪心里忽然起了种很奇异的感觉。

他从未有过这种感觉。

桌上的昏灯，仿佛已明亮了起来，他身子本来是僵硬的，是空的，但现在却忽然有了一种说不出的奇异活力。

连痛苦都已可偶尔忘记。

但痛苦还是在心里，刀也还是在心里！

薛大汉看着他的刀，忽然道："杀错人并不是什么了不起的事。"

沉默。

薛大汉道："江湖上的英雄好汉们，谁没有杀错过人？"

还是沉默。

薛大汉道："不说别人，就说袁秋云自己，他这一生中，就不知杀错过多少人。"

傅红雪端起面前刚斟满的酒，又一口气灌了下去。

他知道薛大汉误会了他的痛苦。他更痛苦。

他刚杀了一个无辜的人，心里竟似已完全忘记了这件事，竟只记着一个女人。一个背弃了他的女人。

薛大汉又为他斟满了一碗酒，道：“所以，你根本不必将这件事放在心上的，我知道你是条好汉子，你……”

傅红雪忽然打断了他的话，大声道：“我不是条好汉子。”

薛大汉皱眉道：“谁说的？”

傅红雪道：“我说的。”

他又灌下这碗酒，重重地将酒碗摔在地上，咬着牙道：“我根本就不是个人。”

薛大汉笑了，道：“除了你自己之外，我保证别人绝不会这么想。”

傅红雪道：“那只因为别人根本不了解我。”

薛大汉凝视着他，道：“你呢？你自己真的能了解自己？”

傅红雪垂下头。

这句话正是他最不能回答的。

薛大汉道：“我们萍水相逢，当然也不敢说能了解你，但我却敢说，你不但是个人，而且是个很了不起的人，所以你千万不要为了任何事而自暴自弃。”

他的表情更严肃，声音更缓慢，接着道：“尤其是不要为了一个女人。”

傅红雪霍然抬起头。

他忽然发现薛大汉并没有说错他。

一个男人为了爱情而痛苦时，那种神情本就明显得好像青绿的树叶突然枯萎一样。

薛大汉道：“我还可以告诉你，她非但不值得你为她痛苦，根本就不值得你多看她一眼。”

傅红雪道：“你……你……你知道她……她的下落吗？”

他连声音都已紧张而发抖。

薛大汉点了点头，道：“我知道。”

傅红雪跳起来，道：“你……你说。”

薛大汉道：“我不能说。”

傅红雪道：“为什么？”

薛大汉看着他，目中也露出痛苦之色，将面前的酒也一口灌了下去，才勉强点了点头，道：“好，我说，她……她是跟一个人一起走的。”

傅红雪道：“跟谁走的？”

薛大汉道：“跟那个赶车的小伙子。”

这句话就像是一把刀，一刀刺入了傅红雪的胸膛。

他的痛苦已接近疯狂。

“你说谎！”

“我从不说谎。”

“你再说我就杀了你。”

“你可以杀了我，但我说的绝不是谎话。”

薛大汉的神情沉着而镇定，凝视着傅红雪：“你一定要相信我，一定要相信！”

傅红雪疯狂般瞪着他，紧紧握着他的刀。

刀并没有拔出来，泪却已流下。

他也已看出薛大汉说的并不是谎话。

薛大汉道：“其实你也不能怪她，她本就配不上你，你们若勉强在一起，只有痛苦……他们才是同一类的人。”

他们！这两个字也像是一把刀，又一刀刺入了傅红雪的心。

难道他心里最爱的女人，竟真的只不过是那么卑贱下流的人？

他倒了下去，忽然就倒了下去。

然后他的眼泪就像青山间的流水般流了出来。

他总算没有哭出声，可是这种无声的眼泪，却远比号啕痛哭还要伤心。

薛大汉没有劝他。

无论谁都知道这种眼泪是没有人能劝得住的。

他只是在旁边等着，看着，等了很久，直等到傅红雪心里的酒和悲哀都已化作眼泪流出，他才拉起了他：“走，我们换一个地方再去喝。”

傅红雪没有拒绝。

他似已完全丧失了拒绝的力量和尊严。

这地方不但有酒，还有女人。

据说酒若加上女人，就能使各种人将各种痛苦全都忘记。

傅红雪也许并没有忘记，可是他的确已麻木。

第二天醒来时，他的痛苦也许更深，但那里又有女人和酒在等着他。

看来薛大汉不但是个好朋友，而且是个好主人。

他供应一切。

他供应的傅红雪都接受。

一个人在真正痛苦时，非但已不再有拒绝的力量和尊严，也已不再有拒绝的勇气。

他一张开眼，就在等，等今天的第一杯酒。

喝完最后一杯，他就倒下去。

现在他所畏惧的事已只剩下一种——清醒。

没有清醒的时候，难道就真的没有痛苦？

麻木难道真的能使痛苦消失？

黄昏，还未到黄昏。

桂花的香气，从高墙内飘散出来。

长巷静寂。

青石板铺成的路，在秋日午后的太阳下，看来就像是一面铜镜。

长巷里只有四户人家。

城里最豪华的妓院和客栈，都在这条长巷里。

这条巷就叫安楼巷。

长巷的角落上，有一道月洞门，门外清荫遍地，门里浓香满院。

傅红雪推开了这扇门。

他刚穿过浓香夹道的小径。

那里不但有花香，还有脂粉香、女儿香。

他已在这里醉了六天。

这里有各种酒，各种女人——从十三岁到三十岁的女人。

她们都很美，而且都很懂得应该怎样去讨好男人。

“这些女人难道和翠浓有什么不同？我看她们随便哪一个都不比

她差。”

这是薛大汉说的话。

傅红雪并没有争辩，可是他自己心里知道，没有任何人能代替她。

每个男人心里，都有个女人是其他无论任何人都无法代替的。

这也正是人类的悲哀之一。

现在他刚起来，今天的第一杯酒还没有喝下去。

屋子里还留着昨夜的旖旎残香，墙壁雪白，家具发亮，枣木架上的一盆秋菊开得正艳。

这地方就是城里最豪华精致的。

可是他忽然觉得这地方像是个樊笼。

他想出去走走。

他手里虽然还是握着他的刀，但已握得远不及昔日有力。

他脸色虽然仍是苍白的，但已不是那种透明般的苍白，已接近死灰。

酒是不是已腐蚀了他的尊严和勇气，也已腐蚀了他的力量?

这连他自己也能感觉得到。

他的头脑发胀，胃却是空的，除了酒之外，任何饮食都已对他没有吸引力。

他忽然又有了种新的恐惧。

所以他想走出这樊笼去。

长巷静寂，桂子飘香。

傅红雪推开了月洞门，一阵清凉的秋风正迎面吹过来。

他深深吸了口气，正准备迎着风走过去。

就在这时候，他看见了一个人。

翠浓!

经过了无数痛苦，无数折磨之后，他忽然看见了翠浓。

但翠浓并不是一个人。

她身边还有个小伙子，正是那赶车的小伙子。

现在无论谁也看不出他曾经是个赶车的，现在他身上穿的，至少是值二十两银子一件的长衫，正是城里最时髦的花花公子们穿的那种。

他腰带上挂着个翠绿的鼻烟壶，无边的软帽上还镶着粒大珍珠。

现在他走起路来，已能昂首阔步。

但他却是走在翠浓身后的，就正如翠浓永远都走在傅红雪身后一样。

翠浓只轻轻动了动嘴，他的耳朵就立刻凑上去。

因为他身上穿的、头上戴的，都是翠浓替他买来的，她已将他这个人买了去。

那也正是她永远无法从傅红雪身上得到的。

傅红雪的人突又僵硬麻木。

风吹在身上，突然似已变成热的，就像是从地狱中吹来的那么热。

他全身都似已燃烧。

刀也似已燃烧。

他手里还有刀，他可以冲过去，可以在一刹那间就杀了这个人。

但他却只是动也不动地站在那里。

因为他突然觉得一种无法形容的羞惭，竟不敢去面对他们。

应该羞惭的本是别人，可是他竟觉得没有脸去面对他们。

这是种什么样的心情，这是种多么可怕的痛苦。

除了他自己之外，又有谁能了解。

“算了，算了，算了……”

他想转过身，不再去看他们。

可是他全身都无法移动。

连眼睛都不能移动。

“算了，算了，算了……”

既然她果然是这种人，还有什么值得悲哀、痛苦的？

可是他的泪却似又将流下。

他眼看着他们走入了对面一家最大的客栈。

翠浓走在前面，那小伙子跟在身后。

还是无法移动。

也不知过了多久，他才感觉到有一双柔滑美丽的手伸过来，握着了他的手。

“你怎么站在这里发怔？薛大爷正在到处找你喝酒呢。”

对，喝酒。

他为什么不能喝酒？

他为什么要清醒着忍受这种屈辱和痛苦。

于是又再喝，再醉。

醉了又醒，醒了又醉。

尊严、勇气、力量，都已倾入樽中。

现在他已只剩下那把刀。

刀鞘漆黑，刀柄漆黑。

握刀的苍白的手，却似已有些颤抖。

现在他还没有喝他今天的第一杯酒。

一个笑窝很深，笑得很甜的少女，正为他们斟第一杯酒。

薛大汉在对面看着。

琥珀色的酒，盛在天青瓷杯中，已盛满。

傅红雪刚想端起这杯酒，他知道只要这杯酒喝下去，他的痛苦就会减轻。

他带着急切的渴望伸出了他的手。

可是薛大汉的手却已先伸过来，突然一掌打翻了这杯酒。

傅红雪怔住。

薛大汉脸上已没有以前那种充满豪爽友情的笑容，沉声道：“你今天还想喝酒？”

傅红雪迟疑着，还是点了点头。

薛大汉沉着脸，道：“你知不知道你已经喝了我多少酒？”

傅红雪不知道，他已记不清，算不清。

那笑窝很深的少女却甜笑着道：“到今天为止，傅大少的酒账已经有三千四百两。”

薛大汉道：“他付了多少？”

少女笑得更甜，道：“一文也没有付。”

薛大汉冷笑，道：“一文钱都没有付，凭什么还在这里喝酒？”

少女嫣然道：“因为他是薛大爷的客人。”

薛大汉道：“不错，他是我的客人，我可以请他一两次，但你总不能要我请他一辈子吧。”

少女吃吃笑道：“当然，他又不是薛大爷的儿子，薛大爷凭什么要请他一辈子。”

薛大汉冷冷道：“我以前请他，因为我觉得他还像是个英雄，谁知道他竟是个专吃白食的狗熊，连一点出息都没有。”

傅红雪全身又已因羞愤而发抖。

可是他只有忍受。

因为他自己也知道，别人的确没有理由请他喝一辈子酒。

他用力咬着牙，慢慢地站起来。

他左腿先迈步出去，右腿再慢慢地跟上去。

他走得更慢，因为他的腿似也有些麻木。

薛大汉突然道：“你想走？”

傅红雪道：“我……我已该走了。”

薛大汉道：“你欠的酒账呢？”

傅红雪闭着嘴。

他无法回答，也无话可说。

薛大汉道：“前三天的账，我可以请你，但后面的十一天……”

那少女立刻接着道：“后面十一天的账是二千八百五十两。”

薛大汉道：“你听见没有，二千八百五十两，你不付清就想走？”

没有回答，还是无话可说。

薛大汉道：“你是不是没钱付账？好，留下你的刀来，我就放你走！”

“留下你的刀来！”

傅红雪耳畔仿佛响起了一声霹雳。

“留下你的刀来！”

傅红雪的人似已完全崩溃。

薛大汉脸上却带着种恶毒的狞笑，现在他才露出了他的真面目。

又不知过了多久，傅红雪才从他紧咬着的齿缝中吐出九个字：“谁也不能留下我的刀！”

薛大汉大笑。

“这句话如果是你以前说我也许还会相信，只不过现在……”

“现在怎么样？”

“现在你已不能说这句话，已不配说！”

傅红雪霍然回头，连眼睛都已变成血红，可是他总算看到了薛大汉的真面目。

薛大汉冷笑，道：“今天你若不留下这柄刀，只怕就得留下你的头！”

“留下你的头！”

原来薛大汉对傅红雪所做的一切事，就是为了等着说这句话。

原来这本就是个阴谋。

刀还在手里，傅红雪还是随时都可以拔出来。

可是他已完全丧失了那种一刀置人于死的自信，那么奇妙的自信。

因为他的勇气、尊严和自信，都已倾入酒中。

“拔你的刀！”

薛大汉已站起来，就像是个巨神般站了起来。

“难道现在你已不敢拔刀？”

他的声音中不但充满讥诮，而且充满自信。

因为他很了解傅红雪的武功，更了解傅红雪这些天来失去了些什么。

他已有把握。

这种把握正如傅红雪一刀刺入袁秋云胸膛时的把握一样！

他知道傅红雪只要一拔刀，就得死于刀下，也正如以前他只要一拔刀，别人就得死在他刀下的情况完全一样。

这是种多么可怕的变化。

这种变化是谁造成的？是怎么样造成的？

情是何物？

傅红雪没有拔刀。

他不能拔刀。

因为他的刀似已不在他的手里，而在他的心上！

他的心正在滴着血。

痛苦、悔恨、羞辱、愤怒。

这一切，全都是为了一个女人，为了一个跟那马车夫走入客栈中的女人。

“算了，算了，算了……”

拔刀又如何？

死又如何？

爱情和仇恨同时消灭，生命也同时消灭，岂非还落得个干净？

一个人若在如此痛苦和羞辱中还要活着，那无论为了什么原因也不值得。

他已决定拔刀！

黄昏。

秋云低垂，大地苍茫。

傅红雪已准备拔刀。

但这时忽然听见有人在笑。

是路小佳在笑。

不知道什么时候，他已出现在窗口，正伏在窗台上笑。

他的笑声中，仿佛永远都带着种无法形容的讥诮和嘲弄之意。

傅红雪的心沉了下去，他本来纵然还有一线希望，现在希望也已完全断绝。

路小佳带着笑，道：“美酒盈樽，美人如玉，你们难道就准备在这里拼命？”

薛大汉道：“杀人难道还要选地方？”

路小佳道：“当然要。”

他微笑着，又道：“我杀人比你们内行，我可以保证，这里绝不是杀人的地方。”

薛大汉道：“你要替我们选个地方？”

路小佳点点头，道：“这花园里就不错，你们无论从什么地方倒下去，我保证都一定倒在花下。”

第三十二章

小李飞刀

暮霭苍茫，花丛间仿佛笼上了一层轻纱。

但这美丽的庭园中，此刻却像是忽然充满了凄凉萧索之意。

路小佳一翻身，坐在窗台上，悠然道：“秋天的确是杀人的好天气，我一向喜欢在秋天杀人的。”

薛大汉道：“只可惜今天已用不着你动手。”

路小佳微笑道：“自己没有人可杀时，看着朋友杀人也不错。”

薛大汉道：“我保证你一定可以看得到。”

路小佳道：“我相信。”

他转过头，带着微笑，看看傅红雪，又道：“其实今天被杀的人本不该是你。”

傅红雪就站在花径尽头，听着。

路小佳道：“老薛的武功刚猛凌厉，虽然已是一流高手，但你的刀却似有种神秘的魔力，你本来可以杀了他的。”

沉默。

路小佳道：“可是现在已不同了，因为你对自己都已没有信心，你的刀又怎么会对你有信心？”

还是沉默。

路小佳道：“现在你已不相信你的刀，你的刀也已不再相信你，所以你已必将死在老薛手下。”

傅红雪握刀的掌心已沁出冷汗。

“看着你这么样一个人被别人杀死，实在是件很遗憾的事，但这也不能怪别人，只能怪你。”

他轻轻叹了口气，接着道：“一个人若想要报仇，就不能爱上任何女人；一个人若想在江湖中活得长久，也不能爱上任何女人。何况你爱上的只不过是个人尽可夫的婊子。”

傅红雪只觉得心又在后缩，忽然道：“一个人若想活得长久，话也不能说得太多。”

路小佳笑道：“这倒也是句老实话，今天我的话实在说得太多了。”

他捏碎粒花生，剥开，抛起，忽又笑道：“但你的话却说得太少。”

傅红雪道：“哦？”

路小佳已接住了花生，慢慢咀嚼，道：“你本该问问他，为何要杀你的。”

傅红雪道：“我不必问。”

路小佳道：“为什么？”

傅红雪道：“因为我已知道。”

路小佳道：“你知道什么？”

傅红雪目中露出痛苦之色，一字字道：“我知道他必定也是那天在梅花庵外的刺客之一。”

路小佳忽然大笑，道：“今年他还不到三十，那时他还是个孩子，你为何不算算他的年纪？”

傅红雪怔住。

路小佳道：“只不过你既然可以为你的父亲复仇，他当然也可以为他的父亲杀了你。”

傅红雪终于明白。

薛大汉虽不是白家的仇人，他父亲却无疑是的。

这一切阴谋，只不过是为了阻止傅红雪去杀他的父亲。

谁能说他做错了？

他用的方法也许不正当，但一个人若要阻止别人去杀他的父亲，无论用什么法子，都没有人能说他是不对的。

薛大汉一直没有开口，他已将全身真力全都运达四肢。

那巨大的身躯，看来似乎又已高大了些。

他用的兵器是柄五十三斤重的大铁斧，看来这一斧之力，连山石都难以抗拒。

傅红雪长长吸了口气，道：“好，现在你已不妨出手了。”

薛大汉冷冷道："我让你先拔刀，还是一样可以杀你。"

突听一人大喊。

"你若要杀他，就得先杀了我。"

声音虽嘶哑，仍是动听的。

一个人从花径那头，急奔了过来，很少有人在奔跑时还能保持那种优美的风姿。

可是她梳理光洁的鬓发已凌乱，脸上的焦急和恐惧也不是装出来的。

一个小伙子在后面追来，想拉她。

"你何必管人家的事？"

可是他的话还没有说完，就被她翻身一掌掴倒在地上。

薛大汉和路小佳却很惊异，同时失声："是你！"

他们实在想不到来的这女人竟是翠浓，更想不到这种女人竟肯为傅红雪死。

在这一瞬间，最惊讶、最痛苦，也最欢喜的，当然还是傅红雪。

没有人能了解他此刻的心情，也没有人能形容得出来。

翠浓已奔过来，挡在他面前。

薛大汉道："你来干什么？"

翠浓道："我不能看着他死。"

薛大汉冷笑，道："你能保护他？"

翠浓道："我不能，但我却能比他先死。"

薛大汉道："你真的肯为他死？"

翠浓道："否则我为何要来？"

薛大汉道："那时你为何要走呢？"

翠浓道："因为……因为那时我以为他讨厌我，看不起我，我以为他根本不想要我。"

她目中忽然涌出泪珠，接着道："但现在我才知道，他是真心喜欢我的，以前他对我那种样子，只不过因为他天生的怪脾气。"

薛大汉冷笑。

翠浓流着泪，道："现在我也明白，只要他是真心喜欢我，我也真心喜欢他，其他的事全不重要，何况……这些天来他过的是什么日子，我也知道。”

她用力咬住嘴唇，又道：“若不是为了我，就凭你们，又怎么敢这样子对他？”

薛大汉冷笑道：“你难道真要我杀了你？”

翠浓道：“当然是真的，他若因我而死了，难道我还能活得下去？”

薛大汉道：“很好，那么我就成全了你。”

突听傅红雪道：“等一等！”

薛大汉冷冷道：“难道你也要抢着先死？”

傅红雪不再回答，不再说话。

他已不必再说话，因为他的态度已说明了一切。

就在这一瞬间，他的人又完全变了。他的心本是紧紧收缩着的，就像是一团被人揉在掌心的纸。

一个人的心若已碎了，他纵然还有力量，也不愿再使出来，无法再使出来。人类所有的一切，本就是随着心情而变化的。酒并不能真的毁了他，真正毁了他的，是他内心的痛苦和绝望。

现在他的心已开展。他的态度忽然又变得充满了自信，因为他已知道他所爱的人并没有背叛他，他握刀的手又变得出奇的镇定。

薛大汉看着他，心里忽然生出种无法形容的恐惧，他也知道现在若不能杀了这个人，以后就永远不会再有机会。

他狂吼一声，冲了过去，五十三斤重的大铁斧，已化作了一阵狂飙。

花被震碎了，残花在斧风中飞起。然后风声突然停顿，残花慢慢地飘下来……

铁斧高举在那里，动也不动，薛大汉的人也动也不动地站在那里。

傅红雪的人已到了他面前，就站在铁斧下。他的刀却已刺入了薛大汉的心脏，只剩下一截漆黑的刀柄！

漆黑的刀柄还在手里，脸却是苍白的，苍白得透明。

薛大汉手里的大铁斧终于落下来，他眼珠已凸出，瞪着傅红雪，就像别的那些死在傅红雪刀下的人一样，眼睛里充满了怀疑和不信。

可是他现在已必须相信，这个人、这柄刀，的确有这种神秘的魔力。

傅红雪没有看他，只是看着手里的刀。

“锵”的一声，刀已入鞘。

薛大汉居然还没有倒下去，却忽然长长地吐出了口气，仿佛是悲哀，叹息。

“我本来想把你当作朋友的。”

这是他最后说的一句话。然后他就倒下去，倒在花下。

傅红雪还是没有看他，但也不知为了什么，冷漠的眼睛里竟也露出种悲伤的表情。

“我本来并不想杀你。”

这句话他并没有说出来，但有些话本就是不必说出口来的。

残花已落尽，有些花瓣，正落在薛大汉身上。

路小佳还是坐在那里，他也并没有去看他朋友的尸体，他在看着傅红雪手里的刀，一双冷漠的眼睛突然变得炽热了起来。

“好快的刀！”

没有回应。

路小佳忽然笑了，深沉地接着道：“只可惜还并不十分快。”

傅红雪还是没有回应，因为他自己心里也能感觉得到，他虽已杀了薛大汉，但那并不能表示他的刀已恢复到以前那么快。十三天来的痛苦折磨，就算铁打的人，也会受到损害。

路小佳的情况却似在巅峰中。

所以他笑得很愉快，也很残忍，缓缓道：“现在我们心里一定都明白一件事。”

傅红雪没有问。因为他的确知道路小佳这句话的意思！

“我若要杀你，今天就是我最好的机会，只有呆子才会错过这种机会。”

翠浓失声道：“你……你也想杀他？”

路小佳笑了笑，道：“你看我像是个呆子？”

他微笑着，剥开颗花生，抛起。

他的手干燥而镇定，但是他抛起的花生却忽然不见了。

花生突然被一种很奇怪的力量吸到后面去，落在一个人嘴里。

这人就坐在屋子里刚才傅红雪坐的地方，慢慢地咀嚼着花生，端起了酒杯。

傅红雪一回头就看见了他。

叶开！这阴魂不散的叶开！

叶开在微笑，微笑着喝下那杯酒。

路小佳忽然也笑了，道："桌上还有菜，你何必抢我的花生下酒？"

叶开微笑道："因为能吃到你花生的机会并不多，也只有呆子才会错过这种机会的。"

路小佳道："你看来也不像是个呆子。"

叶开道："所以我还活着。"

路小佳大笑。他的人突然随着笑声掠出，只一个翻身，就消失在苍茫的幕色里。

叶开又为自己倒了杯酒，喃喃道："看来这年头的呆子愈来愈少了。"

灯已燃起，是叶开自己燃起的。屋里已没有别的人，那笑窝很深的少女也已不见踪影。

灯燃起的时候，傅红雪就出现在门口，他看着叶开手里的酒，但现在酒已对他完全没有吸引力。

叶开自己喝下了这杯酒，微笑道："我不敬你，因为我知道你现在已不会再喝酒的。"

傅红雪盯着他。

叶开道："但你还是可以进来坐坐，这里……"

傅红雪忽然打断了他的话，道："是谁叫你来的？说！"

叶开道："我自己有脑子。"

傅红雪道："你为什么总是要来管我的事？"

叶开道："谁管了你的事了？"

傅红雪道："刚才你……"

叶开道："刚才我只不过吃了路小佳一颗花生而已，那难道也是你的事？"

傅红雪闭紧了嘴。

叶开忽然叹了口气，道："这年头的呆子虽愈来愈少，但一两个总还是有的。"

翠浓垂着头，慢慢地穿过花径。

夜色已笼罩大地。

她脸上的泪痕还没有干，眼睛里又有了泪光。然后她就听到了身后的脚步声，一种奇特、缓慢的脚步声。

她自己也走得很慢。

风在吹，秋星一粒粒升起，远处仿佛有人在吹笛。

秋夜的笛声，仿佛总是令人断肠的。

门就在前面，她已将走出门，但就在这时，她听到有人轻唤："你——"

傅红雪的眼睛在星光下看来就像是秋月下清澈的湖水。

翠浓停下来，转过身。

傅红雪凝视着她，道："你又要走？"

翠浓又点了点头，又摇了摇头。

傅红雪道："你为什么从不等我？"

翠浓垂下头，道："你……你几时要我等过你？"

这句话也像是一根针，一根尖锐但却并不是冰冷的针。

傅红雪突然冲过去，紧紧拥抱住她。

他抱得真紧，他的泪水涌出时，翠浓的哭声已响遍在这充满花香的秋风里。

"我以为你永远不会再要我了。"

"为什么？你为什么会这么想？"

"因为……因为你看见了我跟那个人……"

"那不能怪你。"

“……”

“你以为我看不起你，不要你了，所以才会去找别人。”

“你真的不恨我？”

“那本是我的错，我怎么能怪你。”

“可是我……”

“不管你怎么样，都已经是过去的事情了，我们为什么不能够将过去的事情忘记？”

“你真的能忘记我过去那些……”

“我只希望你也能忘记我过去对你的那些不讲理的事。”

翠浓笑了。她脸上的泪痕虽然还未干，可是她笑了，笑得那么温柔，那么甜蜜。

她甜笑着，在他耳畔低语。

“你真的是傅红雪？”

“当然是。”

“可是你为什么好像忽然变了个人呢？”

“因为我的确已变了。”

“怎么会变的？”

“……”

翠浓道：“你不肯告诉我？”

傅红雪终于轻轻叹息了一声。

“我也不知道我怎么会变的，我只知道离开了你十二天之后，再也不想离开你一刻了。”

翠浓紧紧拥抱住他，泪珠又一连串流下来。

但这已是幸福快乐的泪珠，这种泪珠远比珍珠还珍贵。

人，毕竟是人。就算他心上真的有一层冰，冰也有融化的时候。

爱的力量永远比仇恨伟大。有时仇恨看来虽然更尖锐，更深切，但只有爱的力量才是永恒不变的。

现在坐在窗台上的，是叶开。

风吹过的时候，他身后隐隐有铃声轻响。

他们看着傅红雪和翠浓穿过花径，走出去，消失在夜色间。

丁灵琳忽然轻轻叹了口气，道："看来他现在已渐渐变得像是个人了。"

她说的他，当然就是傅红雪。

现在无论叶开走到哪里，她就跟到哪里，刚才她没有出现，因为，她一直都在后面监视着这里的女孩子们。

她并不是怕别的，只不过不愿她们见到叶开，也不愿叶开见到她们。

连她自己都承认她是个很会吃醋的女人。

叶开道："你认为以前他不是个人？"

丁灵琳道："至少我没有看见过像他那样的人。"

这点叶开也不能不承认。

丁灵琳道："我也从来没有想到，他真的会为翠浓那么痛苦。"

叶开忽然笑了笑，道："你认为他痛苦真的是为了她？"

丁灵琳道："难道不是？"

叶开摇摇头。

丁灵琳道："你认为他痛苦是为了什么？"

叶开道："他一直认为自己比翠浓高尚，一直认为翠浓配不上他。"

丁灵琳道："这倒一点也不假。"

叶开道："所以等到翠浓离开他的时候，他才会感觉特别痛苦，因为他总认为翠浓应该像狗一样跟着他的。"

丁灵琳道："你认为他痛苦只不过因为他的自尊受到了伤害？"

叶开道："那当然也因为他觉得自己受了欺骗，无论是什么样的男人，被女人欺骗时都会觉得很痛苦的，就算他根本不爱那个女人，也同样痛苦。"

丁灵琳道："你认为他根本不爱翠浓？"

叶开道："我并不是这意思。"

丁灵琳道："你是什么意思？"

叶开道："我的意思是说，翠浓若不离开他，他总有一天也会离开翠浓，在那种情况下，他就绝不会痛苦了。"

丁灵琳道："为什么？"

叶开道："因为他跟别的人不同。"

丁灵琳道："有什么不同？"

叶开道："他是在仇恨中生长的，所以……"

丁灵琳道："所以他就算真的爱翠浓，也还是忘不了他的仇恨！"

叶开道："绝对忘不了。"

丁灵琳道："看来你好像很了解他。"

叶开轻轻叹息了一声，道："世上绝没有任何人比我更了解他。"

丁灵琳道："为什么？"

叶开突然沉默。

丁灵琳道："是不是因为你也跟他一样，是在仇恨中生长的？"

叶开沉默了很久，缓缓道："也许是的，可是我跟他并不相同。"

丁灵琳道："为什么？"

叶开目光凝视着远方的一颗明星，道："因为我曾经遇到过一个人。"

丁灵琳道："一个什么样的人？"

叶开道："一个神奇的人，世上假如真的有神存在，他就是神。"

丁灵琳道："就是他改变了你的一生？"

叶开点点头。

丁灵琳咬着嘴唇，也沉默了很久，才轻轻问道："他是个男人，还是个女人？"

叶开笑了。

丁灵琳瞪起了眼，道："一定是个女人，是个什么样的女人？"

叶开道："他若是女人，世上所有的人就全都是女人了。"

丁灵琳道："这是什么意思？"

叶开目中忽然露出一种说不出的崇敬之色，道："我看见过很多人，各式各样的人我都看过，但只有他，才配称得上是个真正的男子汉。"

丁灵琳也笑了。

叶开道："我从未看过比他更伟大的人。"

丁灵琳道："他一定很豪爽，很有义气。"

叶开道："又何止如此而已，就算将世上所有称赞别人的话，全都加到他身上，也不能形容他的伟大于万一。"

丁灵琳道："你佩服他？"

叶开道：“又何止是佩服而已，他就算叫我立刻去死，我也愿意。”

他又叹息了一声，道：“但他显然不会叫我去死的，他一向只会为了别人，牺牲自己。”

丁灵琳听得眼睛里也发出了光，道：“他究竟是谁呢？”

叶开道：“你应该听说过他的。”

丁灵琳道：“哦？”

叶开道：“他姓李……”

丁灵琳悚然道：“莫非是小李探花？”

叶开笑道：“我就知道你一定听说过他。”

丁灵琳眼睛里立刻也露出同样的尊敬之色，叹息着道：“我当然听说过他……世上又有谁没有听说过他的呢？”

叶开道：“他的所作所为，的确令人很难忘记。”

丁灵琳道：“尤其是他和上官金虹那一战，江湖上虽然没有人真的看见过，可是在传说中，那一战简直比神话还要神奇。”

叶开笑道：“我至少听五百个人谈起过那一战，每个人的说法居然都不同。”

丁灵琳笑道：“我也听过很多种说法，谁都坚持认为自己说的那一种才是正确的，谁都认为别人说的是谎话。”

叶开道：“但至少有一点，却是每个人都不能不承认的。”

丁灵琳道：“哪一点？”

叶开道：“小李飞刀，例不虚发！”

他眼睛焕发着光，接着道：“无论谁都不能不承认，到现在为止，普天之下，还没有人能避开他的那一刀的！”

丁灵琳的眼睛也在发着光，叹息着道：“只可惜他的那一刀已成绝响，我们是再也看不到的了。”

叶开道：“谁说的？”

丁灵琳道：“据说他杀了上官金虹后，就封刀退隐，再也不问江湖间的事。”

叶开笑笑。

丁灵琳道：“他若非退隐世外，江湖中为什么从此就听不见他的消息？”

叶开又笑笑。

丁灵琳道："你难道知道他的消息？"

叶开沉吟着，终于道："追查梅花盗，威震少林寺，决战上官金虹……那些只不过是他一生中的几件小事而已。"

丁灵琳道："那些事还是小事？"

叶开道："他破了金钱帮之后，在江湖中又不知做了多少惊天动地的事。"

丁灵琳道："真的？"

叶开道："我为什么要骗你？"

丁灵琳道："他又做了些什么事？"

叶开道："你若听到了那些事，我敢保证你一定会热血沸腾，晚上连觉都睡不着。"

丁灵琳道："这些惊天动地的大事，我为什么连一件都没有听到？"

叶开微笑道："虬髯客在海外威镇十国，自立为王，李靖都不知道，小李探花做的事，你一个小小的女孩子又怎会知道？"

他不让丁灵琳开口，接着又道："真正的大英雄大豪杰，做事一向是不愿被俗人知道的。"

丁灵琳撇了撇嘴，道："我是俗人，你呢？"

叶开笑道："我也是俗人，只不过我的运气比你好些。"

丁灵琳拉起了叶开的手，甜笑着道："你能不能将那些事说来给我听听？……我宁愿晚上不睡觉也要听。"

叶开道："等有空的时候，我说不定会讲给你听听的。"

丁灵琳笑得更甜，柔声道："那么现在你就说好不好？"

叶开道："现在我没空。"

丁灵琳道："先说一两件行不行？"

叶开道："不行。"

丁灵琳的嘴嘟起来了，重重地甩下他的手，道："人家一有事求你，你就摆起架子来了。"

叶开笑道："架子当然要摆的。"

丁灵琳嘟着嘴，道："凭什么？"

叶开道："就凭那些故事，无论谁知道那么精彩的故事，都有资格可以摆摆架子。”

丁灵琳眨着眼，道：“真的那么精彩？”

叶开道：“我保证你从未听过那样精彩、那么令人感动的事。”

丁灵琳的态度又软了，赔着笑道：“那么我就让你摆摆架子，你要茶，我就去替你倒茶，你要喝酒，我就去替你倒酒，这样行不行？”

叶开道：“还是不行。”

丁灵琳道：“为什么？”

叶开道：“因为我现在真的没空。”

丁灵琳道：“你现在要干什么？”

叶开道：“我要赶着到好汉庄去。”

丁灵琳道：“好汉庄？”

叶开道：“好汉庄就是薛家庄。”

丁灵琳道：“就是薛大汉的家？”

叶开道：“好汉庄的庄主，就是那薛大汉的老子薛斌。”

丁灵琳道：“你要赶去报凶讯？”

叶开道：“我不是乌鸦。”

丁灵琳道：“那你赶去干什么？”

叶开道：“我若猜的不错，傅红雪现在想必也在急着赶到那里去。”

丁灵琳道：“他去你就要去？”

叶开笑笑。

丁灵琳道：“你对他的事，为什么总是比对我还关心？”

叶开又笑笑。

丁灵琳盯着他道：“我总觉得你跟他好像有点很特别的关系，究竟是什么关系？”

叶开笑道：“你难道连他的醋也要吃？莫忘记他是个男人。”

丁灵琳道：“男人又怎么样？男人跟男人，有时候也会……”这句话没说完，她自己也笑了，红着脸笑了。

叶开却在沉思着，道：“想当年，薛斌也是条好汉，一百零八招开天辟地盘古神斧，也曾横扫过太行山，却不知现在怎么样了。”

丁灵琳道：“你难道生怕傅红雪不是他的对手，所以要赶去相助？”

叶开笑了笑，道："若连傅红雪的刀都不是他的敌手，我赶去又有什么用？"

丁灵琳凝视着他，道："你的功夫难道远不如傅红雪？"

叶开道："据我所知，他刀法很快，当今天下已没有人能比得上。"

丁灵琳道："可是我听到很多人说过，你也有柄很可怕的刀。"

叶开道："哦？"

丁灵琳道："而且是柄看不见的刀。"

叶开道："哦？"

丁灵琳道："你少装糊涂，我只问你，你的那柄刀，是不是小李飞刀的真传？"

叶开叹了口气，道："小李飞刀就是小李飞刀，除了小李探花自己的之外，就没有第二家。"

丁灵琳道："为什么？"

叶开道："因为那种刀本就是没有人能学得会的。知道了吧！"

丁灵琳道："你呢？"

叶开苦笑道："我若能学会他的一成，就已心满意足。"

丁灵琳嫣然道："想不到你居然也会变得这么谦虚起来了。"

叶开道："我本来就是个很谦虚的人。"

丁灵琳道："只可惜有点不老实。"

叶开正色道："所以你最好还是不要跟着我，我毛病若是来了，忽然把你强奸了也说不定。"

丁灵琳的脸又红了。她咬着嘴唇，用眼角瞟着叶开道："你要是不敢，你就是个龟孙子。"

第三十三章

刀下亡魂

凌晨，秋寒满衾。

翠浓醒了，她醒得很早，可是她醒来的时候，已看不见她枕畔的人。

枕上还残留傅红雪的气息。可是他的人呢？

一种说不出的孤独和恐惧，忽然涌上翠浓的心，她的心沉了下去。

她还记得昨夜傅红雪说的话："有些事你虽然不想做，但却非做不可。"

当然她也承认。无论谁在这一生中，至少都做过一两件他本不愿做的事。

现在她终于明白傅红雪这句话的意思。

"我不想走的，但是我不能不走。"

风吹着窗纸，苍白得就像是她的脸。

风真冷。

她痴痴地听着窗外的风声，她并没有流泪，可是她全身却已冰冷。

乳白色的晨雾刚刚从秋草间升起，草上还带着昨夜的露珠，一条黄泥小径蜿蜒从田陌间穿出去。傅红雪走在小径上，手里紧紧握着他的刀，左腿先迈出一步，右腿再跟着慢慢地拖过去。

漆黑的刀，苍白的脸。

"我不想走的，可是我不能不走！"

他也并没有流泪，只不过心头有点酸酸的，又酸又苦又涩。

可是他的痛苦并不深，因为这次并不是翠浓离开了他，而是他主动离开了翠浓。

"……我只知道离开了你十二天之后，再也不想离开你片刻。"

对这句话，他并不觉得歉疚，因为当时说这句话的时候，他的确是真心的。

那时本是他最软弱的时候。一个人空虚软弱时，往往就会说出些连他自己也想不到自己会说出来的话。

当时他的确想她，感激她，需要她。因为她令他恢复了尊严和自信，令他觉得自己并不是个被遗弃了的人。

然后他的情感渐渐平静。

然后他就想起了各种事，想起了她的过去、她的职业、她的虚荣。

想起了她悄悄溜走的那一天，尤其令他忘不了的是，那赶车的小伙子搂着她走入客栈的情况。

那十三天，他们在做什么？是不是也在……

他拥抱着她光滑柔软的胴体时，忽然觉得一阵说不出的恶心。

“……那已是过去的事，我们为什么不能将过去的事一起忘记？”

现在他才知道，有些事是永远忘不了的，你愈想忘记它，它愈要闯到你的心底来。

那时他不禁又想起她一掌将那小伙子掴倒在地上的情况。

“以后说不定她还是会悄悄溜走的，因为她本就是个无情无义的人。”

忽然间，所有的爱全都变成了恨，他本来就是生长在仇恨中的。

“何况我本来就无法供养她，何况我要去做的事她本就不能跟着。

“我走了，反而对她好。

“现在她可以去找别人了，去找比我更适合她的人，很快她就会将我忘记。

“过两年，她说不定真能将银子一车车运回去。”

一个人若要为自己找借口，那实在是件非常容易的事。

一个人要原谅自己更容易。

他已完全原谅了自己。翠浓若是永远不再回来，他也许会思念一生，痛苦一生，可是她现在已回来。

他情感的创伤，很快就收起了口，结起了疤，伤疤是硬的，硬而麻木。

“既然她迟早要走，我为什么不先走呢？”

秋意很深，秋色更浓。

远山是枯黄色的，秋林也是枯黄色，在青灰色的苍穹下，看来有种神秘而凄艳的美。

傅红雪慢慢地走过去。他走得虽慢，却绝不留下来，因为他知道秋林后就是好汉庄。

好汉庄就像它的主人一样，已在垂垂老矣。

墙上已现出鱼纹，连油漆都很难掩饰得住，风吹着窗棂时，不停地咯咯发响。

阳光从窗外照进来，正照在架上的铁斧上。

一柄六十三斤的大铁斧。

薛斌背负着双手，站在阳光下，凝视着这柄铁斧。

在他说来，这已不仅是柄斧头而已，而是曾经陪他出生入死，身经百战的伙计。三十年前，这柄铁斧陪他入过龙潭，闯过虎穴，横扫过太行山。现在这柄铁斧还是和三十年前一样，看来还是那么刚健，还是在闪闪地发着光。

可是铁斧的主人呢？

薛斌抬起手掩住嘴，轻轻地咳嗽着，阳光照在他身上，虽然还只不过是刚升起来的阳光，但在他感觉中，却好像是夕阳。

他自己却连夕阳无限好的时光都已过去，他的生命已到了深夜。

枣木桌上，有一卷纸，那正是他在城里的旧部，用飞鸽传来的书信。

现在他已知道他的朋友和儿子都已死在一个少年人的刀下，这少年人叫傅红雪。

薛斌当然知道这并不是他的真名实姓。他当然姓白。

白家的人用的刀，却是漆黑的——刀鞘漆黑，刀柄漆黑。

薛斌很了解那是柄什么样的刀。他曾亲眼看到过同样的一柄刀，在眨眼间连杀三位武林中的一流高手。

现在他身上还有一条刀疤，从喉头直穿脐下，若不是他特别侥幸，若不是对方力已将竭，这一刀已将他劈成两半。直到十几年后，他想起那时刀光劈下时的情况，手心还是会忍不住淌出冷汗。有时他在睡梦间都会被惊醒，梦见有人又拿着同样一柄漆黑的刀来找他，将他一刀劈成两半。

现在这人果然来了！

铁斧还在闪着光。

他挽起衣袖，紧握住斧柄，挥起。

昔年他也曾用这柄铁斧，劈杀太行巨盗达三十人之多，但现在这柄铁斧却似已重得多了，有时他甚至已不能将它使完那一百零八招。

他决心还要再试一试。

大厅中很宽阔，他挥舞铁斧，移身错步，刹那间，只见斧影满厅，风声虎虎，看来的确还有几分昔年横扫太行山的雄风威力。

可是他自己知道，他已力不从心了。使到第七十八招式，他已气喘如牛，这还只不过是他自己一个人在练，若是遇到强敌时，只怕连十招都很难。

他喘息，放下铁斧。

桌上有酒。他喘息着坐下来，为自己斟了满满一杯，仰起脖子喝下去。

他发现自己连酒量都已大不如前了，以前他可以连尽十觥，现在只不过喝了三大杯，就已酒意上涌，连脸都红了。

一个白发苍苍的老家人，佝偻着身子，慢慢地走了进来。

他幼时本是薛斌的书童，在薛家已近六十年。

少年时，他也是个精壮的小伙子，也舞得起三十斤重的铁斧，也杀过些绿林好汉。但现在，他不但背已驼，腰已弯，身上的肌肉已松弛，而且还得了气喘病，走几步路都会喘起来。

薛斌看见他，就好像看见自己一样。

“岁月无情，岁月为什么如此无情？”

薛斌在心里叹了口气，道：“我吩咐你的事，已办妥了吗？”

其实他本不必问的，这老家人对他的忠心，他比谁都知道得更清楚。

老家人垂着手，道：“庄丁、马夫，连后院的丫头和老妈子，一共是三十五个人，现在全都已打发走了，每个人都发了五百两银子，已足够他们做个小生意，过一辈子了。”

薛斌点点头，道：“很好。”

老家人道：“现在库里的现银还剩下一千五百三十两。”

薛斌道：“很好，你全都带走吧。”

老家人垂下头，道：“我……我不走。”

薛斌道：“为什么？”

老家人满是皱纹的脸上，并没有什么表情，只是深深道：“今年我已六十八了，我还能走到什么地方去？”

薛斌也不再说。他知道他们都一样已无路可走。

风吹着院子里的梧桐，天地间仿佛充满了剪不断的哀愁。

薛斌忽然道：“来，你也过来喝杯酒。”

老家人没有推辞，默默地走过来，先替他主人斟满一杯，再替自己倒了一杯。

他的手在抖。

薛斌看着他，目中充满了怜惜之色。也许他可怜的并不是这老家人，而是他自己。

“不错，我记得你今年的确已六十八岁，我们是同年的。”

老家人垂首道：“是。”

薛斌道：“我记得你到这里来的那一年，我才只八岁。”

老家人道：“是。”

薛斌仰面长叹，道：“六十年，一眨眼间，就是六十年了，日子过得真快。”

老家人道：“是。”

薛斌道：“你还记不记得你在这一生中，杀过多少人？”

老家人道：“总有二三十个。”

薛斌道：“玩过多少女人呢？”

老家人眼角的皱纹里，露出一丝笑意，道：“那就记不清了。”

薛斌也微笑着，道：“我知道前年你还把刚来的那小丫头开了，你别以为我不知道。”

老家人也不否认，微微笑道：“那小丫头本就不是什么好东西，但刚才还是偷偷地多给了她一百两银子。”

薛斌也笑道："你对女人一向不小气，这点我也知道。"

老家人道："这点我是跟老爷你学的。"

薛斌大笑，道："我杀的人固然比你多，玩的女人也绝不比你少。"

老家人道："当然。"

薛斌道："所以我们可以算是都已经活够了。"

老家人道："太够了。"

薛斌大笑道："来，我们干杯。"

他们只喝了两杯。

第三杯酒刚斟满，他们已看见一个人慢慢地走入了院子。

苍白的脸，漆黑的刀。

梧桐并没有锁住浓秋。

傅红雪站在梧桐下，手里紧紧握着他的刀。

薛斌也在看着他，看着那柄漆黑的刀，神情居然很平静。

傅红雪忽然道："你姓薛？"

薛斌点点头。

傅红雪道："薛大汉是你的儿子？"

薛斌又点点头。

傅红雪道："十九年前，那……"

薛斌忽然打断了他的话，道："你不必再问了，你要找的人，就是我。"

傅红雪凝视着他，一字字道："就是你？"

薛斌点点头，忽然长长叹息，道："那天晚上的雪很大。"

傅红雪的瞳孔在收缩，道："你……你还记得那天晚上的事？"

薛斌道："当然记得，每件事都记得。"

傅红雪道："你说。"

薛斌道："那天晚上我到了梅花庵时，已经有很多人在那里了。"

傅红雪道："都是些什么人？"

薛斌道："我看不出，我们每个人都是蒙着脸的，彼此间谁也没有说话。"

傅红雪也没有说话。

薛斌道："我相信他们也认不出我是谁，因为那时我带的兵器也不是这柄铁斧，而是柄鬼头大刀。"

傅红雪道："说下去。"

薛斌道："我们在雪地里等了很久，冷得要命，忽然听见有人说，人都到齐了。"

傅红雪道："说话的人是马空群？"

薛斌道："不是！马空群正在梅花庵里喝酒。"

傅红雪道："说话的人是谁？他怎么知道一共有多少人要去？难道他也是主谋之一？"

薛斌笑了笑，笑得很神秘，道："我就算知道，也绝不会告诉你。"

他很快地接着道："又过了一阵子，白家的人就从梅花庵里走出来，一个个喝得醉醺醺的，看样子乐得很。"

傅红雪咬着牙，道："是谁第一个动的手？"

薛斌道："先动手的，是几个善使暗器的人，但他们并没有得手。"

傅红雪道："然后呢？"

薛斌道："然后大家就一起冲过去，马空群是第一个上来迎战的，但忽然间，他却反手给了白天羽一刀。"

傅红雪满面悲愤，咬着牙，一字字道："他逃不了的。"

薛斌淡淡道："他逃不逃得了，都跟我完全没有关系。"

傅红雪冷冷道："你也休想逃。"

薛斌道："我根本就没有逃走的意思，我本就是在这里等着你的！"

傅红雪道："你还有什么话说？"

薛斌道："只有一句。"

他举杯一饮而尽，接着道："那次我们做的事，虽然不够光明磊落，但现在若回到十九年前，我还是会同样再做一次的。"

傅红雪道："为什么？"

薛斌道："因为白天羽实在不是个东西。"

傅红雪苍白的脸突然血红，眼睛也已血红，嘶声道："你出来。"

薛斌道："我为什么要出来？"

傅红雪道："拿你的铁斧。"

薛斌道："那也用不着。"

他忽然笑了笑，笑得很奇特，微笑着看了看他的老家人，道："是时候了。"

老家人道："是时候了。"

薛斌道："你还有什么话说？"

老家人道："也只有一句。"

他忽然也笑了笑，一字字道："那白天羽实在不是个东西！"

这句话说完，傅红雪已燕子般掠进来。

但他已迟了。

薛斌和他的老家人都已倒下去，大笑着倒了下去。

他们胸膛上都已刺入了一柄刀。

一柄锋利的短刀。

刀柄握在他们自己的手里。

风吹着梧桐，风剪不断，愁也剪不断。

但仇恨却可以断的——剪不断，却砍得断。

薛斌用自己的刀，砍断了这段十九年的冤仇。

现在已没有人能再向他报复。

就连傅红雪也不能！

他只有看着，看着地上的两个死人，死人的脸上，仿佛还带着揶揄的微笑，仿佛还在对他说："我们已活够了，你呢？你知不知道自己是为什么而活的？"

为了复仇？

这段仇恨是不是真的应该报复？

"那次我们做的事，虽然不够光明磊落，但现在若回到十九年前，我还是会同样再做一次！"

"洁如本来是我的，但是白天羽却用他的权威和钱财，强占了她。"

"我为什么要说谎？你难道从未听说过你父亲是个怎么样的人，那么我可以告诉你，他是个……"

"我也只有一句话要说，那白天羽实在不是个好东西！"

薛斌的话、柳东来的话、老家人的话，就像是汹涌的浪涛，一阵阵向他卷过来。

他们为什么要说这种话？

他们说的话为什么全都一样？

傅红雪拒绝相信。

他父亲在他心目中，本来是个神，他一向认为别人也将他父亲当作神。

但现在，他心里忽然有了种说不出的恐惧，因为现在就连他自己也开始怀疑。

"为什么会有那么多在武林中极有身份地位的人，都不惜将自己的身家性命孤注一掷，不顾一切地要去杀他？"

这问题有谁能回答？有谁能解释？

傅红雪自己不能。

他站在那里，看着地上的尸身，身子又开始不停地发抖。

风吹进来，吹起了死人头上的白发。

他们都已是垂暮的老人，他们做的事就算真的不可宽恕，也未必一定要杀了他们。

傅红雪对自己做的事是否正确，忽然也起了怀疑。

他本是为了复仇而生，为了复仇而活着的。

但现在他却已不知该怎么办了。

是不是应该再去追杀别的人？

还是应该饶恕了他们？

这仇恨若是根本不应该去报复，他活着还有什么意义？

死人的脸，已渐渐僵硬，脸上那种揶揄的笑容，变得更奇特诡秘。

他们的眼睛本是凸出来的，现在眼睛里竟突然流下泪来。死人绝不会流泪。

他们流的不是泪，是血！

他们的嘴角也在流血，七孔中都在流血，一种紫黑色的，闪动着惨绿碧光的血。

那也绝不像人类流出的血。

就连地狱中的恶鬼，流出的血都未必有如此诡秘，如此可怕。

这难道是他们在向傅红雪抗议？

傅红雪的手还是紧紧地握着刀，但他的掌心已沁出冷汗。

他忽然想冲出去，赶快离开这地方，愈快愈好。

可是他刚转过身，就看见了叶开。

这阴魂不散的叶开。

叶开也在看着地上的死人，脸上带着种很奇怪的表情。

丁灵琳远远地站在后面，连看都不敢往这里看。

她并不是从来没有看见死人，但却实在从来没有看见过这么可怕的死人。

傅红雪道："你又来了。"

叶开点点头，道："我又来了。"

傅红雪道："你为什么总是要跟着我？"

叶开道："这地方难道只有你一个人能来？"

傅红雪不说话了。

其实这次他并不是不愿意见到叶开。

因为他刚才见到叶开时，心里的孤独和恐惧就忽然减轻了很多。

也许他一直都不是真的不愿意见到叶开的，也许他每次见到叶开时，心里的孤独和恐惧都会减轻些。

可是他嘴里绝不说出来。

他不要朋友，更不要别人的同情和怜悯。

丁灵琳身上的铃铛又在"叮铃铃"地响，在这种时候、这种地方，这铃声听来非但毫不悦耳，而且实在很令人心烦。

傅红雪忍不住道："你身上为什么要挂这些铃？"

丁灵琳道："你身上也一样可以挂这么多铃的，我绝不管你。"

傅红雪又不说话了。

他说话，只因为他觉得太孤独，平时他本就不会说这句话。

现在他已无话可说。

所以他走了出去。

叶开忽然道："等一等。"

傅红雪平时也许不会停下来，但这次却停了下来，而且回过了身。

叶开道：“这两人不是你杀的。”

傅红雪点点头。

叶开道：“他们也不是自杀的。”

傅红雪道：“不是？”

叶开道：“绝不是！”

傅红雪觉得很惊异，因为他知道叶开并不是个会随便说话的人。

“可是我亲眼看见他们将刀刺入自己的胸膛。”

叶开道：“这两柄刀就算没有刺下去，他们也一样非死不可。”

傅红雪道：“为什么？”

叶开道：“因为他们早已中了毒。”

傅红雪悚然道：“酒里有毒？”

叶开点点头，沉声道：“一种很厉害，而且很奇特的毒。”

傅红雪道：“他们既已服毒，为什么还要再加上一刀？”

叶开缓慢地道：“因为他们自己并不知道自己已经中了毒。”

傅红雪道：“毒是别人下的？”

叶开道：“当然。”

傅红雪道：“是谁？”

叶开叹了一口气，说道：“这也正是我最想不通的事。”

傅红雪没有开口。

他知道连叶开都想不通的事，那么能想通这事的人，就不会太多了。

叶开道：“能在薛斌酒里下毒的人，当然对这里的情况很熟悉。”

傅红雪同意。

叶开道：“薛斌已经知道你要来找他，他已经抱了必死之心，所以才会先将家人全部遣散。”

傅红雪同意。

他在路上也遇见过被遣散了的好汉庄的壮丁。

叶开道：“下毒的人既然对这里的情况很熟悉，当然知道薛斌是非死不可的。”

傅红雪同意，这道理本就是谁都想得通的。

叶开道："薛斌既已必死，他为什么还要在酒里下毒呢？"

这道理就说不通了。

傅红雪道："也许是薛斌自己下的毒。"

叶开道："不可能。"

傅红雪道："为什么？"

叶开道："他用不着多此一举。"

傅红雪道："也许他怕没有拔刀的机会！"

叶开道："要杀你，他当然没有拔刀的机会，可是一个人若要杀自己，那机会总是随时都有的。"

傅红雪不太同意，却也不能否定。

他可以不让薛斌有拔刀自尽的机会，但是他绝不会想到这一招。

叶开道："最重要的是，薛斌绝不会有这一种毒药的。"

傅红雪道："为什么？"

叶开道："他一向自命为好汉，生平从不用暗器，对使毒的人更是深恶痛绝，像他这种人，怎么肯用毒药毒死自己？"

他不让傅红雪开口，很快接着又道："何况这种毒药本就是非常少有的，而且非常珍贵，因为它发作时虽可怕，但无论下在酒里水里，都完全无色无味，甚至连银器都试探不出。"

傅红雪道："你认得出这种毒药？"

叶开笑了笑，道："只要是世上有的毒药，我认不出的还很少。"

傅红雪道："这种毒药是不是一定要用古玉才能试探得出？"

要试探毒药，大多用银器。

用古玉是极特殊的例外。

叶开道："你居然也知道这法子？"

傅红雪冷冷道："对毒药我知道得虽不多，但世上能毒死我的毒药却不多。"

叶开笑了，他知道傅红雪并不是吹牛。

白凤公主既然是魔教教主的女儿，当然是下毒的大行家。

她的儿子怎么可能被人毒死。

傅红雪也许不善用毒，也许没有看过被毒死的人，可是对分辨毒性的方法，他当然一定知道得很多。

只不过他懂得虽多，经验却太少。

傅红雪道："你的判断是薛斌绝不会自己在酒里下毒？"

叶开道："绝不会。"

傅红雪道："别人既然知道他已必死，也不必在酒里下毒。"

叶开道："不错。"

傅红雪道："那么这毒是哪里来的呢？"

叶开道："我想来想去，只有一种可能——"

傅红雪在听着。

叶开道："下毒的人一定是怕他在你的面前说出某件秘密，所以想在你来之前，先毒死他。"

傅红雪道："可是我来的时候，他还没有死。"

叶开道："那也许因为你来得太快，也许因为他死得太慢。"

傅红雪道："在我来的时候，他已经至少喝了四五杯。"

叶开道："酒一端上来已下了毒，但薛斌却过了很久之后才开始喝，所以酒里的毒已渐渐沉淀。"

傅红雪道："所以他开始喝的那几杯酒里，毒性并不重？"

叶开道："不错。"

傅红雪道："所以我来的时候，他还活着。"

叶开道："不错。"

傅红雪道："所以他还跟我说了很多话。"

叶开点点头。

傅红雪接口道："可是他并没有说出任何人的秘密来。"

叶开道："你再想想。"

傅红雪慢慢地走出去，面对着满院凄凉的秋风。

风中的梧桐已老了。

傅红雪沉思着，缓缓道："他告诉我，他们在梅花庵外等了很久，忽然有人说，人都到齐了。"

叶开的眼睛立刻发出了光，道："他怎么知道人都到齐了？他怎么知道一共有多少人要来？这件事本来只有马空群知道。"

傅红雪点点头。

叶开道："但马空群那时一定还在梅花庵里赏雪喝酒。"

傅红雪道："薛斌也这么说。"

叶开道："那么说这话的人是谁呢？"

傅红雪摇摇头。

叶开道："薛斌没有告诉你？"

傅红雪的神色就好像这秋风中的梧桐一样萧索，缓缓道："他说他就算知道，也绝不会告诉我。"

他的心情沉重，因为他又想起了薛斌说过的另一句话："白天羽实在不是个东西。"

这句话他本不愿再想的，可是人类最大的痛苦，就是心里总是会想起一些不该想，也不愿去想的事。

叶开也在沉思着，道："在酒中下毒的人，莫非就是那天在梅花庵外说'人都到齐了'的那个人？"

傅红雪没有回答，丁灵琳却忍不住道："当然一定就是他。"

叶开道："他知道薛斌已发现了他的秘密，生怕薛斌告诉傅红雪，所以就想先杀了薛斌灭口。"

丁灵琳叹了口气，道："但他却看错了薛斌，薛斌竟是个很够义气的朋友。"

叶开道："就因薛斌是他很熟的朋友，所以他虽然蒙着脸，薛斌还是听出了他的口音。"

丁灵琳道："不错。"

叶开道："那么他若自己到这里来了，薛斌就不会不知道。"

丁灵琳道："也许他叫别人来替他下毒的。"

叶开沉吟道："这种秘密的事，他能叫谁来替他做呢？"

丁灵琳道："当然是他最信任的人。"

叶开道："他若连薛斌这种朋友都不信任，还能信任谁？"

丁灵琳道："夫妻、父子、兄弟，这种关系就都比朋友亲密得多。"

叶开叹息着，道："只可惜现在薛家连一个人都没有了，我们连一点线索都问不出来。"

丁灵琳道："薛家的人虽然已经走了，但却还没有死。"

叶开点了点头，走过去将壶中的残酒嗅了嗅，道："这是窖藏的陈年好酒，而且是刚开坛的。”

丁灵琳嫣然道：“你用不着卖弄，我一向知道你对酒很有研究——对所有的坏事都很有研究。”

叶开苦笑道：“只可惜我却不知道薛家酒窖的管事是谁？”

丁灵琳道：“只要他还没有死，我们总有一天能找得出他来的，这根本不成问题。”

她凝视着叶开，慢慢地接着道：“问题是你为什么要对这件事如此关怀，这跟你又有什么关系？”

傅红雪霍然回头，瞪着叶开，道：“这件事跟你全无关系，我早就告诉过你，莫要多管我的闲事。”

叶开笑了笑，道：“我并不想管这件事，只不过觉得有点好奇而已。”

傅红雪冷笑。

他再也不看叶开一眼，冷笑着走出去。

丁灵琳忽然道：“等一等，我也有句话要问你。”

傅红雪还是继续往前走，走得很慢。

丁灵琳道：“她呢？”

傅红雪骤然停下了脚步，道：“她是谁？”

丁灵琳道：“就是那个总是低着头，跟在你后面的女孩子。”

傅红雪苍白的脸突然抽紧。

然后他就头也不回地走了出去。

第三十四章

神刀堂主

正午的日色竟暗得像黄昏一样。

丁灵琳看着傅红雪孤独的背影，忽然叹了口气，道："你说得不错，翠浓果然不该再回来找他的，现在他果然反而离开了翠浓。"

她摇着头，叹息着道："我本来以为他已渐渐变得像是个人，谁知道他还是跟以前一样，根本就不是个东西。"

叶开道："他的确不是东西，他是人。"

丁灵琳道："他假如有点人味，就不该离开那个可怜的女孩子。"

叶开道："就因为他是人，所以才非离开那女孩子不可。"

丁灵琳道："为什么？"

叶开道："因为他觉得自己受了委屈，心里的负担一定很重，再继续和翠浓生活下去，一定会更加痛苦。"

丁灵琳道："所以他宁愿别人痛苦。"

叶开叹了口气道："其实他自己心里也一样痛苦的，可是他非走不可。"

丁灵琳道："为什么？"

叶开道："翠浓既然能离开他，他为什么不能离开翠浓？"

丁灵琳道："因为……因为……"

叶开道："是不是因为翠浓是个女人？"

丁灵琳道："男人本来就不该欺负女人。"

叶开道："但男人也一样是人。"

他又叹了口气，苦笑道："女人最大的毛病就是总不把男人当作人，总认为女人让男人受罪是活该，男人让女人受罪就该死了。"

丁灵琳忍不住抿嘴一笑，道："男人本来就是该死的。"

她忽然抱住了叶开，咬着他的耳朵，轻轻道：“天下的男人都死光了也没有关系，只要你一个人能活着就好。”

秋风萧索，人更孤独。

傅红雪慢慢地走着，他知道后面永远不会再有人低着头，跟着他了。这本不算什么，他本已习惯孤独。但现在也不知为了什么，他心里总觉得有些空空洞洞的，仿佛失落了什么在身后。

有时他甚至忍不住要回头去瞧一瞧，后面的路很长，他已独自走过了很长的路，可是前面的路更长，难道他要独自走下去？

“她的人呢？”

在这凄凉的秋风里，她在干什么？是一个人独自悄悄流泪？还是又找到了一个听话的小伙子？

傅红雪的心里又开始好像在被针刺着。

这次是他离开她的，他本不该再想她，本不该再痛苦。可是他偏偏会想，偏偏会痛苦。

是不是每个人都有种折磨自己的欲望，为什么他既折磨了别人，还要折磨自己？

现在他就算知道她在哪里，也是绝不会再去找她的了。

但他却还是一样要为她痛苦。这又是为了什么？

在没有人的时候，甚至连傅红雪有时也忍不住要流泪的。

可是他还没有流泪时，就已听见了别人的哭声。

是一个男人的哭声。哭的声音很大，很哀恸。

男人很少这么样哭的，只有刚死了丈夫的寡妇才会这样子哭。

傅红雪虽然并不是个喜欢多管闲事的人，却也不禁觉得很奇怪。

但他当然绝不会过去看，更不会过去问。

哭声就在前面一个并不十分浓密的树林里，他从树林外慢慢地走了过去。

哭的人还在哭，一面哭，一面还在断断续续地喃喃自语：“白大侠，你为什么要死？是谁害死了你？你为什么不给我一个报恩的机会？”

傅红雪突然停下了脚步，转过身。

一个穿着孝服的男人，跪在树林里，面前摆着张小桌子，桌子上摆着些纸人纸马，还有一柄纸刀。

用白纸糊成的刀，但刀柄却涂成了黑色。

这男人看来已过中年，身材却还保持着少年时候的瘦削矫健，鼻子和嘴的线条都很直，看来是个个性很强，很不容易哭的人。

但现在他却哭得很伤心。他将桌上的纸人纸马纸刀拿下，点起了火，眼睛里还在流着泪。

傅红雪已走过去，站在旁边，静静地看着。

这个人却在看着纸人纸马在火中焚化，流着泪倒了杯酒泼在火上，又倒了杯酒自己喝下去。喃喃道："白大侠，我没有别的孝敬，只希望你在天之灵永不寂寞……"

这句话还没有说完，他已又失声痛哭起来。

等他哭完了，傅红雪才唤了一声："喂。"

这人一惊，回过身，吃惊地看着傅红雪。

傅红雪道："你在哭谁？"

这人迟疑着，终于道："我哭的是一位顶天立地的男子汉，是一位绝代无双的大侠，只可惜你们这些少年人是不会知道他的。"

傅红雪的心已在跳，勉强控制着自己，道："你为什么要哭他？"

这人道："因为他是我的救命恩人，我这一生中，从未受过别人的恩惠，但他却救了我的命。"

傅红雪道："他怎么救你的？"

这人叹了口气，道："二十年前，我本是个镖师，保了一趟重镖经过这里。"

傅红雪道："就在这里？"

这人点点头，道："因为我保的镖太重，肩上的担子也太重，所以只想快点将这趟镖送到地头，竟忘了到好汉庄去向薛斌递帖子。"

傅红雪问道："难道来来往往的人，都要向他递帖子？"

这人道："经过这里的人，都要到好汉庄去递张帖子，拜见他，喝他一顿酒，拿他一点盘缠再上路，否则他就会认为别人看不起他。"

他目中露出愤怒之色，冷笑着又道："因为他是这里的一条好汉，所以谁也不敢得罪他。"

傅红雪道："但你却得罪了他。"

这人道："所以他就带着他那柄六十三斤的巨斧，来找我的麻烦了。"

傅红雪道："他要你怎么样？"

这人道："他要我将镖车先留下，然后再去请我们镖局的镖主来，一起到好汉庄去磕头赔罪。"

傅红雪道："你不肯？"

这人叹道："磕头赔罪倒无妨，但这趟镖是要限期送到的，否则我们镖局的招牌就要被砸了。"

他忽然挺起胸，大声道："何况我赵大方当年也是条响当当的人物，我怎么能忍得下这口气。"

傅红雪道："所以你们就交上了手？"

赵大方又叹了口气，道："只可惜他那柄六十三斤重的宣花铁斧实在太霸道，我实在不是他的敌手，他盛怒之下，竟要将我立劈在斧下。"

他神情忽又兴奋起来，很快地接着道："幸好就在这时，那位大侠客恰巧路过这里，一出手就拦住了他，问清了这件事，痛责了他一顿，叫他立刻放我上路。"

傅红雪道："后来呢？"

赵大方道："薛斌当然还有点不服气，还想动手，但他那柄六十三斤重的宣花铁斧，到了这位大侠客面前，竟变得像是纸扎的。"

傅红雪的心又在跳。

赵大方叹息着，道："老实说，我这一辈子从来也没看见过像这位大侠客那么高的武功，也从来没有看见过那么慷慨好义的人物，只可惜……"

傅红雪道："只可惜怎么样？"

赵大方黯然道，"只可惜这么样一位顶天立地的人物，后来竟被宵小所害，不明不白地死了。"

他目中已又有热泪盈眶，接着道："只可惜我连他的墓碑在哪里都不知道，只有在每年的这一天，都到这里来祭奠祭奠他。想到他的往日雄风，想到他对我的好处，我就忍不住要大哭一场。"

傅红雪用力紧握双手，道："他……他叫什么名字？"

赵大方凄然道：“他的名字我就算说出来，你们这些年轻人也不会知道。”

傅红雪道：“你说！”

赵大方迟疑着，道：“他姓白……”

傅红雪道：“神刀堂白堂主？”

赵大方悚然道：“你怎么知道他的？”

傅红雪没有回答，一双手握得更紧，道：“他究竟是个怎么样的人？”

赵大方道：“我刚才已说过，他是位顶天立地的奇男子，也是近百年来武林中最了不起的大英雄。”

傅红雪道：“那是不是因为他救了你，你才这么说？”

赵大方真诚地道：“就算他没有救我，我也要这么样说的，武林中人谁不知道神刀堂白堂主的侠名，谁不佩服他。”

傅红雪道：“可是……”

赵大方抢着道：“不佩服他的，一定是那些蛮横无理、作恶多端的强盗歹徒，因为白大侠嫉恶如仇，而且天生侠骨，若是见到了不平的事，他是一定忍不住要出手的。”

他接着又道：“譬如说那薛斌就一定会恨他，一定会在背后说他的坏话，但……”

傅红雪一颗本已冰冷的心，忽然又热了起来。

赵大方下面所说的是什么，他已完全听不见了，他心里忽然又充满了复仇的欲望，甚至比以前还要强烈得多。

因为现在他终于明白他父亲是个怎么样的人。

现在他已确信，为了替他父亲复仇，无论牺牲什么都值得。

对那些刺杀他父亲，毁谤他父亲的人，他更痛恨，尤其是马空群。

他发誓一定要找到马空群！发誓一定绝不再饶过这可耻的凶手。

赵大方吃惊地看着他，猜不出这少年为什么会忽然变了。

傅红雪忽然道：“你可曾听过马空群这名字？”

赵大方点点头。

傅红雪道：“你知不知道他在哪里？”

赵大方摇摇头，眼睛已从他的脸上，看到他手里握着的刀。

漆黑的刀。刀鞘漆黑，刀柄漆黑。

这柄刀显然是赵大方永远忘不了的。他忽然跳起来，失声道：“你……你莫非就是……”

傅红雪道：“我就是！”

他再也不说别的，慢慢地转过身，走出了树林。

林外秋风正吹过大地。

赵大方痴痴地看着他，忽然也冲出去，抢在他面前，跪下，大声道：“白大侠对我有天高地厚之恩，他老人家虽然已仙去，可是你……你千万要给我一个报恩的机会。”

傅红雪道：“不必。”

赵大方道：“可是我……”

傅红雪道：“你刚才对我说了那些话，就已可算是报过恩了。”

赵大方道：“可是我说不定能够打听出那姓马的消息。”

傅红雪道：“你？”

赵大方道：“现在我虽已洗手不吃镖行这碗饭了，但我以前的朋友，在江湖中走动的还是有很多，他们的消息都灵通得很。”

傅红雪垂下头，看着自己握刀的手，然后他忽然问：“你住在哪里？”

屋子里很简朴、很干净，雪白的墙上，挂着一幅人像。

画得并不好的人像，却很传神。

一个白面微须、目光炯炯有神的中年人，微微仰着脸，站在一片柳林外，身子笔挺，就像是一杆镖枪一般。他穿的是一件紫缎锦袍，腰畔的丝带上，挂着一柄刀。

漆黑的刀！

人像前还摆着香案，白木的灵牌上，写着的是：“恩公白大侠之灵位。”

这就是赵大方的家。

赵大方的确是个很懂得感激人的人，的确是条有血性的汉子。现在他又出去为傅红雪打听消息了。

傅红雪正坐在一张白杨木桌旁，凝视着他父亲的遗像。他手里紧紧握着的，正也是一柄同样的刀，刀鞘漆黑，刀柄漆黑。

他到这里已来了四天。这四天来，他天天都坐在这里，就这样呆呆地看着他的遗像。

他全身冰冷，血却是热的。

“他是个顶天立地的奇男子，也是近百年来武林中最了不起的英雄好汉。”

这一句话就已足够。无论他吃了多少苦，无论他的牺牲多么大，就这一句话已足够。

他绝不能让他父亲在天的英灵，认为他是个不争气的儿子。

他一定要洗清这血海深仇，无论付出什么代价都值得。

夜色已临，他燃起了灯，独坐在孤灯下。

这些天来，他几乎已忘记了翠浓，但在这寂寞的秋夜里，在这寂寞的孤灯下，灯光闪动的火焰，仿佛忽然变成了翠浓的眼波。

他咬紧牙，拼命不去想她。在他父亲的遗像前，来想这种事，简直是种冒渎，简直可耻。幸好就在这时，门外已有了脚步声。

这是条很僻静的小巷，这是栋很安静的小屋子，绝不会有别人来的。

进来的人果然是赵大方。

傅红雪立刻问道：“有没有消息？”

赵大方垂着头，叹息着。

傅红雪慢慢地站起来，道：“你不必难受，这不能怪你。”

赵大方抬起头，道：“你……你要走？”

傅红雪道：“我已等了四天。”

赵大方搓着手，道：“你就算要走，也该等到明天走。”

傅红雪道：“为什么？”

赵大方道：“因为今天夜里有个人要来。”

傅红雪道：“什么人？”

赵大方道：“一个怪人。”

傅红雪皱了皱眉。

赵大方的神情却兴奋了起来，道：“他不但是个怪人，而且简直可以说是个疯子，但他却是天下消息最灵通的疯子。”

傅红雪迟疑着，道："你怎么知道他会来？"

赵大方道："他自己说的。"

傅红雪道："什么时候说的？"

赵大方道："三年前。"

傅红雪又皱起了眉。

赵大方道："就算他是三十年前说的，我还是相信他今天夜里一定会来，就算砍断了他的两条腿，他爬也会爬着来。"

傅红雪冷冷道："他若死了呢？"

赵大方道："他若死了，也一定会叫人将他的棺材抬来。"

傅红雪道："你如此信任他？"

赵大方道："我的确信任他，因为他说出的话，从未失信过一次。"

傅红雪慢慢地坐了下去。

赵大方却忽又问道："你从不喝酒的？"

傅红雪摇摇头。

他摇头的时候，心里又在隐隐发痛。

赵大方并没有看出他的痛苦，笑着道："但那疯子却是酒鬼，我在两年前已为他准备了两坛好酒。"

傅红雪冷冷地道："我只希望这两坛酒有人喝下去。"

酒已摆在桌上，两大坛。

夜已深了，远处隐隐传来更鼓，已近三更。

三更还没有人来。赵大方却还是心安理得地坐在那里，连一点焦躁的表情都没有。

他的确是个很信任朋友的人！

傅红雪一动也不动地坐在那里，什么话都不再问。

还是赵大方忍不住打破了沉默，微笑着道："他不但是个疯子，是个酒鬼，还是个独行盗，但我却从来也没有见过比他更可靠的朋友。"

傅红雪在听着。

赵大方道："他虽然是个独行盗，却是个劫富济贫的侠盗，自己反而常常穷得一文不名。"

傅红雪并不奇怪，他见过这种人。听说叶开就是这种人。

赵大方道："他姓金，别人都叫他金疯子，渐渐就连他本来的名字都忘了。"

傅红雪这时却已没有在听他说话，因为这时小巷中已传来一阵脚步声。

脚步声很重，而且是两个人的脚步声。

赵大方也听了听，立刻摇着头道："来的人绝不是他。"

傅红雪道："哦？"

赵大方道："我说过他是个独行盗，一向是独来独往的。"

他笑了笑，又道："独行盗走路时脚步也绝不会这么重。"

傅红雪也承认他说的有理，但脚步声却偏偏就在门外停了下来。

这次是赵大方皱起了眉。

外面已有了敲门声。

赵大方皱着眉，喃喃道："这绝不是他，他从不敲门的。"

但他还是不能不开门。

门外果然有两个人。两个人抬着口很大的棺材。

夜色很浓，秋星很高，淡淡的星光照在这两个人的脸上。他们的脸很平凡，身上穿着的也是很平凡的粗布衣裳，赤足穿着草鞋。

无论谁都能看得出这两人都是以出卖劳力为生的穷人。

"你姓赵？"

赵大方点点头。

"有人叫我们将这口棺材送来给你。"

他们将棺材往门里一放，再也不说一句话，掉头就走，仿佛生怕走得不够快。

赵大方本来是想追上去的，但看了这口棺材一眼，又站住。

他就这样站在那里，呆呆地看着这口棺材，他眼睛里似将流下泪来，黯然道："我说过，他就算死了，也会叫人将他的棺材抬来的。"

傅红雪的心也沉了下去。他对这件事虽然并没有抱太大的希望，但总还是有一点希望的。

现在希望已落空。

看到赵大方为朋友悲伤的表情，他心里当然也不会太好受。只可惜他从来不会安慰别人。

现在他忽然又想喝酒。

酒就在桌上。

赵大方凄然长叹，道："看来这两坛酒竟是真的没有人喝了。"

突听一人大声道："没有人喝才怪。"

声音竟是从棺材里发出来的。

接着，就听见棺材"砰"的一响，盖子就开了，一个活生生的人从棺材里跳了出来。

一个满面虬髯的大汉，精赤着上身，却穿着条绣着红花的黑缎裤子，脚上穿着全新的粉底官靴。

赵大方大笑，道："你这疯子，我就知道你死不了的。"

金疯子道："要死也得先喝完你这两坛陈年好酒再说。"

他一跳出来，就一掌拍碎了酒坛的泥封，现在已开始对着坛子牛饮。

傅红雪就坐在旁边，他却连看都没有看一眼，就好像屋子里根本没有这么样一个人存在。

这人看来的确有点疯。

但傅红雪并没有生气，他自己也是常常看不见别人的。

金疯子一口气几乎将半坛酒都灌下肚子，才停下来喘了口气，大笑道："好酒，果然是陈年好酒，我总算没有白来这一趟。"

赵大方问道："你要来就来，为什么还要玩这种花样？"

金疯子瞪起眼，道："谁跟你玩花样？"

赵大方道："不玩花样，为什么要躲在棺材里叫人抬来？"

金疯子道："因为我懒得走。"

这句话回答得真妙，也真疯，但他在说这句话的时候，眼里却似乎露出了一丝忧虑恐惧之色。

所以他立刻又捧起了酒坛子来。

赵大方却拉住了他的手。

金疯子道："你干什么？舍不得这坛酒？"

赵大方叹了口气，道："你用不着瞒我，我知道你一定又有麻烦了。"

金疯子道："什么麻烦？"

赵大方叹道："你一定又不知得罪了个什么人，为了躲着他，所以才藏在棺材里。"

金疯子又瞪起了眼，大声道："我为什么要躲着别人？我金疯子怕过谁了？"

赵大方只有闭上嘴。

他知道现在是再也问不出什么来的，金疯子就算真的有很大的麻烦，也绝不会在一个陌生人面前说出来。

他终于想起了屋子里还有第三个人，立刻展颜笑道："我竟忘了替你引见，这位朋友就是……"

金疯子打断了他的话，道："他是你的朋友，不是我的。"

这句话还没有说完，他的嘴又已对上酒坛子。

赵大方只好对着傅红雪苦笑，歉然道："我早就说过，他是个疯子。"

傅红雪道："疯子很好。"

金疯子突又重重地将酒坛往桌上一放，瞪着眼道："疯子有什么好？"

傅红雪不理他。

金疯子道："你认为疯子很好，你自己莫非也是个疯子？"

傅红雪还是不理他。

金疯子突然大笑起来，道："这人有意思，很有意思……"

赵大方悄悄拉了拉他的衣袖，勉强笑道："你也许还不知道他是谁，他……"

金疯子又瞪着眼打断了他的话，道："我为什么不知道他是谁？"

赵大方道："你知道？"

金疯子道："我一走进这间屋子，就已知道他是谁了。"

赵大方更惊讶，道："你怎么会知道？"

金疯子道："我就算认不出他的人，也认得出他的这把刀。我金疯子在江湖中混了这么多年，难道是白混的？"

赵大方板起了脸，道："你既然知道他是谁，就不该如此无礼。"

金疯子道："我想试试他。"

赵大方道："试试他？"

金疯子道："别人都说他也是一个怪物，比我还要怪。"

赵大方道："哪点怪？"

金疯子把一双穿着粉底官靴的脚，高高地跷了起来，道："听说他什么事都能忍，只要你不是他的仇人，就算当面打他两耳光，他也不会还手的。"

赵大方板着脸道："这点你最好不要试。"

金疯子大笑，道："我虽然是疯子，但直到现在还是个活疯子，所以我才能听得到很多消息。"

赵大方立刻追问，道："什么消息？"

金疯子不理他，却转过了脸，瞪着傅红雪，突然道："你是不是想知道马空群在哪里？"

傅红雪的手突又握紧，道："你知道？"

金疯子道："我知道的事一向很多。"

傅红雪连声音都已因紧张而嘶哑，道："他……他在哪里？"

金疯子突然闭上了嘴。

赵大方赶过去，用力握住他的肩，道："你既然知道，为什么不说？"

金疯子道："我为什么要说？"

赵大方道："因为他是我恩人的后代，也是我的朋友。"

金疯子道："我已说过，他是你的好朋友，并不是我的。"

赵大方怒道："你是不是我的朋友？"

金疯子道："现在还是的，因为我现在还活着。"

赵大方道："这是什么意思？"

金疯子道："这意思你应该明白的。"

傅红雪道："难道你说出了就会死？"

金疯子摇摇头，道："我不是这意思。"

傅红雪道："你是不是要有条件才肯说？"

金疯子道："只有一个条件。"

傅红雪道："什么条件？"

金疯子道："我要你去替我杀一个人！"

傅红雪道："杀什么人？"

金疯子道："杀一个我永远不想再见到的人。"

傅红雪道："你藏在棺材里，就是为了要躲他？"

金疯子默认。

傅红雪道："这人是谁？"

金疯子道："是个你不认得的人，跟你既没有恩怨，也没有仇恨。"

傅红雪道："我为什么要杀这么样一个人？"

金疯子道："因为你想知道马空群在哪里。"

傅红雪垂下眼，看着自己手里的刀，他在沉思的时候，总是这种表情。

赵大方忍不住道："你为什么一定要杀这个人？"

金疯子道："因为他要杀我。"

赵大方道："他能杀得了你？"

金疯子道："能。"

赵大方动容道："能杀得了你的人并不多。"

金疯子道："能杀他的人更少。"

他凝视着傅红雪手里的刀，缓缓接道："现在世上能杀得了他的，也许只有这把刀！"

傅红雪紧握着手里的刀。

金疯子道："我知道你不愿去杀他，谁也不愿去杀一个素不相识的陌生人。"

傅红雪道："但是我一定要找到马空群。"

金疯子道："所以你只好杀他。"

傅红雪的手握得更紧。

金疯子说的不错，谁也不愿意去杀一个素不相识的陌生人。

可是那十九年刻骨铭心的仇恨，就像是一棵毒草，已在他心里生了根——纵然那是别人种到他心里的，但现在也已在他心里生了根。

仇恨本不是天生的。但仇恨若已在你心里生了根，世上就绝没有任何力量能拔掉。

傅红雪苍白的脸上，冷汗已开始流了下来。

金疯子看着他，道："袁秋云也不是你的仇人，你本来也不认得他，但你却杀了他。"

傅红雪霍然抬起头。

金疯子淡淡地接着说道："无论谁为了复仇，总难免要杀错很多人的，被杀错的通常都是一些无辜的陌生人。”

傅红雪忽然道：“我怎知杀了他后，就一定能找到马空群？”

金疯子道：“因为我说过。”

他说出的话，从未失信过一次，这点连傅红雪都已不能不相信。

一个人正被人追杀的生死关头中，还没有忘记三年前订下的约会，这并不是件容易事。

傅红雪又垂下头，凝视着手里的刀，缓缓道：“现在我只要你再告诉我一件事。”

金疯子道：“什么事？”

傅红雪一字字道：“这人在哪里？”

金疯子的眼睛亮了。

连赵大方脸上都不禁露出欣喜之色，他是他们的朋友，他希望他们都能得到自己所要的。

金疯子道：“从这里往北去，走出四五里路，有个小镇，小镇上有个小酒店，明天黄昏前后，那个人一定会在那小酒店里。”

傅红雪道：“什么镇？什么酒店？”

金疯子道：“从这里往北去只有那一个小镇，小镇上只有那么一个酒店，你一定可以找得到的。”

傅红雪道：“你怎么知道那个人明天黄昏时一定在那里？”

金疯子笑了笑，道：“我说过，我知道很多事。”

傅红雪道：“那个人又是个什么样的人？”

金疯子沉吟道：“是个男人。”

傅红雪道：“男人也有很多种。”

金疯子道：“这个人一定是最奇怪的那一种，你只要看见他，就会知道他跟别的人全都不同。”

傅红雪道：“他有多大年纪？”

金疯子道：“算来他应该有三四十岁了，但有时看来却还很年轻，谁也看不出他究竟有多大年纪。”

傅红雪道：“他姓什么？”

金疯子道：“你不必知道他姓什么。”

傅红雪道：“我一定要知道他姓什么，才能问他，是不是我要杀的那个人？”

金疯子道：“我要你去杀他，不是要你跟他交朋友的。”

傅红雪道：“你难道要我一看见他就出手？”

金疯子道：“最好连一个字都不要说，而且绝不能让他知道你有杀他的意思。”

傅红雪道：“我不能这样杀人。”

金疯子道：“你一定要这么样杀人，否则你很可能就要死在他手里。”

他笑了笑，又道：“你若死在他手里，还有谁能为白大侠复仇？”

傅红雪沉默了很久，缓缓道：“谁也不愿意去杀一个陌生人的。”

金疯子道：“这句话我说过。”

傅红雪道：“现在我已答应你去杀他，我绝不能再杀错人。”

金疯子道：“我也不希望你杀错人。”

傅红雪道：“所以你至少应该将这个人的样子说得更清楚些。”

金疯子想了想，道：“这个人当然还有几点特别的地方。”

傅红雪道：“你说。”

金疯子道：“第一点是他的眼睛，他的眼睛跟任何人都不一样。”

傅红雪道：“有什么不一样？”

金疯子道：“他的眼睛看来就像是野兽，野兽才有他那样的眼睛。”

傅红雪道：“还有呢？”

金疯子道：“他吃东西时特别慢，嚼得特别仔细，就好像吃过了这一顿，就不知要等到何时才能吃下一顿了，所以对食物特别珍惜。”

傅红雪道：“说下去。”

金疯子道：“他一个人的时候从不喝酒，但他面前一定会摆着一壶酒。”

傅红雪在听着。

金疯子道：“他腰带上一定插着根棍子。”

傅红雪道：“什么样的棍子？”

金疯子道：“就是那种最普通的棍子，用白杨木削成的，大概有三尺长。”

傅红雪道：“他不带别的武器？”

金疯子道：“从不带。”

傅红雪道："这棍子就是他的武器？"

金疯子叹道："那几乎是我平生所看到过的最可怕的武器。"

赵大方忽然笑道："那当然还比不上你的刀，世上绝没有任何武器能比得上这柄刀！"

傅红雪沉思着，看着手里的刀，然后又抬起头，看着画上的那柄刀。

他绝不能让这柄刀被任何人轻视，他绝不能让这柄刀放在任何人手里。

金疯子看着他的表情，道："现在你总该知道他是个什么样的人了。"

傅红雪点点头，道："他的确是个怪人。"

金疯子道："我保证你杀了他后，绝不会有任何人难受的。"

傅红雪道："也许只有我自己。"

金疯子笑道："但等你找到马空群后，难受的就应该是他了。"

傅红雪双目凝视着他，忽又道："谁说你是个疯子的？"

金疯子道："很多人。"

傅红雪缓缓道："他们都错了，我看你也许比他们都清醒。"

金疯子大笑，大笑着捧起酒坛子，拼命地往肚子里灌。

赵大方微笑着，道："他这人最大的好处就是该清醒的时候他绝不醉，该醉的时候他绝不清醒。"

黎明。

金疯子已醉了，醉倒在桌上打鼾。

傅红雪喃喃道："我应该睡一会的。"

赵大方道："不错，今天你应该要有好精神。"

傅红雪道："杀人时都应该有好精神？"

赵大方道："你应该听得出，那个人并不是好对付的。"

傅红雪凝视着画上的刀，嘴角忽然露出一丝骄傲的微笑，缓缓道："但我却绝不相信世上有任何人的棍子能对付这柄刀！"

他的确不相信。

白天羽活着时也从不相信，所以他现在已死了。

陌生人绝不能信任的，因为他们通常都是很危险的人。

第三十五章

前辈高人

这个人是个陌生人。这里的人从来没有看见过他，也从来没有看见过类似他这样的人。

他看来很英俊、很干净，本来应该是个到处受欢迎的人，而且他很年轻，皮肤紧密而有光，身上绝没有一丝多余的肌肉。

他身上并没有带任何令人觉得可怕的凶器，但他却实在是个可怕的人。他的沉默就很可怕：不说话并不能算是绝对沉默，可怕的是那种绝对的沉静。

坐在这里已有很久，他非但没有说话，也没有动，这本是件很难受的事。但他的样子却又很轻松，很自然，就好像时常都像这样动也不动地坐着。

桌上有酒，也有酒杯，他却连碰也没有碰过。好像这酒并不是叫来喝的，而是叫来看的。每当他看到这壶酒时，他那冷漠的眼睛里就显出一丝温暖之色。

难道这壶酒能令他想起一个他时常都在怀念着的朋友？

他身上穿的是件很普通的粗布衣服，洗得很干净，和衣服同色的腰带上，随随便便地插着根短棍。

短棍也并不可怕，最可怕的还是他的眼睛。

他的眼睛很亮。有很多人的眼睛都很亮，但他的眼睛却亮得特别，比任何人都特别，亮得就好像一直能照到你内心最黑暗的地方。

无论谁被这双眼睛看一眼，都会觉得自己所有的秘密都已被他看出来了。这种感觉实在不好受。

现在他又叫了一碗面。他已开始吃面，吃得很慢，嚼得很仔细，就好像这碗面是他平生所吃过的最好吃的一碗面，又好像这就是他所能吃到的最后一碗面。

他拿着筷子的手，干燥而稳定，手指很长，指甲却剪得很短。

就在他吃面的时候，傅红雪走了进来。

傅红雪一走进来，就看到了这个陌生人。但他忽然发现这陌生人的眼睛已经在看着他，就好像早已知道非有这么样一个人走进来似的。

被这双眼睛看着时，傅红雪心里居然也觉得有种说不出的恐惧。他从未有过这种感觉，就好像在黑夜中走进一个陌生的地方，忽然发现有条狼在等着你一样。

他慢慢地走进来，故意不再去看这陌生人，可是他握刀的手却握得更紧。

他已准备拔刀。

这陌生人就随随便便地坐在那里，他本来随时都可以一刀割断他的咽喉。

他一向知道他的刀有多快，他一向有把握，但这次他却突然变得没有把握了。

这陌生人虽然随随便便地坐在那里，但却好像一个武林高手，已摆出了最严密的防守姿势，全身上下连一点破绽都没有。

这也是傅红雪从来没有遇见过的事。

他走得更慢，左脚先慢慢地走出一步，右腿再慢慢地跟着拖过去。

他在等机会。

这陌生人还在看着他，忽然道："请坐。"

傅红雪不由自主停住了脚步，仿佛还不知道他要谁坐。

这陌生人就用手里的竹筷指了指对面的椅子，又说了句："请坐。"

傅红雪迟疑着，竟真的在他对面坐了下来。

陌生人道："喝酒？"

傅红雪道："不喝。"

陌生人道："从来不喝？"

傅红雪道："现在不喝。"

陌生人嘴角忽然泛出种很奇异的笑意，缓缓道："十年了……"

傅红雪只有听着，他听不出这句话的意思。

陌生人已慢慢地接着道："十年来，已没有人想杀死我。"

傅红雪的心一跳，陌生人凝视着他，淡淡道："但你现在却是来杀我的！"

傅红雪的心又一跳，他实在不懂，这陌生人怎么会知道他的来意。

陌生人还在凝视他，道："是不是？"

傅红雪道："是！"

陌生人又笑了笑，道："我看得出你是个不会说谎的人。"

傅红雪道："不会说谎，但却会杀人。"

陌生人道："你杀过很多人？"

傅红雪道："不少。"

陌生人的瞳孔似在收缩，缓缓道："你觉得杀人很有趣？"

傅红雪道："我杀人并不是为了觉得有趣。"

陌生人道："是为了什么？"

傅红雪道："我不必告诉你。"

陌生人目中忽又泛出种很奇特的悲伤之色，叹息着道："不错，每个人杀人都有他自己的理由，的确不必告诉别人。"

傅红雪忍不住问道："你怎知我要来杀你？"

陌生人道："你有杀气。"

傅红雪道："你看得出？"

陌生人道："杀气是看不出来的，但却有种人能感觉得到。"

傅红雪道："你就是这种人？"

陌生人道："我是的。"

他目光似又到了远方，接着道："就因为我有这种感觉，所以现在我还活着。"

傅红雪道："现在你的确还活着。"

陌生人道："你认为你一定可以杀死我？"

傅红雪道："世上没有杀不死的人。"

陌生人道："你有把握？"

傅红雪道："没有把握，就不会来。"

陌生人又笑了。他的笑神秘而奇特，就像是在严寒中忽然吹来一阵神秘的春风，融化了冰雪。

他微笑着道："我喜欢你这个人。"

傅红雪道："但我还是要杀你。"

陌生人道："为什么？"

傅红雪道："没有原因。"

陌生人道："没有原因也杀人？"

傅红雪目中忽然露出了痛苦之色，道："就算有原因，也不能告诉你。"

陌生人道："你是不是非杀我不可？"

傅红雪道："是。"

陌生人叹了口气，道："可惜。"

傅红雪道："可惜？"

陌生人道："我已有多年未杀人。"

傅红雪道："哦？"

陌生人道："那只因我有个原则，你若不想杀我，我也绝不杀你。"

傅红雪道："我若定要杀你呢？"

陌生人道："你就得死。"

傅红雪道："死的也许是你。"

陌生人道："也许是……"

直到这时，他才看了看傅红雪手里握着的刀，道："看来你的刀一定很快？"

傅红雪道："够快的。"

陌生人道："很好。"

他忽然又开始吃面了，吃得很慢，嚼得很仔细。

一只手拿着筷子，一只手扶着碗，看来傅红雪只要一拔刀，刀锋就会从他头顶上直劈下去。

他根本没有招架还手的余地。

但傅红雪的刀还在刀鞘里，刀鞘在落日余晖中看起来更黑，手却更苍白。

他没有拔刀，因为在这陌生人面前，他竟忽然不知道自己这一刀该从哪里劈下去。

这陌生人面前，就好像有一道看不见的高墙在阻着似的。

陌生人已不再看他，缓缓道："杀人并不是件有趣的事，被杀更无趣。"

傅红雪没有回答，因为这陌生人并不像是在对他说话。

陌生人慢慢地接着道："我一向不喜欢没有原因就想杀人的人，尤其是年轻人，年轻人不该养成这种习惯的。"

傅红雪道："我也不是来听你教训的。"

陌生人淡淡道："刀在你手里，你随时都可以拔出来。"

他慢慢地吃着最后的几根面，态度还是很轻松，很自然。

但傅红雪全身每一块肌肉、每一根神经都已绷紧。

他知道现在已到了非拔刀不可的时候。这一刀若拔出来，他们两个人之间就必要有一个人倒下去！

酒店里忽然变成空的。

所有的人都已悄悄地溜了出去，连点灯的人都没有了。

落日的余晖，淡淡地从窗外照进来。好凄凉的落日。

傅红雪好像还是坐在那里没有动，但他的身子已悬空，他已将全身每一分力量，全都聚在他的右臂上。漆黑的刀柄，距离他苍白的手才三寸。

陌生人的棍子却还是插在腰带上——一根很普通的棍子，用白杨木削成的。

傅红雪突然拔刀！

没有刀光。刀根本没有拔出来。就在他拔刀的时候，门外面忽然飞入了一个人，他身子一闪，这个人就跌在他身旁。

一个很高大的人，赤着上身，却穿着条绣着红花的黑缎裤子。

他脚上的粉底宫靴已掉了一只。

金疯子。

这个又疯又怪的独行盗，现在竟像是一堆泥似的倒在地上，满脸都是痛苦之色，身子也缩成了一团，连爬都爬不起来。

他怎么会忽然也来了？怎么会变成这样子？

傅红雪的刀怎么还能拔得出来？

陌生人已吃光了最后一根面，已放下筷子。这突然的变化，竟没有使他脸上露出一丝吃惊之色。

他甚至连眼睛都没有眨一眨，现在正看着门外。

门外又有个人走进来。

叶开。

又是那阴魂不散的叶开。

陌生人看着叶开，冷漠的眼睛里，居然又露出了一丝温暖之色。

叶开看着他的时候，神情却很恭谨。

他从未对任何人如此恭敬过。

陌生人忽然道："他是你的朋友？"

叶开道："是的。"

陌生人道："他是个怎么样的人？"

叶开道："是个很容易上当的人。"

陌生人道："是不是随便杀人的人？"

叶开道："绝不是。"

陌生人道："他有理由要杀我？"

叶开道："有。"

陌生人道："是不是个很好的理由？"

叶开道："不是，但却是个值得原谅的理由。"

陌生人道："好，这就够了。"

他忽然站起来，向叶开笑了笑，道："我知道你喜欢请客，今天我让你请一次。"

叶开也笑了，道："谢谢你。"

陌生人已走了出去。

傅红雪忽然大喝："等一等。"

陌生人没有等，他走得并不快，脚步也不大，但忽然间就已到了门外。

丁灵琳就站在门外。

她看着这陌生人从她面前走过去，忽然道："这铃铛送给你。"

说到第二个字的时候，她手腕金圈上的三枚铃铛已飞了出去。

铃铛本来是会响的。但她的铃铛射出后，反而不响了。因为铃铛的速度太急。

三枚铃铛直打这陌生人的背。

陌生人没有回头，没有闪避，居然也没有反手来接。他还是继续向前走，走得还是好像并不太快。奇怪的是，这三枚比陌生人去得更急的铃铛，竟偏偏总是打不到他的背上去，总是距离他的背还有四五寸。

忽然间，他已走出了好几丈。

不响的铃铛渐渐又"叮铃铃"地响了起来，然后就一个个掉了下去，只见铃铛在地上闪着金光，陌生人却已不见了。

丁灵琳怔住。

连傅红雪都已怔住。

叶开却在微笑，这笑容中却带着种说不出的崇敬和羡慕。

丁灵琳忽然跑过来，拉住他的手，道："那个人究竟是人是鬼？"

叶开道："你看呢？"

丁灵琳道："我看不出。"

叶开道："怎么会看不出？"

丁灵琳道："世上本不会有那样的人，但也不会有那样的鬼。"

叶开笑了。

傅红雪忽然道："他是你的朋友？"

叶开道："我希望是的，只要他将我当作朋友，叫我干什么我都愿意。"

傅红雪道："你知道我要杀他？"

叶开道："刚知道。"

傅红雪道："所以你就立刻赶来了？"

叶开道："你以为我是来救他的？"

傅红雪冷笑。

叶开叹了口气，道："我知道你的刀很快，我看过，但是在他面前，你的刀还没有拔出鞘，他的短棍也许已洞穿了你的咽喉。”

傅红雪不停地冷笑。

叶开道：“我知道你不信，因为你还不知道他是谁呢！”

傅红雪道：“他是谁？”

叶开道：“他纵然不是这世上出手最快的人，也只有一个人能比他快。”

傅红雪道：“哦？”

叶开道：“能比他快的人绝不是你。”

傅红雪道：“是谁？”

叶开脸上又露出那种出自内心的崇敬之色，慢慢地说出了四个字：“小李飞刀！”

小李飞刀！

这四个字本身就像是有种无法形容的魔力，足以令人热血奔腾，呼吸停顿。

过了很久，傅红雪才长长地吐出口气，道：“难道他就是那个阿飞？”

叶开道：“世上只有这样一个阿飞，以前绝没有，以后也可能不会再有。”

傅红雪握刀的手又握得紧紧的，道：“我知道他一向用剑。”

叶开道：“现在他已不必用剑，那短棍在他手里，就已经是世上最可怕的剑。”

傅红雪的脸色更苍白，一字字道：“所以你是来救我的？”

叶开道：“我没有这样说。”

他不让傅红雪开口，又问道：“你知不知道地上这个人是谁？”

傅红雪道：“他说他叫金疯子。”

叶开道：“他不是。世上根本没有金疯子这么样一个人。”

傅红雪道：“他是谁？”

叶开道：“他叫小达子。”

傅红雪道：“小达子？”

叶开道：“你没有听说过小达子？”

他笑了笑，接着又道：“你当然没有听说过，因为你从来没有到过京城，到过京城的人都知道，当世的名伶没有一个人能比得上小达子。”

傅红雪道：“名伶？他难道是个唱戏的？”

叶开笑了笑，道：“他也是个天才，无论演什么，就像什么。”

傅红雪又怔住。

叶开道：“这次他演的是个一诺千金而且消息灵通的江湖豪杰，他显然演得很出色。”

傅红雪不能不承认，这出戏的本身就很出色。

叶开道：“这出戏叫‘双圈套’，是易大经的珍藏秘本。”

傅红雪动容道：“易大经？”

叶开点点头，俯下身，从“金疯子”身上拿出了一个小本子。

用毛边纸订成的小本子，密密麻麻地写了很多小字：“三更后，叫人用棺材抬你来，等我说‘酒没有人喝了’这句话时，你就从棺材里跳出来，大笑着说：‘没有人喝才怪。’然后……”

只看了这一段，傅红雪苍白的脸已因羞愧愤怒而发红。

现在他终于已明白这是怎么回事。

这一切果然是特别演给他看的一出戏，果然是别人早已编好了的！

从看到“赵大方”在树林中痛哭时开始，他就已一步步走入了圈套。

最后的终点就是一条短棍：一条足能洞穿世上任何人咽喉的短棍！

第三十六章

戏剧人生

金疯子还躺在地上呻吟着，声音更痛苦。

也不知是谁掌起了灯，他的脸在灯光下看来竟是死灰色的。

他的眼角和嘴角不停地抽搐，整个一张脸都已扭曲变形。

傅红雪终于抬起头，道：“你说的易大经，是不是‘铁手君子’易大经？”

叶开道：“就是‘铁手君子’易大经，也就是赵大方。”

傅红雪恨恨道：“江湖中人都说易大经是个君子，想不到他竟是这样的君子。”

叶开道：“世上的伪君子本来就很多。”

傅红雪道：“他为什么要这样做？”

叶开道：“他要杀你！”

傅红雪当然知道，他根本就不必问的。

叶开道：“但他也知道你的刀多么快，世上的确很少有人能比你的刀更快。”

傅红雪又不禁想起了那陌生人，那又奇异又可敬的陌生人，那种轻松而又镇定的态度。

就凭这一点，已绝不是任何人能比得上的。

“难道他的短棍真能在我的刀还未出鞘时，就洞穿我的咽喉？”

傅红雪实在不能相信，也不愿相信。

他几乎忍不住去追上那陌生人，比一比究竟是谁的出手快。

他绝不服输。

只可惜他也知道，那陌生人若要走的时候，世上就没有任何人能拦阻，也绝没有任何人能追得上。

这事实他想不承认也不行。

他握刀的手在抖。

叶开看着他的手，叹息着道："你现在也许还不相信他的出手比你快，可是……"

傅红雪突然打断了他的话，大声道："我相不相信都是我的事，我的事和你完全没有关系。"

叶开苦笑。

傅红雪道："所以这件事你根本不必管的。"

叶开只能苦笑。

傅红雪道："你为什么要一直偷偷地跟着我？"

叶开道："我没有。"

傅红雪道："你若没有跟着我，怎么会知道这样一件事？"

叶开道："因为我在市上看见了易大经。"

傅红雪道："很多人都看见了他。"

叶开道："但却只有我知道他是易大经。易大经本不该在这里的，更不该打扮成那种样子，他本是个衣着很考究的人。"

傅红雪道："那也不关你的事。"

叶开道："但我却不能不觉得奇怪。"

傅红雪道："所以你就跟着他。"

叶开点点头，道："我已盯了他两天，竟始终没有盯出他的落脚处，因为我不敢盯得太紧，他的行动又狡猾如狐狸。"

傅红雪道："哼。"

叶开道："但我却知道他从京城请来了小达子，所以我就改变方针，开始盯小达子。"

他苦笑着，又道："但后来连小达子都不见了。"

傅红雪冷笑道："原来你也有做不到的事。"

叶开道："幸好后来我遇见了那两个抬棺材的人，他们本是小达子戏班里的龙套，跟着小达子一起来的，小达子对他的班底一向很好。"

这件事的确很曲折，连傅红雪都不能不开始留神听了。

叶开道："那时他们已在收拾行装，准备离城，我找到他们后，威逼利诱，终于问出他们已将小达子送到什么地方去。"

傅红雪道："所以你就找了去。"

叶开道："我去的时候，你已不在，只剩下易大经和小达子。"

傅红雪道："易大经当然不会告诉你这秘密。"

叶开道："他当然不会，我也一定问不出，只可惜他的计划虽周密，手段却太毒了些。"

傅红雪听着。

叶开道："他竟已在酒中下了毒，准备将小达子杀了灭口！"

傅红雪这才知道，小达子的痛苦并不是因为受了伤，而是中了毒。

叶开道："我去的时候，小达子的毒已开始发作，我揭穿了那是易大经下的毒手后，他当然也对易大经恨之入骨。"

傅红雪道："所以他也在你面前，揭穿了易大经的阴谋。"

叶开叹了口气，道："若不是易大经的手段太毒，这秘密我也许永远都不会知道，他装作的功夫实在已经炉火纯青，我竟连一点破绽都看不出来，甚至会将他看作谦谦君子，几乎已准备向他道歉，可是他走了。"

丁灵琳也忍不住叹了口气，道："他若去唱戏，一定比小达子还有名。"

叶开道："但是我刚才好像听见，你在叫他大叔。"

丁灵琳狠狠瞪了他一眼，噘起了嘴，道："他本来就是我爹爹的朋友，看他那种和蔼可亲、彬彬有礼的样子，谁知道他是个伪君子。"

叶开又叹了口气，道："所以你现在应该明白，还是像我这样的真小人好。"

丁灵琳朗然一笑，道："我早就明白了。"

叶开苦笑道："也许你还是不明白的好。"

丁灵琳又瞪了他一眼，忽然道："现在我的确还有件事不明白！"

叶开在等着她问。

丁灵琳道："像李寻欢、阿飞这些前辈名侠，很久都没有人再看见过他们的侠踪，易大经怎么会知道他今天在这里？"

叶开低吟着，道："飞剑客的确是个行踪飘忽的人，有时连小李探花都找不到他。"

丁灵琳道："所以我觉得奇怪。"

叶开道："但人们都知道自从百晓生死了后，江湖中消息最灵通的三个人，其中却有一个易大经。"

丁灵琳道："我也听见过，他家来来往往的客人最多。"

叶开道："也许他听见飞剑客要到这里来，所以他先在这里等着。"

丁灵琳道："那么他住的那房子显然是早就布置好的了。"

叶开道："然后他又想法子再将傅红雪也骗到这里来。"

丁灵琳用眼角望了傅红雪一眼，然后道："这倒并不难。"

叶开道："他每天出去，也许就是打听飞剑客的行踪。"

丁灵琳道："但是有人却以为他是在打听马空群的消息。"

叶开笑道："这个人做事的阴沉周密，我看谁都比不上。"

傅红雪一直在沉思着，忽然道："他的人呢？"

叶开道："走了。"

傅红雪敞笑道："你为什么要放他走？"

叶开笑笑道："我为什么要放他走？他自己难道不会走？"

傅红雪道："你没有拦住他？"

叶开道："你认为我一定能拦住他？"

傅红雪冷笑。

丁灵琳忽然也忍不住在冷笑，道："小叶虽然没有拦住他，但至少也没有上他的当。"

傅红雪脸色变了变，转过身，表示根本不愿跟她说话。

但丁灵琳却又绕到他面前，道："你就算不拿小叶当朋友，但他对你总算不错，是不是？"

傅红雪拒绝回答。

丁灵琳道："他对你，就算老子对儿子，也不过如此了，你就算不感激他，也不必将他当作冤家一样的看待。"

傅红雪拒绝开口。

丁灵琳冷笑道："我知道你不愿意跟我说话，老实说，像你这种人，平时就算跪在我面前，我也懒得看你一眼的。"

傅红雪又在冷笑。

丁灵琳道："但现在我却有几句话忍不住要问你一下。"

傅红雪只有等她问。

丁灵琳道："为什么别人对你愈好，你反而愈要对他凶？你是不是害怕别人对你好？你这种人是不是有毛病？"

傅红雪苍白的脸突然发红，全身竟又开始不停地颤抖起来。

他冷漠的眼睛里，也突然充满了痛苦之色，痛苦得似已支持不住。

丁灵琳反而怔住了。

她实在想不到傅红雪竟会忽然变成这样子。

她已不忍再看他，垂下头，讷讷道："其实我只不过是在开玩笑，你又何必气成这样子？"

傅红雪根本没有听见她在说什么。

丁灵琳也没有再说什么，她忽然觉得很无趣，很不好意思。

桌上还摆着酒。

她居然坐下去喝起酒来。

叶开正慢慢地扶起了小达子，好像根本不知道他们的事。

小达子满脸都是泪，嗄声道："我……我只不过是个戏子，无论谁给我钱，我都唱戏。"

叶开道："我知道。"

小达子流着泪道："我还不想死……"

叶开道："你不会死的。"

小达子道："药真的还有效？"

叶开道："我已答应过你，而且已给你吃了我的解药。"

小达子喘息着，坐下去，总算平静了些。

叶开叹息了一声，道："其实又有谁不是在唱戏呢？人生岂非本来就是大戏台？"

傅红雪也已冷静了些，突然回身，瞪着小达子，道："你知不知道易大经到哪里去了？"

小达子的脸又吓白，吃吃道："我……我想他大概总要回家的。"

傅红雪道："他的家在哪里？"

小达子道："听说叫'藏经万卷庄'，我虽然没去过，但江湖中一定有很多人知道。"

傅红雪立刻转身，慢慢地走了出去，连看都不再看叶开一眼。

叶开却道："等一等，我还有件事要告诉你。"

傅红雪没有等。

叶开道："易大经的妻子姓路。"

傅红雪不理他。

叶开道："不是陆地的陆，是路小佳的路。"

傅红雪握刀的手上，忽然凸出了青筋。

但他还是头也不回地走了出去。

夜已很深了。

"人生岂非本就是一个大戏台，又有谁不是在演戏呢？"

问题只不过是看你想怎么样去演它而已！

你想演的是悲剧？还是喜剧？你想独得别人的喝彩声？还是想别人用烂柿子来砸你的脸？

这柿子不是烂的。

秋天本是柿子收获的季节。

丁灵琳剥了个柿子，送到叶开面前，柔声道："柿子是清冷的，用柿子下酒不容易醉！"

叶开淡淡道："你怎知我不想醉？"

丁灵琳道："一个人若真的想醉，无论用什么下酒都一样会醉的。"

她将柿子送到叶开嘴上，嫣然道："所以你还是先吃了它再说。"

叶开只好吃了。

他不是木头，他也知道丁灵琳对他的情感，而且很感激。

这女孩子虽然刁蛮骄纵，但也有她温柔可爱的时候。无论谁有这么样一个女孩子陪着，都已应该心满意足的。

丁灵琳看着他吃下这个柿子后，轻轻叹了一口气，道："幸好你不是傅红雪——别人对他愈好，他就对他愈坏。"

叶开也叹了口气，道："你若真的以为他是这种人，你就错了。"

丁灵琳道："我哪点错了？"

叶开道："有种人从来都不肯将感情表露在脸上的。"

丁灵琳道："你认为他就是这种人？"

叶开道："所以他心里对一个人愈好时，表面反而愈要做出无情的样子，因为他怕被别人看出他情感的脆弱。"

丁灵琳道："所以你认为他对你很好？"

叶开笑了笑。

丁灵琳道："可是他对翠浓……"

叶开道："刚才他忽然变得那样子，就因为你触及了他的伤口，让他又想起了翠浓。"

丁灵琳道："他若是真的对翠浓好，为什么要甩掉她？"

叶开道："他若是真的对她不好，又怎会那么痛苦？"

丁灵琳不说话了。

叶开叹息着，道："只有真正无情的人，才没有痛苦，但是我并不羡慕那种人。"

丁灵琳道："为什么？"

叶开道："因为那种人根本就不是人。"

丁灵琳又轻轻叹了口气，道："你们男人的心真是奇怪得很。"

叶开道："的确奇怪得很，就像你们女人的心一样奇怪。"

他说得不错。

世上最奇怪、最不可捉摸的，就是人心了，男人的心和女人的心都一样。

丁灵琳嫣然一笑，道："幸好我现在总算已看透了你。"

叶开道："哦？"

丁灵琳道："你表面看来虽然不是个东西，其实心里还是对我好的。"

叶开板起了脸，想说话。

可是他刚开口，丁灵琳手里一个刚剥好的柿子又已塞进他的嘴里。

夜已更深。

小达子又吃了一包药，已躺在角落里的长凳子上睡着了。

店里的伙计在打呵欠。

他真想将这些人全都赶走，却又不敢得罪他们——陌生人总是有点危险的。

丁灵琳替叶开倒了杯酒，忽然道："那个'藏经万卷庄'离这里好像并不远。"

叶开道："不远。"

丁灵琳接着道："你想易大经是不是真的会回家去呢？"

叶开道："他绝不会逃的。"

丁灵琳道："为什么？"

叶开道："因为他用不着逃，逃了反而更加令人怀疑。"

丁灵琳道："无论怎么样，傅红雪现在一定也已猜出他也是那天在梅花庵外的刺客之一，所以他才会设下这个圈套来害傅红雪。"

叶开道："傅红雪并不是个笨蛋。"

丁灵琳道："在薛斌酒里下毒的人，说不定也是易大经。"

叶开道："不是。"

丁灵琳道："为什么？"

叶开道："他在小达子酒里下的，是另一种完全不同的毒药。"

丁灵琳道："他难道不能在身上带两种毒药？"

叶开道："懂得下毒的人，通常都有他自己独特的方式，有他自己喜欢用的毒药——这种习惯就好像女人用胭脂一样。"

丁灵琳不懂。

叶开道："你若用惯了一种胭脂，是不是就不想再用第二种？"

丁灵琳想了想，点了点头。

叶开道："你出门的时候，身上会不会带两种完全不同的胭脂？"

丁灵琳摇了摇头，眼角瞟着他，冷冷道："你对女人的事懂得的倒真不少。"

叶开道："我只不过对毒药懂得的不少而已，女人的事其实我一点也不知道。"

丁灵琳道："不知道才怪。"

她忽然将刚给叶开倒的那杯酒抢过来，自己一口气喝了下去。

叶开笑了。

丁灵琳又在用眼角瞟着他，道："我真奇怪你居然还有心情坐在这里喝酒。"

叶开道："为什么没有？"

丁灵琳道："易大经既然已回了家，傅红雪岂非一去就可以找到他。"

叶开点点头。

丁灵琳道："路小佳既然是他的小舅子，这两天就在这附近，现在岂非也可能就在他家里。"

叶开道："很可能。"

丁灵琳道："你不怕傅红雪吃他们的亏？你不是一向对他很关心么？"

叶开道："我放心得很。"

丁灵琳道："真的？"

叶开道："当然是真的，因为我知道他们根本不会动起手来。"

丁灵琳道："为什么？"

叶开笑了笑，道："你若了解易大经是个怎么样的人，就会知道是为什么了。"

丁灵琳道："鬼才了解他。"

叶开道："这个人平生一向不愿跟别人正面为敌，就算别人找上他的门去，他也总是退避忍让，所以别人才认为他是个君子。"

丁灵琳道："但这种忍让也没有用的。"

叶开道："他可以用别的法子。"

丁灵琳道："什么法子？"

叶开道："他可以死不认账，根本不承认有这么回事。"

丁灵琳道："事实俱在，他不认账又有什么用？"

叶开道："他可以说，最近一直没有离开过藏经庄半步，甚至可能说他病得很重。"

丁灵琳道："傅红雪会相信？他又不是笨蛋。"

叶开道："易大经一定早已找了很多人，等在他家里替他作证明，像他这种人做事，无论成与不成，一定会先留下退路。"

丁灵琳道："别人的证明，傅红雪也一样未必会相信的。"

叶开道："但易大经找来的，一定是江湖中很有声名、很有地位的人，说出来的话一定很有分量，别人想不相信都不行。"

丁灵琳道："这种人肯替他说谎？"

叶开道："他并不是要这些人替他说谎，只不过要他们的证明而已。"

丁灵琳道："证明他没有出去过？"

叶开道："他当然有法子先要这些人相信，他一直没有离开过半步。"

丁灵琳道："我想不出他能有这种法子，除非他有分身术。"

叶开道："分身术也并不难，譬如说，他可以先找一个人，易容改扮后，在家里替他装病。"

他又补充着道："病人的屋里光线当然很暗，病人的脸色当然不好，说话的声音也不会和平时一样，所以他那些朋友当然不会怀疑这个生了病的易大经居然会是别人改扮的。"

丁灵琳道："何况易大经一向是诚实君子，别人根本不会想到他做这种事。"

叶开道："一点也不错。"

丁灵琳叹了口气，道："看来你对这种邪门歪道的事，懂的也真不少。"

叶开道："所以我现在还活着。"

丁灵琳叹道："我看还是趁你活着时快走吧，免得你醉死在这里。"

叶开道："你可以走。"

丁灵琳道："你呢？"

叶开道："我在这里泡定了。"

丁灵琳道："你觉得这地方很好？"

叶开道："不好。"

丁灵琳看了那直皱眉头的伙计一眼，道："你认为别人很喜欢你留在这里？"

叶开笑着说道："他只恨不得我付了账快走，愈快愈好。"

丁灵琳道："那你为什么还要留在这里？"

叶开道："我要等一个人。"

丁灵琳眼珠子直转，道："是个女人？"

叶开笑道："我从不等女人，一向是女人等我。"

丁灵琳咬了咬嘴唇道："你究竟要在这里等谁？"

叶开道："傅红雪！"

丁灵琳怔了怔，道："他还会来？"

叶开肯定地道："一定会来找我，因为他认为我骗了他。"

丁灵琳道："他难道看不出易大经就是赵大方？"

叶开道："易大经难道不能说那是别人故意扮成他的样子，故意陷害他的？"

丁灵琳又说不出话了。

那伙计一直在旁边听着，听到这里，忍不住长长叹了口气。

他叹气的时候，门外却有人在大笑。

"想不到这里还有酒卖，看来老天对我还算不错，舍不得让我干死。"

一个人醉醺醺地冲了进来，穿着新衣，戴着新帽，圆圆的脸上长个酒糟鼻子，看样子正是个不折不扣的标准酒鬼。

他一进来就掏出块银子抛在桌上，大声道："把你们这里的好酒好菜统统给我搬上来，大爷我别的没有，就是有银子。"

有银子当然就有酒。

这人自已喝了几杯，忽然回过头，向叶开招手。

叶开也向他招了招手。

这人大笑，道："你这人有意思，看来一定是个好人，来，我请你喝酒。"

叶开笑道："好极了，我什么都有，就只是没有银子。"

他竟忽然过去了。

这就是叶开的好处，他对什么事都有好奇，只要有一点点奇怪的事，他就绝不肯错过。

他已看出这人的手脚很粗，那酒糟鼻子也是喝劣酒喝出来的，平时一定是个做粗事的人，但现在却穿着新衣，戴着新帽，身上还有大把银子可以请人喝酒。

这种事当然有点奇怪。

一点奇怪的事，往往就会引出很多奇怪的事来，有很多奇怪的事，叶开都是这样子发现的，何况他最近正在找人。

丁灵琳看着他走过去，忍不住叹了口气，喃喃道："看来天下再也没有什么事能比酒鬼跟酒鬼交朋友更容易的了。”

现在这人非但鼻子更红，连舌头都大了三倍。

他正不停地拍着叶开的肩，大声道：“你尽管痛痛快快地喝，我有的是银子。”

叶开故意压低声音，道：“看来你老哥你真发了财了，附近若有什么财路，不知道能不能告诉兄弟一声，让兄弟也好回请老哥你一次。”

这人大笑道：“你以为我是强盗？是小偷？……”

他忽又摸出锭银子，重重地往桌上一摆，瞪起了眼道：“告诉你，我这银子可不是脏的，这是我辛苦了十几年才赚来的。”

叶开道：“哦？”

这人道：“老实告诉你，我并不是坏人，我本来是个洗马的马夫。”

叶开笑道：“马夫也能赚这么多银子？看来我也该去当马夫才对。”

这人摇摇头，道：“本来我倒可以介绍你去，但现在却已太迟了。”

叶开道：“为什么？”

这人道：“因为那地方非但已没有马，连人都没有半个。”

叶开道：“那是什么地方？”

这人道：“好汉庄。”

叶开的眼睛亮了。

他本来就在找从好汉庄出来的人，奇怪的是，他居然一直连半个都找不到。

四五十个人忽然没有事干，手里却有四五百两银子，若不去喝酒，玩玩女人，那不是怪事是什么？

但附近所有的酒铺妓院里，却偏偏都完全没有他们的消息。

现在叶开才总算找到了一个，他当然不肯放松，试探着道：“好汉庄我也去过，那里酒窖的管事老顾是我的朋友。”

这人立刻指着他的鼻子大笑道：“你吹牛，酒窖的管事不姓顾，姓张，叫张怪物。”

叶开道：“为什么要叫他怪物？”

这人道：“因为他虽然管酒窖，自己却连一滴都不喝。”

叶开笑道：“也许就因为他不喝酒，所以才让他管酒窖。”

这人一拍巴掌，大笑道："一点也不错，你这小子倒还真不笨。"

叶开道："现在他的人呢？"

这人道："到丁家去了，从好汉庄出来的人，全都被丁家雇去了。"

原来他们一离开好汉庄，就立刻又有了事做，赶着去上工。

这就难怪叶开找不着他们的人。

叶开道："全都被丁家雇去了？哪个丁家？"

这人道："当然是那个最有钱，也最有名的丁家，否则怎么能一下子多雇这么些人。"

最有钱，也最有名的丁家只有一家。

那就是丁灵琳的家。

叶开忍不住看了她一眼，丁灵琳也正在看着他。

这人却还在含含糊糊地说着话："那张怪物虽然不喝酒，但别的事却是样样精通的，我他妈的就一直佩服他。"

叶开道："既然别人都被丁家雇去了，你为什么不去？"

这人笑道："五百两银子我还没有喝完，丁家就算招我去做女婿，我他妈的也不会……"

"会"字是个开唇音。

刚说到这个"会"字，突听"叮"的一响，一样东西打在他牙齿上。

叶开立刻听到一阵牙齿碎裂的声音。

这个人已痛得弯下了腰，先吐出了一个花生壳，再吐出了牙齿，吐出了血，嗅到了自己的血，胃就突然收缩，就开始不停地呕吐。

将他牙齿打碎的，竟是一个花生壳。

丁灵琳没有吃花生，必然不会有花生壳。

窗子是开着的，窗外夜色如墨。

叶开忽然对着窗口笑了笑，道："我本来是在等另外一个人的，想不到来的是你。"

窗外有人在笑。

笑声中带着种很特别的讥诮之意，接着人影一闪，已有个人坐在窗台上。

路小佳。当然是路小佳。

丁灵琳嫣然道："我本来正准备教训教训他的，想不到你先替我出了手。"

路小佳淡淡笑道："能替丁家的大小姐做点事，实在荣幸之至。"

丁灵琳道："你什么时候开始学会拍人马屁的？"

路小佳道："从我想通了的时候。"

丁灵琳道："想通了什么事？"

路小佳道："想通了我直到目前为止，还是光棍一条，所以……"

丁灵琳道："所以怎么样？"

路小佳微笑着，道："所以我说不定还是有机会做丁家的女婿。"

丁灵琳又笑了。

路小佳道："想做丁家女婿的人还能不拍丁家大小姐的马屁？"

丁灵琳用眼角瞟着叶开，道："这句话你应该说给他听的。"

路小佳道："我本来就是说给他听的。"

他大笑着跳下窗台，看着叶开道："你吃了我的几颗花生，今天不请我喝酒？"

叶开微笑道："当然请，只可惜我也知道你并不是为了喝酒来的。"

路小佳叹了口气，说道："好像我什么事都瞒不住你。"

丁灵琳忍不住问道："你是怎么来的？"

路小佳道："陪一个人来的。"

丁灵琳道："陪谁？"

路小佳道："就是你们在等的那个人。"

丁灵琳皱了皱眉，转过头，就看见傅红雪慢慢地走了进来。

傅红雪苍白的脸，现在看来竟仿佛是铁青的。

他还没有走进来，眼睛就已在盯着叶开，好像生怕叶开会突然溜走。

叶开却在微笑，微笑着道："我知道你一定会回来的，我果然没有算错。"

傅红雪道："只有一件事你错了。"

叶开道："哦？"

傅红雪道："你为什么要我去杀易大经？"

叶开道："是我要你去杀他的？"

傅红雪冷冷地道："你希望他死？还是希望我再杀错人？"

叶开叹了口气，说道："我只希望你能够弄清楚这件事。"

傅红雪冷笑道："你还不清楚？"

叶开摇摇头。

傅红雪道："赵大方并不是易大经。"

叶开道："哦？"

傅红雪道："这半个月来，他从未离开过藏经庄半步。"

叶开笑了。

傅红雪道："你不必笑，这是事实。"

叶开道："是不是有很多人都能替他证明？"

傅红雪点点头，道："都是很可靠的人。"

叶开道："他当然一直都在生病，病得很重。"

傅红雪道："你知道？"

叶开又笑了。

这些事本就在他预料之中，他果然连一点都没有算错。

丁灵琳却在那边摇着头，叹着气，道："刚才是谁在说他不是笨蛋的？"

路小佳看了看她，又看了看叶开，忽然笑道："我明白了。"

丁灵琳道："你又明白了什么？"

路小佳道："你们一定以为易大经先找了个人在家替他装病，他自己却溜了出来。"

丁灵琳道："这不可能？"

路小佳道："当然可能，只可惜他这种病是没法子装的。"

丁灵琳道："为什么？"

路小佳叹息了一声，道："现在江湖中也许还很少有人知道，他的一条左腿已在半个月前被人一刀砍断了！"

丁灵琳怔住。

傅红雪也不禁怔住。

路小佳道："宋长城、王一鸣、丁灵中、谢剑，都是在听到这消息后，特地赶去看他的。"

他说的这些名字，果然都是江湖中很有声名、很有地位的人物。

其中最刺耳的一个名字，当然还是丁灵中。

丁灵琳几乎叫了起来，大声道："我三哥也在他那里？"

路小佳笑了笑，道："听说丁家的人都是君子，君子岂不总是喜欢跟君子来往的。"

丁灵琳只好听着。

路小佳悠然道："却不知丁三少是不是个会说谎的人？"

丁灵琳道："他当然不是。"

路小佳说道："那么你可以去问问他，易大经的腿是不是断了，这个断了腿的易大经是不是别人伪装的？他现在还在藏经庄。"

丁灵琳还有什么话说？

叶开也只有苦笑。

路小佳看着他，微笑道："其实你也不必难受，每个人都有错的时候，只要能认错就好了。"

叶开咳嗽。

"我当然也知道你嘴上绝不肯认错，但只要你心里认错就已足够。"

他不让叶开说话，抢着又道："现在的问题是，易大经既然不是赵大方，那个赵大方究竟是什么人呢？"

叶开回答不出。

傅红雪道："我一定要找出这个人来。"

路小佳道："你当然要找出他来，说不定他就是你的仇人之一。"

叶开忽然开口道："说不定他也是易大经的仇人之一。"

路小佳道："为什么？"

叶开道："他若不是易大经的仇人，为什么要用这法子陷害他？"

路小佳只好承认。

叶开沉吟着，道："他当然还不知道易大经的腿已断了，所以才会用这法子。"

路小佳道："被人砍断了腿，并不是什么光荣的事，谁也不愿意到处宣扬的。"

叶开道："却不知他的腿是被谁砍断了的？"

路小佳道："不知道！"

叶开道："他没有告诉你？"

路小佳道："他根本不愿再提起这件事。"

叶开道："为什么？"

路小佳道："因为他不愿别人替他去报仇，他总认为冤家宜解不宜结，若是冤冤相报，那就不知要等到什么时候才能报得完了。"

叶开叹了口气，道："看来他的确是个真君子，令姐能嫁给他真是福气。"

路小佳看着他，也听不出他这话是真的赞美，还是讽刺。

叶开却又笑了笑，道："无论如何，我总该先请你喝杯酒才是。"

突听一人道："替我也留一杯。"

说话的声音，还在很遥远的地方，但这里的每个人都能听得很清楚。

说话的人当然也还在远方，但这里的人说出的话，他居然也能听得见。

这人究竟是个什么样的人呢？

这问题很快就有了答案，因为这句话刚说完，他的人已到了门外。

他来得好快。

他身上穿着套很普通的衣服，腰带上插着根很普通的短棍，手上却提着个很大的包袱。

丁灵琳几乎忍不住要跳了起来。

那平凡却又神奇的陌生人，竟也回来了。

门外夜色深沉，门内灯光低暗。

陌生人已走进来，将手里提着的包袱，轻轻地摆在地上。

这包袱真大。

陌生人随随便便地找了张椅子一坐，淡淡道："我平时很少喝酒的，但今天却可以破例。"

没有人问他为什么，没有人敢问。

陌生人忽然面对路小佳，道："你知不知道为了什么？"

路小佳摇摇头。

陌生人道："你知不知道我是谁？"

路小佳摇了摇头，又点了点头，那双镇定如磐石的眼睛里，似已露出恐惧之色。

陌生人道：“我却认得你，认得你的这柄剑。”

路小佳垂下头，看着自己腰带上斜插着的剑，好像只希望这柄剑并没有插在自己身上。

陌生人也在看着他腰带上的剑，淡淡道：“你不必为这柄剑觉得抱歉，教你用这柄剑的人，虽然是我的仇敌，但也是我的朋友。”

路小佳垂首道：“我明白。”

陌生人道：“我一向很尊敬他，正如他一向很尊敬我。”

路小佳道：“是。”

这狂傲的少年，从来也没有对任何人如此尊敬畏惧过。

陌生人道：“他现在是不是还好？”

路小佳道：“我也有很久没见过他老人家了。”

陌生人笑了笑，道：“他也跟我一样，是个没有根的人，要找到他的确不容易。”

路小佳道：“是。”

陌生人道：“听说你用这柄剑杀死了不少人。”

路小佳不敢答腔。

陌生人又缓缓道：“我只希望你杀的人，都是应该杀的。”

路小佳更不敢答腔。

陌生人忽然道：“用你的剑来刺我一剑。”

路小佳的脸色变了。

陌生人道：“你知道我说过的话，一向都是要做到的。”

路小佳变色道：“可是我……我……”

陌生人道：“你不必觉得为难，这是我要你做的，我当然绝不会怪你。”

路小佳迟疑着。

陌生人道：“我当然也绝不会还手。”

路小佳终于松了口气，道：“遵命。”

他的手已扶上剑柄。

陌生人道：“你最好用尽全力，就将我当作最恨的仇人一样。”

路小佳道："是。"

忽然间，天地间似已变得完全没有声音，每个人都瞪大了眼睛，屏住了呼吸，每个人都知道这种事绝不是时常能看到的，更不是人人都能看到的。

路小佳剑法的迅速犀利，江湖上已很少有比得上的人。

这陌生人呢？他是不是真的像传说中那么神奇？

突然间，剑光一闪，路小佳的剑已刺了出去，就向这陌生人的咽喉刺了出去！

傅红雪握刀的手也在用力。

这一剑就像是他刺出去的，连他都不能不承认，这一剑的确快，甚至已和他的刀同样快。

就在这时，突然"叮"的一响，这柄剑突然断了！

眼睛最利的人，才能看出这一剑刺出后，突然有根短棍的影子一闪，然后这柄剑就断了！

但现在短棍明明还插在这陌生人的腰上，大家又不禁怀疑。

只有路小佳不怀疑，他自己当然知道自己的剑是怎么断的。他手里握着半截短剑，冷汗已从他额角上慢慢地流下来。

陌生人拈起了掉落的半截断剑，凝视了很久，忽然道："这柄剑还是太重。"

路小佳黯然地道："我最多也只能够用这么重的剑了。"

陌生人点了点头，道："不错，愈轻的剑愈难施展，只可惜这道理很少有人明白。"

路小佳道："是。"

陌生人沉声道："你可知道我为何要击断你的这柄剑？"

路小佳既不知道，也不敢问。

陌生人道："因为你这柄剑杀的人已太多。"

路小佳垂下头，道："前辈的教训，我一定会记得的。"

陌生人看着他，又看了看傅红雪和叶开，嘴角露出一丝微笑，说道："我知道你们这一辈的年轻人，非但很聪明，也很用功，已经不在我们当年之下。"

没有人敢答腔。

尤其是傅红雪，现在他才明白，他那一刀若已向这陌生人刺出去，将要付出什么代价！

陌生人道："但我还是希望你们能明白一件事。"

大家都在听着。

陌生人道："真正伟大的武功，并不是用聪明和苦功就能练出来的。"

为什么不是？大家心里都在问。

聪明和苦功岂非是一个练武的人所需要的最重要的条件？

陌生人道："你一定先得有一颗伟大的心，才能练得真正伟大的武功。"

他目中又露出那种温暖的光辉，接着道："这当然不容易，据我所知，天下武林高手中，能达到这种境界的，也不过只有一个人而已。"

大家当然知道他说的这个人是谁，每个人的心忽然跳了起来。

叶开的心跳得更快。

陌生人道："除了这道理外，我还有样东西带给你们。"

他带给他们的难道就是这包袱？路小佳忽然发现这包袱在动，脸上不禁露出惊奇之色。

陌生人看着他，缓缓道："你若觉得奇怪，为何不将这包袱解开来？"

每个人都在奇怪，谁也猜不出他带来的是什么。

"你若要练成真正伟大的武功，一定要先有一颗伟大的心。"

这当然不容易。要达到这境界，往往要经过一段很痛苦的历程。

包袱被解开了。包袱里竟然有一个人，一个断了左腿的人。

"易大经。"

每个人都几乎忍不住要惊呼出来，最惊奇的人，当然还是易大经自己。

他仿佛刚从噩梦中惊醒，忽然发现自己竟来到了一个比梦境中更可怕的地方。他看了看叶开，看了看傅红雪和路小佳。

然后他的脸突然抽紧，因为他终于看到了那个陌生人。

陌生人也在看着他，道："你还记得我？"

易大经点点头，显得尊敬而畏惧。

陌生人道："我们十年前见过一次，那时你的腿还没有断。"

易大经勉强赔笑，道："但前辈的风采，却还是和以前一样。"

陌生人道："你的腿是什么时候断的？"

易大经道："半个月前。"

陌生人道："被谁砍断的？"

易大经面上露出痛苦之色，道："那已是过去的事，再提岂非徒增烦恼。"

陌生人道："看来你倒很宽恕别人。"

易大经道："我尽量在学。"

陌生人道："但你最好还是先学另一样事。"

易大经道："什么事？"

陌生人道："学说实话！"

他眼睛里突然射出火炬般的光，盯在易大经脸上，一字字接道："你总应该知道我平生最痛恨说谎的人。"

易大经垂下头，道："我怎敢在前辈面前说谎？无论谁也不敢的。"

陌生人冷冷地道："我也知道要你说实话并不容易，因为你知道说了实话后，也许就得死，你当然还不愿死。"

易大经不敢答腔。

陌生人道："但你总该也知道，世上还有很多比死更可怕、更痛苦的事。"

易大经额上已开始在流冷汗。

陌生人道："我将你带到这里来，就因为我多年前就已立誓，绝不再被任何人欺骗。"

他钢铁般的脸上，竟也露出痛苦之色，似又想起了一些令他痛苦的往事。

易大经已不敢抬头看他。

过了很久，这陌生人才慢慢地接着道："你模仿小李探花的笔迹，约我到这里来相见，其实我早已看出那笔迹不是真迹。我来，只不过想知道这是个什么样的圈套。"

易大经道："小李探花少年时已名满天下，他的墨迹也早已流传很广，能模仿他笔迹的人很多，前辈怎可认定是我。"

陌生人道："因为我在你房里找到了一些模仿他笔迹写的字。"

易大经的冷汗流得更多了。

陌生人沉下了脸，道："你总应该听说过我少年时的为人，所以你也该相信，现在我还是一样有法子要你说实话。"

易大经忽然长长叹息，道："好，我说。"

陌生人道："你怎么知道我的行踪的？"

易大经道："是丁三公子说的。"

陌生人道："丁灵中？"

易大经点点头。

陌生人道："我知道他也是个很聪明的年轻人，但他并不知道我的行踪。"

易大经道："清道人却知道前辈将有江南之行。"

陌生人道："他认得清道人？"

易大经又点了点头，道："前辈既然有江南之行，就必定会走这条路的。"

陌生人道："哦？"

易大经道："因为前辈第一次遇见小李探花，就是在这条路上。"

陌生人目光忽然到了远处，似又在回忆，但这回忆却是温暖的，只有愉快，没有痛苦。

他一直相信他能认得李寻欢，是他一生中最幸运的事。

易大经道："所以我就叫人在前面的十里长亭等着，等前辈经过时，将那张字条交给前辈。"

陌生人道："你以为我会相信那真是小李探花派人送来的？"

易大经道："我只知道前辈无论信不信，都一样会到这里来的。"

陌生人轻轻叹息，道："我看见了你，就想起了一个人。"

易大经忍不住道："谁？"

陌生人道："龙啸云。"

他叹息着，接着道："龙啸云就跟你一样，是个思虑非常周密的人，只可惜……"

他没有说下去，不忍说下去。

过了很久，他忽然又问道："你这一条腿是几时断的？"

易大经的回答很令人吃惊："今天。"

陌生人道："是被人砍断的？"

易大经道："我自己。"

这回答更令人吃惊，唯一还能不动声色的，就是叶开和陌生人。

他们竟似早已想到了这是怎么回事。

易大经道："我先找了个体型容貌和我相近的人，砍断了他的腿，将他扮成我的样子，叫他在我的屋里躺着。"

陌生人已不再问。他知道易大经既已开始说了，就一定会说下去。

易大经道："那是间很黝暗的屋子，窗子上挂着很厚的窗帘。"

病人屋里本都是这样子的。

易大经道："所以纵然有朋友来看我，也绝不会怀疑躺在床上的人不是我，他们既不愿多打扰我，也不会怀疑到这上面去。"

丁灵琳看了叶开一眼，心里在奇怪："为什么这小坏蛋总好像什么事全都知道。"

易大经道："就在这段时候，我自己溜了出去，先请来小达子，再将傅红雪诱来。我知道傅红雪要杀人时，出手一向快得很。"

傅红雪苍白的脸上也露出痛苦之色，他并不希望被人看成这样一个人。

易大经道："我也知道前辈最痛恨的就是这种随意杀人的人，我相信前辈一定不会让他再活着的。"

他长长叹息了一声，道："这计划本来很周密，甚至已可说是万无一失，但我却没有想到，世上竟有叶开这种喜欢多管闲事的人。"

丁灵琳忍不住道："你自己既然觉得这计划已万无一失，就应该装别的病，否则这计划若是成功了，你岂非还是得砍断自己一条腿。"

易大经看着自己的断腿，道："我早已准备砍断这条腿了，无论计划成不成都一样。"

丁灵琳道："为什么？"

易大经缓缓道："因为这计划纵然成功，我也不愿有人怀疑到我身上。"

丁灵琳叹了口气，道："你的心真狠，对自己也这么狠。"

易大经道："但我本来并不是这样的人。"

丁灵琳道："哦？"

易大经道："我天性也许有些狡猾，但却一心想成为个真正的君子。有时我做事虽然虚伪，但无论如何，我总是照君子的样子做了出来。"

做出来的事，就是真的。你做的事若有君子之风，你就是个君子。

否则你的心纵然善良，做出来的却全都是坏事，也还是一样不可原谅的。

丁灵琳叹道："你若能一直那样子做下去，当然没有人能说你不是君子，只可惜你却变了。"

易大经又露出痛苦之色，道："不错，我变了，可是我自己并不想变。"

丁灵琳道："难道还有人逼着你变？"

易大经没有回答，却显得更痛苦。

陌生人道："你既已说了实话，就不妨将心里的话全说出来。"

易大经道："我决定说实话，并不是因为怕前辈用毒辣的手段对付我。"

陌生人道："哦？"

易大经道："因为我知道前辈并不是个残忍毒辣的人。"

他好像生怕别人认为这是在拍马奉承，所以很快地接着又道："我决定说实话，只因我忽然觉得应该将这件事说出来。"

每个人都在听。

易大经道："十九年前我刺杀白天羽的那件事，的确做得不够光明磊落，但若让我再回到十九年前，我还是会将同样的事再做一次。"

这句话正也和薛斌说的完全一样。

易大经道："因为白天羽实已将我逼得无路可走，他非但要我加入他的神刀堂，还要我将家财全部贡献给神刀堂，他保证一定能让我名扬天下。"

他的脸已因痛苦而扭曲，接着道："但我初时只不过是他手下的一个傀儡而已，虽然名扬天下又有什么用？"

静寂中忽然有了急促的喘息声，是傅红雪在喘息。

易大经道："白天羽并不是个卑鄙小人，他的确是个英雄——他惊才绝艳，雄姿英发，武功之高，已绝不在昔年的上官金虹之下。"

傅红雪的喘息更怪。

易大经道："他做事却不像上官金虹那么毒辣残酷，若有人真正在苦难中，他一定会挺身而出，为了救助别人，他甚至会不惜牺牲一切。"

陌生人忽然长长叹息了一声，道："若非如此，也许就不必等你们去杀他了。"

易大经叹道："但他却实在是个很难相处的人。他决定的事，从不容别人反对，只要他认为做了对就是对的。"

这种人并不多，但世上的确有这种人。

易大经道："他独断独行，只要开始做了一件事，就不计成败，不计后果。这固然是他的长处，但也是他最大的短处，因为他从来也不肯替别人想一想。"

丁灵琳看了叶开一眼，忽然发现叶开的神情也很悲伤。

易大经道："成大功、立大业的人，本该有这种果敢和决心，所以我虽然恨他，但也十分尊敬他。"

这种心理很矛盾，但不难了解。

易大经道："我从没有说他是恶人，他做的也绝不是坏事。当时的确有很多人都得到过他的好处，但真正能接近他的人，却是最痛苦的。"

他黯然叹息，接着道："因为一个人接近了他之后，就要完全被他指挥支配，就得完全服从他，这些人若想恢复自由，就非杀了他不可！"

陌生人道："杀他的人，难道全都是他的朋友？"

易大经道："大多数都是的。"

陌生人冷冷道："他也许做错很多事，但我想他最错的还是交错了朋友。"

傅红雪看着他，目中忽然充满了感激。

陌生人又道："他纵然独断独行，专横跋扈，但毕竟还是将你们当作朋友，并没有想在背后给你们一刀。”

无论你的朋友是好是坏，只要他是你的朋友，你就不能在背后给他一刀。

易大经垂下头，道：“我并没有说我们做得对，我只说那时我们已非那么样做不可。”

陌生人道：“非那么样做不可？”

易大经道：“是的。”

陌生人的目光仿佛到了很遥远的地方，缓缓道：“我年轻时也认为有很多事是非做不可，但后来我才慢慢体会到，世上并没有什么非做不可的事，问题只在你心里怎么去想。”

傅红雪也慢慢地垂下了头。

陌生人道：“只要你能忍耐一时，有很多你本来认为非做不可的事，也许就会变成根本不值得你去做的事了。”

他表情很严肃，接着道：“每件事都有两面，从你们这面看来，你也许觉得自己做得很对，那只因为你们从没有从另外一面去看过。”

易大经道：“可是……”

陌生人打断了他的话，道：“你们要杀白天羽，就因为他从不肯替别人设想，可是你们自己的行为，岂非也跟他一样？”

易大经黯然道：“也许的确是我们错了。”

陌生人道：“我也并没有说一定是你们错，这件事究竟谁是谁非，也许是永远都没有人能判断的。”

易大经道：“所以我宁愿牺牲一条腿，也不愿看着这仇恨再继续下去。”

他看来的确很痛苦，接着又道：“那天在梅花庵外行刺的人，能活着回去的最多只有七八个，这些年来，我想他们一定也跟我一样，一定也活得很痛苦！”

一个人若终日生活在疑虑和恐惧之中，那种痛苦的确是无法形容的。

易大经道：“那天的雪下得很大，地上一片银白，但那一战结束后，整个一片银白色的大地，竟都已被鲜血染红了。”

他的脸又已因痛苦和恐惧而抽搐，接着道：“没有亲眼看过的人，永远无法想象那种事态的情况，我实在不愿那种事再发生一次。”

叶开忽然道："你为什么不想想，那一战是谁引起来的？"

易大经惨然道："我只知道染红了那一片雪地的鲜血，并不仅是白家人的，别人的血流得更多。"

叶开道："所以你认为这段仇恨已应该随着那一战而结束？"

易大经道："我们纵然对不起白天羽，那天付出的代价也已足够。"

叶开道："死的人确实已付出了他们的代价，但活着的人呢？"

易大经没有回答，他无法回答。

叶开道："我并不是说这仇恨一定还要报复，但每件事都必须做得公平，活着的人若认为那些死者已替他们付出了代价，那就是大错了。"

他一字字接着道："你欠下的债，必须用你自己的血来还，这种事是绝不容别人替你做的。"

易大经看着叶开，就好像第一次才看见这个人……也许他以前的确没有看清过这个人。

叶开的态度永远在镇定中带着种奇异的轻松，无论面对着什么危险，他永远都不会露出惊慌恐惧的样子。

这种态度绝不是天生的，那一定要经过无数次痛苦的折磨后，才能慢慢地训练出来。

可是他以前的历史，却从来没有人知道。他就像是忽然从石头中跳出来的美猴王，忽然在武林中出现，从他出现时开始，他就是这样一个人。

这种情况几乎完全和傅红雪一样——傅红雪也是忽然就出现了。

显然也是经过严格的训练后才出现的。

他的过去也同样是一片空白。从没有人知道他过去在哪里，在干什么。因为他的身世极隐密，他到江湖中来，是为了一种极可怕的目的。

那么叶开呢？叶开是不是跟他同样有目的？他们之间是不是有某种神秘的关系？

易大经看着叶开，已看了很久，忽然道："你究竟是什么人？"

叶开道："你应该知道我是什么人。"

易大经道："你姓叶，叫叶开？"

叶开点点头，道："木叶的叶，开心的开。"

易大经道："你真的是叶开？"

叶开笑了笑，道："你以为我是谁？"

易大经忽又叹了口气，道："我不管你是谁，只希望你明白一件事。"

叶开道："我在听。"

易大经看着自己的断腿，缓缓道："我欠下的债，并没有想要别人还，我做错了的事，也早已付出了代价。你若还认为不够，我就在这里等着，你随时都可以杀了我。"

叶开淡淡道："这句话你本该对傅红雪说的。"

易大经道："无论对谁说都一样，现在我说的都是实话。"

然后他就闭上眼睛，什么都不再说了。

陌生人看了看叶开，又看了看傅红雪，忽然道："他说的确实是实话。"

没有人开口，没有人能否认。

陌生人的目光最后停留在傅红雪脸上，道："我带他到这里来，就是为了要他说实话，并不是为了要你杀他。"

傅红雪在听着，他看来远比易大经还痛苦。

陌生人道："现在他已将所有的事全都说了出来，这件事究竟谁是谁非，谁也没有资格判断。"

是不是连傅红雪自己也同样没有资格下判断？

陌生人道："但他的确欠了你的债，你若认为他还得不够，还是随时都可以杀了他，现在他已完全没有反抗的能力。"

第三十七章

浪子回头

风在呼啸，不知何时风已转急。秋夜的风声，听来几乎已和草原上的风声同样凄凉。

距离黎明还远得很。

傅红雪紧紧握着他的刀，掌心在流着冷汗。冷汗并不是因为恐惧而流出来的，而是因为痛苦——一种他从来未曾经历过的痛苦。

陌生人也不再开口。

没有人开口。

他的仇人就坐在他面前等，等死。

他受尽各种痛苦的折磨，为的就是将这些仇人一个个找出来，要他们死在自己手里的这柄刀下。

但现在他看着这个人，看着这个人脸上因长久的痛苦与恐惧而增多的皱纹，看着这个人衰老疲倦憔悴的神色，看着这个人断了的左腿……

他忽然不知道自己是不是应该杀他了。

"我做错的事，我已付出了代价。"

这句话并不假。若不是因为历久如新的痛苦和恐惧，谁愿意砍下自己一条腿?

一个人在那种连续不断的折磨中生活了十九年，他付出的代价也许比死更可怕。

"这些年来，我一心想做得像是真正的君子。"

这句话也不假。这些年来，他的确一直都在容忍、忍让，从不敢再做错任何事。

这是不是因为他已知道错了，是不是因为他已用尽一切力量来赎罪？

“现在你还是随时可以杀了他，他已完全没有反抗的能力！”

“但现在的问题，却已不是这个人该不该杀？”

“而是这个人还值不值得杀？”

这问题没有人能替傅红雪回答。

他必须自己选择：是杀了他？还是不杀？

每个人都在看着傅红雪，心里也都在问着同样的问题。

他是要杀了易大经？还是不杀？

风仍在呼啸，风更急了。听到了这风声，就会令人又不由自主想起那无边无际的大草原，想起那仿佛永无休止的风沙，想起那风中的血腥气……

但边城的夜月还是美丽的。在那凄凉朦胧的月色下，还是有很多美丽的事可以回忆。在那些回忆中，还是有很多值得怀念的人。

一些虽然可恨，却又可爱的人。

是不是每个人都有他的可恨之处，也同样都有他的可爱之处？

现在叶开在想着萧别离。

他也不知道自己为什么会忽然想起这个人，这也许只因为他一向觉得这个人并不该死的。

也许他一直都在后悔，为什么要让这个人死。

真正该死的人却有很多还活着。

“我不杀你，因为你已不值得被我杀！”

“但我却一定不会放过马空群！他不仅是我父亲的朋友，而且他们是兄弟，无论如何，这件事都不该由他来做的。我一定要他死在这柄刀下！”

这就是傅红雪最后说出来的话，这就是他最后的抉择。

他没有杀易大经，他也没有再看任何人一眼，就慢慢地走出了门，左脚先迈出一步，右腿再跟着拖过去。他走路的姿态奇特而痛苦，竟像他这个人一样。

但他的刀还是漆黑的。

究竟是他在握着这柄刀？还是这柄刀在掌握着他的命运？

“这柄刀能带给人的，只有死和不幸！”

叶开仿佛又听见了萧别离那种仿佛来自地狱中魔咒般的声音。

他看着傅红雪慢慢地走出去，走入无边无际的黑暗中。

外面的风又冷又急，他的背影在黑暗中看来，显得那么孤独，又那么寒冷……

叶开的眼睛里似已有了泪光。

丁灵琳正在看着他。她好像永远只注意他一个人。

她忽然悄悄问道：“你为什么伤心？”

叶开道：“我不是伤心，是高兴。”

丁灵琳道：“为什么高兴？”

叶开道：“因为他没有杀易大经。”

这句话刚说完，他忽然听到易大经的哭声——易大经竟已伏倒在地上，放声痛哭了起来。

他也许已有很久很久未曾真的哭过，他并不是个时常愿意将真情流露的人。

“有时活着是不是比死还痛苦？”

这问题现在也只有易大经自己才能答复。

陌生人看了看他，又看了看路小佳。

路小佳石像般站在那里，没有动，也没有再剥他的花生。他脸上连一点表情都没有。

但没有表情有时岂非就是种最痛苦的表情。

陌生人忽然叹息了一声，道：“现在你可以送他回去了。”

酒已在杯中。

灯光如豆，酒色昏黄，这并不是好酒。

但酒的好坏，并不在它的本身，而在于你是在什么心情下喝它。一个人若是满怀痛苦，纵然是天下无双的美酒，喝到他嘴里也是苦的。

陌生人忽然道：“今天我也很高兴。”

叶开道：“是不是也因为他没有杀易大经？”

陌生人点了点头，说出一句叶开终生都难以忘记的话。

“能杀人并不难，能饶一个你随时都可以杀他的仇人，才是最困难的事。”

叶开仔细咀嚼着这句话，只觉得满怀又苦又甜，忍不住举杯一饮而尽。

陌生人也举杯一饮而尽，微笑着道：“我已有很久未曾这么样喝过酒了，我以前酒量本来不错的，可是后来……”

他没有再说下去。

叶开也没有问，因为他已看出那双无情的眼睛里，忽然流露出的感情。

那是种很复杂的感情：有痛苦，也有甜蜜；有快乐，也有悲伤……

他的剑虽无情，但他的人却一向是多情的。

他当然也有很多回忆。这些回忆无论是快乐的，还是悲伤的，也都比大多数人更深邃，更值得珍惜。

丁灵琳一直在看着他。

有叶开在身旁的时候，这是她第一次像这样子看别人。

她忽然问道：“你真的就是那个阿……”

陌生人笑了笑，道：“我就是那个阿飞，每个人都叫我阿飞，所以你也可以叫我阿飞。”

丁灵琳红着脸笑了，垂下头道：“我可不可以敬你一杯酒？”

陌生人道：“当然可以。”

丁灵琳抢着先喝了这杯酒，眼睛里已发出了光，能和阿飞举杯共饮，无论谁都会觉得是件非常骄傲的事。

陌生人看着她年轻发光的眼睛，心里却不禁有些感伤。他自己心里知道，现在他已永远不会再是以前那个阿飞了。

以前那个纵横江湖的阿飞，现在在江湖中却已只不过是个陌生人，连他自己也不愿意再听人谈起他那些足以令人热血沸腾的往事。

这些感伤当然是丁灵琳现在所不能了解的，所以她又笑着道：“我早就听说你是天下出手最快的人，可是一直到今天，我才相信。”

陌生人淡淡地笑了笑，道：“你错了，我从来都不是出手最快的人，一直都有人比我快。”

丁灵琳张大了眼睛。

陌生人问道："你知不知道是谁教路小佳用那柄剑的？"

丁灵琳摇了摇头。

陌生人道："这人有个很奇怪的名字，他叫作荆无命。"

丁灵琳笑道："荆无命？他没有命？"

陌生人道："每个人都有一条命，他当然也有，但他却一直觉得，他的这条命并不是他自己的。"

丁灵琳道："这名字的确很奇怪，这种想法更加奇怪。"

陌生人叹道："他本来就是个非常奇怪的人。"

丁灵琳道："他的剑也很快？"

陌生人道："据我所知，当今江湖上已没有比他更快的剑，而且他左右手同样快，那种速度绝不是没有看过他出手的人所能想象的。"

丁灵琳眼前似又出现了一个孤独冷傲的影子，悠悠道："我想他一定骄傲得很。"

陌生人道："不但骄傲，而且冷酷。他可以为了一句话杀别人，也同样会为了一句话杀死自己。"

丁灵琳道："我想别人一定都很怕他。"

陌生人点点头，目中又露出一丝伤感，缓缓道："但现在他在江湖中，也已是个陌生人了……"

丁灵琳道："小李飞刀呢？他的出手是不是比荆无命更快？"

陌生人的眼睛忽然也亮了起来，道："他的出手已不是'快'这个字能形容的。"

丁灵琳眨着眼，道："我明白了，他出手快不快都一样，因为他的武功已达到你所说的那种伟大的境界，所以已没有人能击败他。"

陌生人道："绝没有人。"

丁灵琳道："所以上官金虹的武功虽然天下无敌，还是要败在他手下。"

陌生人微笑道："你的确很聪明。"

丁灵琳道："他现在是不是真的还活着？"

陌生人笑道："我现在是不是还活着？"

丁灵琳道："你当然还活着。"

陌生人道："那么他当然也一定还活着。"

丁灵琳道："他若死了，你难道也陪他死？"

陌生人道："我也许不会陪他死，但他死了后，世上绝没有任何人再看到我。"

他的声音平静而自然，竟像是在叙说着一件很平凡的事，但无论谁都能体会到这种友情是多么伟大。

丁灵琳的眼睛里闪着亮光，叹息着道："我本来也听说过没有人能比得上你们的友情，但也直到现在才知道。"

陌生人道："世上也许只有友情才是最真实、最可贵的，所以无论白天羽是个什么样的人，我总认为马空群用那种手段教训他，是件非常可耻的事。"

丁灵琳道："所以你并不反对傅红雪去杀了他。"

陌生人叹道："但是李寻欢却绝不会这么样想的，他从来也记不住别人对他的仇恨，他一向只知道宽恕别人、同情别人。"

丁灵琳心里仿佛也充满了那种伟大的感情，隔了很久，才轻轻问道："你最近有没有见过他？"

陌生人道："每年我们至少见面一次。"

丁灵琳道："你知道他在什么地方？"

他们根本不必问。

因为像他们这种友情，已无所不至，无论他们到了什么地方都一样。

这种感情甚至连丁灵琳都已能了解。

她的目光似也在凝视着远方，轻轻叹息着，道："我真希望有一天能见着他。"

已有鸡啼。光明已渐渐降临大地。

陌生人慢慢地站起来，扶着叶开的肩，微笑着道："我知道你一直很尊敬他，一直想拿他做榜样，所以我很高兴。"

叶开眼睛里已有热泪盈眶，心里充满兴奋和感激。

陌生人遥望着东方的曙色道："我要到江南去，在江南，我也许会见到他。"

他望着丁灵琳忽然又笑了笑道："我一定会告诉他，有个聪明而美丽的女孩子希望能看见他。”

丁灵琳笑了，闪闪发亮的眼睛里，也充满了感激和希望。

她忽然道：“江南是不是又有什么惊天动地的事要发生了，所以你们都要到江南去？”

陌生人道：“也许会有的，只不过我们做的事，并不想要人知道，所以也就不会有什么人知道。”

他慢慢地走出去，走出了门，站在初临的曙色中，长长地吸了口气，忽又回头笑道：“今天我说的话比哪一天都多，你们可知道为什么？”

他们当然不知道！

陌生人道：“因为我已老了，老人的话总是比较多些的。”

说完了这句话，他就迎着初升的太阳走了出去。他的脚步还是那么轻健，那么稳定。

东方的云层里，刚射出第一道阳光，刚巧照在他身上，他整个人都似在发着光。

丁灵琳轻轻叹了口气，道：“谁说他老了？他看来简直比我们还年轻。”

叶开微笑着，道：“他当然不会老，有些人永远都不会老的……”

有些人的确永远不会老，因为他们心里永远都充满了对人类的热爱和希望。

一个人心里只要还有爱与希望，他就永远都是年轻的。

初升的太阳也充满了对人类的热爱和希望，所以光明必将驱走黑暗。

现在阳光正照射着大地，大地辉煌而灿烂。他们就站在阳光下。

经过了这么样的一夜，他们看来竟丝毫也不显得疲倦。因为他们心里也充满了希望。

丁灵琳的脸面也在发着光，嫣然道：“你听见他刚才说的话没有？他说我又聪明又漂亮。”

叶开在微笑。

丁灵琳盯着他，道：“你为什么从来也没有说过这种话？”

叶开道：“你一定要我说？”

丁灵琳又笑了，道："其实你嘴上不说也没关系，只要你心里在这么样想就好了。"

她拉起了他的手，迎着初升的阳光走过去。

叶开忽然问道："你三哥是个怎么样的人？"

丁灵琳眼珠子转了转，笑道："我三哥跟你一样，又聪明又调皮，除了生孩子之外，他好像什么都会一点，可是他自己说他最拿手的本事，还是勾引女人。"

她忽然板起了脸，大声道："这一点你可千万不能学他。"

叶开笑了笑，道："这一点我已不必学了。"

丁灵琳瞪了他一眼，忽又笑道："就算你很会勾引女人又怎么样，我天天死盯着你，你就算有天大的本事也使不出来。"

叶开叹了口气，道："丁三公子最风流，这句话我也早就听说过，我真想见见他。"

丁灵琳嫣然道："你应该见见他，而且应该拍拍他的马屁，让他在我家里替你说两句好话。"

叶开道："除了他之外，你家里的人都古板？"

丁灵琳点了点头，叹息说道："尤其是我父亲，他一年也难得笑一次，我就是因为怕看他的脸，所以才溜出来的。"

叶开道："我也知道他是个君子。"

丁灵琳笑道："但我却可以保证，他却不是易大经那样的伪君子。"

叶开道："他当然不是。"

丁灵琳道："自从我母亲去世后，别的女人他连看都没有看过一眼，就凭这一点，就绝不是别人能做得到的。"

叶开微笑道："至少我就绝对做不到。"

丁灵琳又狠狠地瞪了他一眼，道："所以我绝不能比你先死。"

过了半晌，她忽又问道："现在你想到哪里去？又去找傅红雪？"

叶开没有回答这句话。

丁灵琳道："你想他是不是真的能找到马空群？"

叶开沉思着，缓缓道："只要你有决心，世上就没有做不到的事。"

在如此灿烂的阳光下，看来的确没有什么事是绝对做不到的。

就在这时，阳光下突然有一骑快马奔来。

马是万中选一的好马，配着鲜明的鞍辔，这么样一匹好马，它的主人当然也绝不会差的。

马上人鲜衣珠冠，神采飞扬，腰畔的玉带上，挂着缀满宝石、明珠的长剑，手里轻挥着丝鞭，正是面如冠玉的英俊少年。

快马到了叶开他们面前，就突然勒缰打住。

丁灵琳立刻拍手欢呼，道："三哥，我们正想去找你，想不到你竟先来了。"

丁三少微笑道："我是特地来看看你这好朋友的，听说他跟我一样，也不是个好东西。"

他开始说话的时候，一双发亮的眼睛已盯在叶开脸上。

丁灵琳眨着眼，道："你觉得他怎么样？"

丁三少笑道："我并没有失望。"

叶开也笑了，他也并没有失望，丁三少的确是位风流倜傥的翩翩浊世佳公子。

他微笑着道："我也一直想见你，听说你刚赢来三十几坛陈年女儿红。"

丁三少大笑，道："只可惜你已迟了一步，那些酒早已全都下了肚子！"

叶开道："还有班清吟小唱呢？"

丁三少道："那些小姑娘一个个长得都像是无锡泥娃娃一样，你看见一定也很喜欢，只可惜我也绝不能让你看见的。"

叶开道："为什么？"

丁三少道："就算你不怕我们这位小妹子吃醋，我们真有点怕她的。"

丁灵琳故意板着脸，道："亏你还聪明，否则我真说不定会将你那泥娃娃一个个全都打碎。"

丁三少笑道："你听见没有，这丫头吃起醋来是不是凶得很？"

丁灵琳也忍不住"扑哧"一声笑了。

丁三少道："你们要往哪里去？"

丁灵琳道："你呢？"

丁三少叹了口气，苦笑道："我不像你们这么自由自在，若是再不回去，脑袋上只怕就要被打出个大洞来了。"

丁灵琳道："老头子还好吗？"

丁三少答道："还好，我去年年底还看见他笑过一次。我看你也得小心些，姑妈虽然护着你，但老头子的脾气若是真发起来，你也一样难免要遭殃的。"

丁灵琳抿了抿嘴，道："我才不怕，最多我一辈子不回去。"

丁三少笑道："这倒是个好主意，我也不反对，只不过觉得对他有点抱歉而已。"

叶开道："对我？"

丁三少点头，道："这又凶又会吃醋的丑丫头若是真的拿定主意要死盯着你一辈子，你做人还有什么乐趣？"

他不让丁灵琳开口，已大笑着扬鞭而去，远远地还在笑着道："等你什么时候能一个人溜开的时候，不妨去找我，除了那些泥娃娃外，瓷娃娃和糖娃娃我也有不少……"

笑声忽然已随着蹄声远去。

丁灵琳跺着脚，恨恨道："这个三少，真不是个好东西。"

叶开道："可是他说的话倒很有道理。"

丁灵琳道："他说的什么话？"

叶开笑道："你刚才难道没有听他说，有人是个又凶又丑的醋坛子。"

丁灵琳想板起脸，却也忍不住笑了。

他们在铺满金黄色阳光的道路上慢慢地走着，两个人心里仿佛忽然都有了心事。

叶开忽然道："你在想什么？"

丁灵琳道："没有。"

叶开道："女孩子说没有想什么的时候，心里一定有心事。"

丁灵琳忍不住轻轻叹了口气。

叶开看着她，道："你在想家？"

丁灵琳眼睛里果然带着些思念，也带着些忧虑。

叶开也叹了口气，道："你当然不会真的一辈子不回去。"

丁灵琳叹道："老实说，我别的都不担心，只担心我那个古板的爹爹。"

叶开道："你怕他不要我这个女婿？"

丁灵琳说道："你假如能够变得稍微规矩一点就好了。"

叶开笑了笑，道："说不定他就喜欢我这样子的人呢。"

丁灵琳摇了摇头。

叶开道："你认为不可能？"

丁灵琳道："嗯。"

叶开道："你三哥岂非就是我这样子的人，他岂非最喜欢你三哥。"

丁灵琳道："你怎么知道的？"

叶开道："因为他管你三哥管得最严，何况，老年人总是喜欢小儿子的。"

丁灵琳道："那倒是真的，我们这些兄弟姐妹中他管得最凶的，就是我三哥，但心里最喜欢的，也是我三哥。"

叶开笑道："所以你这醋坛子又在吃醋了。"

丁灵琳咬着嘴唇，道："我才不要他喜欢我，只要别老是找我的麻烦就好了。"

叶开道："他总是找你的麻烦，也许就因为他也很喜欢你。"

丁灵琳不说话了，但眼睛里却已变得有点湿湿的，好像要哭出来的样子。

叶开却仿佛在沉思着，并没有注意她脸上的表情，过了很久，忽又问道："你爹爹有没有特别要好的朋友？可以在他面前替我说好话的？"

丁灵琳摇摇头，道："他平时根本很少和别人来往，就算有两个，也都是些跟他一样古板的老冬烘、老学究。"

叶开目光闪动，接道："听说他以前跟薛斌的交情不错。"

丁灵琳又摇摇头，道："他也许连薛斌这名字都没有听说过。"

叶开的表情很奇怪，好像很欣慰，但又好像有点失望。

又过了很久，他才问道："易大经呢？也不是他的好朋友？"

丁灵琳道："易大经一定是我三哥最近才认得的，连我都没有听说他有这么样个朋友。”

叶开问道：“你爹爹难道从来也不跟江湖中的人来往？”

丁灵琳道：“他常说江湖中只有两个人够资格跟他交朋友。”

叶开道：“哪两个？”

丁灵琳道：“其中当然有一个是小李探花，连我爹爹都一向认为他是近三百年以来，江湖中最了不起的人物，而且认为他做的事，都是别人绝对做不到的。”

叶开笑了，道：“看来他眼光至少还不错。”

丁灵琳忽然也笑了笑，道：“还有一个你试猜猜是谁？”

叶开道：“阿飞？”

丁灵琳摇头道：“他总认为阿飞是个永远也做不出大事来的人，因为这个人太骄傲，也太孤独。”

叶开没有辩驳。

因为连他都不能不承认，丁老头子对阿飞的看法也有他的道理。

“但他若连阿飞都看不上眼，江湖中还有什么能让他看得起的人呢？”

丁灵琳道：“白天羽。”

叶开觉得很惊讶，忙问道：“白天羽？你爹爹认得他？”

丁灵琳接着道：“不认得，但他却一直认为白天羽也是个很了不起的人物，一直都想去跟他见见面，只可惜……”

她叹息了一声，没有再说下去。

白天羽的确死得太早了，不管他是个怎么样的人物，江湖中都一定会有很多人觉得这是件非常遗憾的事。

丁灵琳道：“除了这两个人外，别的人在他眼中看来，不是蠢材，就是混蛋。”

叶开苦笑道：“只可惜这两个都是绝不会去替我说好话的了。”

丁灵琳眨着眼，道：“现在能够在他面前说话的，也许只有一个人，只有这个人说的话，他也许还会听几句。”

叶开道：“谁？”

丁灵琳道：“我姑妈。”

叶开道：“也就是他的妹妹？”

丁灵琳道："他只有这一个亲妹妹，两人从小的感情就很好。"

叶开道："你姑妈现在还没有出嫁？"

丁灵琳笑道："她比我爹爹的眼界还要高，天下的男人，她简直连一个看得顺眼的都没有。"

叶开淡淡地道："那也许只因为别人看她也不太顺眼。"

丁灵琳道："你错了，直到现在为止，她还可以算是个美人，她年轻的时候，有些男人甚至不惜从千里之外赶来，只为了看她一眼。"

叶开道："但她却偏偏连一眼都不肯让他们看。"

丁灵琳道："一点也不错，她常说男人都是猪，又脏又臭，好像被男人看了一眼，都会把她看脏了似的，所以……"

她用眼角瞧着叶开，咬着嘴唇，道："她常常劝我这一辈子永远不要嫁人，无论看到什么样的男人，最好都一脚踢出去。"

叶开淡淡道："她不怕踢脏了你的脚？"

丁灵琳嫣然道："只可惜我偏偏没出息，非但舍不得踢你，就算你要踢我，也踢不走的。"

叶开也忍不住笑了。

丁灵琳却又轻轻叹了口气，道："所以我看她会替你说好话的机会也不大。"

叶开叹道："看来你们这一家人，简直没有一个不奇怪的。"

丁灵琳苦笑道："那倒也一点都不假。"

叶开道："武林三大世家中，最奇怪的恐怕就是你们这一家人了。"

丁灵琳说道："南宫世家的几个兄弟，常常说我们这家人就好像是一窝刺猬，没有一个身上不是长满了刺的。"

她吃吃地笑着，接着道："幸好这些话我爹爹没听见，否则南宫世家的那几个臭小子不倒霉才怪。"

叶开道："你爹爹的武功是不是真的很高？"

丁灵琳道："这我自己都不知道，我只知道我们这些兄弟姐妹的武功，都是跟他学的，却没有一个人能将他的武功学全。"

她眼睛里已不禁露出得意骄傲之色，又道："我三个哥哥都已可算是武林中的一流好手，但他们的武功却还是连我爹爹的一半都比不上。”

叶开道：“但你爹爹却好像从来也没有跟别人交过手？”

丁灵琳悠然道：“那只因从来也没人敢去找他的麻烦。”

叶开道：“他也从来不去找别人的麻烦？”

丁灵琳道：“江湖中这些乱七八糟的事，他根本连听都懒得听。”

叶开目光凝视着远方，似已听得悠然神往，过了很久，才慢慢地说道：“不管怎么样，我一定要陪你回去看看他。”

丁灵琳睁大了眼睛，道：“你敢？”

叶开笑道：“有什么好怕的，最多也只不过脑袋上被他打出个大洞来。”

丁灵琳跳起来，道：“好，我们现在就去。”

叶开道：“现在恐怕还不行。”

丁灵琳道：“现在你还要去找傅红雪？”

叶开叹了口气，道：“他的仇人愈来愈多，朋友却愈来愈少了。”

丁灵琳噘起了嘴，道：“你知道到哪里去找他？”

叶开的表情忽然又变得很奇怪，缓缓道：“这里距离梅花庵已不太远。”

丁灵琳悚然动容，道：“就是那个梅花庵？”

叶开慢慢地点了点头，道：“我想傅红雪一定会到那里去看看的。”

丁灵琳脸上也露了很奇怪的表情，叹息着道：“莫说是傅红雪，就连我也一样想到那里去看看的。”

第三十八章

桃花娘子

梅花庵外那一战，非但悲壮惨烈，震动了天下，而且武林中的历史，几乎也因那一战而完全改变。

那地方的血是不是已干透?

那些英雄们的骸骨，是不是还有些仍留在梅花庵外的衰草夕阳间?

现在那已不仅是个踏雪赏梅的名胜而已，那已是个足以令人凭吊的古战场。

梅花虽然还没有开，树却一定还在那里。

树上是不是还留着那些英雄们的血?

但梅花庵外现在却已连树都看不见了。

草色又枯黄，夕阳凄凄恻恻地照在油漆久已剥落的大门上。

夕阳下，依稀还可以分辨出“梅花庵”三个字。

但是庵内庵外的梅花呢?

难道那些倔强的梅树，在经历了那一场惨绝人寰的血战后，终于发现了人类的残酷，也已觉得人间无可留恋，宁愿被砍去当柴烧，宁愿在火焰中化为灰烬?

没有梅，当然也没有雪，现在还是秋天。

傅红雪伫立在晚秋凄恻的夕阳下，看着这满眼的荒凉，看着这劫后的梅花庵，心里又是什么滋味?

无论如何，这名庵犹在，但当年的英雄们，却已和梅花一样，全都化作了尘土。

他手里紧紧握着他的刀，慢慢地走上了铺满苍苔的石阶。

轻轻一推，残败的大门就“呀”的一声开了，那声音就像是人们的叹息。

院子里的落叶很厚，厚得连秋风都吹不起。

一阵阵低沉的诵经声，随着秋风，穿过了这荒凉的院落。

大殿里一片阴森黝黑，看不见香火，也看不见诵经的人。

夕阳更淡了。

傅红雪俯下身，拾起了一片落叶，痴痴地看着，痴痴地想着。

也不知过了多久，他仿佛听见有人在低诵着佛号。

然后他就听见有人对他说：“施主是不是来佛前上香的？”

一个青衣白袜的老尼，双手合十，正站在大殿前的石阶上看着他。

她的人也干瘪得像是这落叶一样，苍老枯黄的脸上，刻满了寂寞悲苦的痕迹，人类所有的欢乐，全已距离她太远，也太久了。

可是她的眼睛里，却还带着一丝希冀之色，仿佛希望这难得出现的香客，能在她们信奉的神佛前略表一点心意。

傅红雪不忍拒绝，也不想拒绝。

他走了过去。

“贫尼了因，施主高姓？”

“我姓傅。”

他要了一束香，点燃，插在早已长满了铜绿的香炉里。

低垂的神幔后，那尊垂眉敛目的佛像，看来也充满了愁苦之意。

它是为了这里香火的冷落而悲悼，还是为了人类的残酷愚昧？

傅红雪忍不住轻轻叹息。

那老尼了因正用一双同样愁苦的眼睛在看着他，又露出那种希冀的表情：“施主用过素斋再走？”

“不必了。”

“喝一盅苦茶？”

傅红雪点点头，他既不忍拒绝，也还有些话想要问问她。

一个比较年轻些的女尼，手托着白木茶盘，垂着头走了进来。

傅红雪端起了茶，在茶盘上留下了一锭碎银。

他所能奉献的，已只有这么多了。

这已足够令这饱历贫苦的老尼满意，她合十称谢，又轻轻叹息：

“这里已有很久都没有人来了。”

傅红雪沉吟着，终于问道：“你在这里已多久？”

老尼了因道：“究竟已有多少年，老尼已不复记忆，只记得初来的那年，这里的佛像刚开光点睛。”

傅红雪道：“那至少已二十年？”

了因眼睛里掠过一丝悲伤之色，道：“二十年？只怕已有三个二十年了。”

傅红雪目中也露出一丝希冀之色，道：“你还记不记得二十年前，在这里发生过的那件事？”

了因道：“不是二十年前，是十九年前。”

傅红雪长长吐出口气，道：“你知道。”

了因点了点头，凄然道：“那种事只怕是谁都忘不了的。”

傅红雪道：“你……你认得那位白施主？”

老尼了因垂首说道：“那也是位令人很难忘记的人，老尼一直在祈求上苍，盼望他的在天之灵能够得到安息。”

傅红雪也垂下了头，只恨自己刚才为什么不将身上所有的银子都拿出来。

了因又叹道：“老尼宁愿身化劫灰，也不愿那件祸事发生在这里。”

傅红雪道：“你亲眼看见那件事发生的？”

了因道：“老尼不敢看，也不忍看，可是当时从外面传来的那种声音……”

她枯黄干瘪的脸上，忽然露出种说不出的恐惧之色，过了很久，才长叹道：“直到现在，老尼对红尘间事虽已全都看破，但只要想起那种声音，还是食难下咽，寝难安枕。”

傅红雪也沉默了很久，才问道：“第二天早上，有没有受伤的人入庵来过？”

了因道：“没有，自从那天晚上之后，这梅花庵的门至少有半个月未曾打开过。”

傅红雪道：“以后呢？”

了因道：“开始的那几年，还有些武林豪杰，到这里来追思凭吊，但后来也渐渐少了，别的人听说那件凶杀后，更久已绝足。”

她叹息着，又道：“施主想必也看得出这里情况，若不是我佛慈悲，还赐给了两亩薄田，老尼师徒三人只怕早已活活饿死。”

傅红雪已不能再问下去，也不忍再问下去。

他慢慢地将手里的这碗茶放在桌子上，正准备走出去。

了因看着这碗茶，忽然道：“施主不想喝这一碗苦茶？”

傅红雪摇摇头。

了因却又追问道：“为什么？”

傅红雪道：“我从不喝陌生人的茶水。”

了因说道：“但老尼只不过是个出家人，施主难道也……”

傅红雪道：“出家人也是人。”

了因又长长叹息了一声，道：“看来施主也未免太小心了。”

傅红雪道：“因为我还想活着。”

了因脸上忽然露出种冷淡而诡秘的微笑，这种笑容本不该出现这脸上的。

她冷冷地笑着道：“只可惜无论多小心的人，迟早也有要死的时候。”

这句话还没有说完，她衰老干瘪的身子突然豹子般跃起，凌空一翻。

只听“哧”的一声，她宽大的袍袖中，就有一蓬银光暴雨般射了出来。

这变化实在太意外，她的出手也实在太快。

尤其她发出的暗器，多而急，急而密，这十九年，她好像随时随刻都已准备着这致命的一击！

就在这同一刹那间，大殿的左右两侧，忽然同时出现了两个青衣劲装的女尼，其中有一个正是刚才奉茶来的。

但现在她装束神态都已改变，一张淡黄色的脸上，充满了杀气。

两个人手里都提着柄青光闪闪的长剑，已做出搏击的姿势，全身都已提起了劲力。

无论傅红雪往哪边闪避，这两柄剑显然都要立刻刺过来的。

何况这种暗器根本就很难闪避得开。

傅红雪的脸是苍白的。

那柄漆黑的刀，还在他手里。

他没有闪避，反而迎着这一片暗器冲了过去，也就在这同一刹那间，他的刀已出鞘。

谁也不相信有人能在这一瞬间拔出刀来。

刀光一闪。

所有的暗器突然被卷入了刀光中，他的人却已冲到那老尼了因身侧。

了因的身子刚凌空翻了过来，宽大的袍袖和衣袂犹在空中飞舞。

她突然觉得膝盖上一阵剧痛，漆黑的刀鞘，已重重地敲在她的膝盖上。

她的人立刻跌下。

那两个青衣女尼清叱一声，两柄剑已如惊虹交剪般刺来。

她们的剑法，仿佛和武当的“两仪剑法”很接近，剑势轻灵迅速，配合也非常好。

两柄剑刺的部位，全都是傅红雪的要穴，认穴也极准。

她们的这一出手，显然也准备一击致命的。

这些身在空门的出家人，究竟和傅红雪有什么深仇大恨?

傅红雪没有用他的刀。

他用的是刀鞘和刀柄。

刀鞘漆黑，刀柄漆黑。

刀鞘和刀柄同时迎上了这两柄剑，竟恰巧撞在剑尖上。

“咯”的一声，两柄百练精钢的长剑，竟同时折断了。

剩下的半柄剑也再已把持不住，脱手飞出，“夺”地，钉在梁木上。

年轻的女尼虎口已崩裂，突然跃起，正想退，但漆黑的刀鞘与刀柄，已又同时打在她们身上。

她们也倒了下去。

刀已入鞘。

傅红雪静静地站在那里，看着正跌坐在地上抱着膝盖的老尼了因。

夕阳更暗淡。

大殿里已只能依稀分辨出她脸上的轮廓，已看不出她脸上的表情。

可是她眼睛里那种仇恨、怨毒之色，还是无论谁都能看得出的。

她并没有在看着傅红雪。

她正在看着的，是那柄漆黑的刀。

傅红雪道："你认得这柄刀？"

了因咬着牙，嗄声道："这不是人的刀，这是柄魔刀，只有地狱中的恶鬼才能用它。"

她的声音低沉嘶哑，突然也变得像是来自地狱中的魔咒。

"我等了十九年，我就知道一定还会再看见这柄刀的，现在我果然看到了。"

傅红雪道："看到了又如何？"

了因道："我已在神前立下恶誓，只要再看见这柄刀，无论它在谁手里，我都要杀了这个人。"

傅红雪道："为什么？"

了因道："因为就是这柄刀，毁了我的一生。"

傅红雪道："你本不是梅花庵的人？"

了因道："当然不是。"

她眼睛里忽然发出了光，道："你这种毛头小伙子当然不会知道老娘是谁，但二十年前，提起桃花娘子来，江湖中有谁不知道？"

她说的话也忽然变得十分粗俗，绝不是刚才那个慈祥愁苦的老尼能说出口来的。

傅红雪让她说下去。

了因道："但我却被他毁了。我甩开了所有的男人，一心想跟着他，谁知他只陪了我三天，就狠狠地甩掉了我，让我受尽别人的耻笑。"

"你既然能甩下别人，他为什么不能甩下你？"

这句话傅红雪并没有说出来。

他已能想象到以前那"桃花娘子"是个怎么样的女人。

对这件事，他并没有为他的亡父觉得悔恨。

若换了是他，他也会这样做的。

他心里反而觉得有种说不出的坦然，因为他已发觉他父亲做的事，无论是对是错，至少都是男子汉大丈夫的行径。

了因又说了些什么话，他已不愿再听。

他只想问她一件事！

“十九年前那个大雪之夜，你是在梅花庵外？还是在梅花庵里？”

了因冷笑道：“我当然是在外面，我早已发誓要杀了他。”

傅红雪道：“那天你在外面等他时，有没有听见一个人说：人都到齐了。”

了因想了想，道：“不错，好像是有个人说过这么样一句话。”

傅红雪道：“你知不知道这个人是谁？有没有听出他的口音？”

了因恨恨道：“我管他是谁！那时我心里只想着一件事，就是等那没良心的负心汉出来，让他死在我的手里，再将他的骨头烧成灰，和着酒吞下去。”

她忽然撕开衣襟，露出她枯萎干瘪的胸膛，一条刀疤从肩上直划下来。

傅红雪立刻转过头，他并不觉得同情，只觉得很恶心。

了因却大声道：“你看见了这刀疤没有，这就是他唯一留下来给我的，这一刀他本来可以杀了我，但他却忽然认出了我是谁，所以才故意让我活着受苦。”

她咬着牙，眼睛里已流下了泪，接着道：“他以为我会感激他，但我却更恨他，恨他为什么不索性一刀杀了我！”

傅红雪忍不住冷笑，他发现这世上不知道感激的人实在太多。

了因道：“你知不知道这十九年我过的是什么日子，受的是什么罪，我今年才三十九，可是你看看我现在已变成了什么样子？”

她忽然伏倒在地上，失声痛哭起来。

女人最大的悲哀，也许就是容貌的苍老、青春的流逝。

傅红雪听着她的哭声，心里才忽然觉得有些同情。

她的确已不像是个三十九岁的女人，她受过的折磨与苦难的确已够多。

无论她以前做过什么，她都已付出了极痛苦、极可怕的代价。

“这也是个不值得杀的人。”

傅红雪转身走了出去。

了因突又大声道：“你！你回来。”

傅红雪没有回头。

了因嘶声道：“你既已来了，为什么不用这柄刀杀了我？你若不敢杀我，你就是个畜牲。”

傅红雪头也不回地走出了门，留下了身后一片痛哭谩骂声。

“你既已了因，为何不能了果？因果循环，报应不爽，一个不知道珍惜自己的女人，岂非本就该得到这种下场！”

傅红雪心里忽又觉得一阵刺痛，他又想起了翠浓。

秋风，秋风满院。

傅红雪踏着厚厚的落叶，穿过这满院秋风，走下石阶。

梅花庵的夕阳已沉落。

没有梅，没有雪，有的只是人们心里那些永远不能忘怀的惨痛回忆。

只有回忆才是永远存在的，无论这地方怎么变都一样。

夜色渐临，秋风中的哀哭声已远了。

他知道自己已永远不会再到这地方来——这种地方还有谁会来呢？

至少还有一个人。

叶开！

“你若不知道珍惜别人的情感，别人又怎么会珍惜你呢？”

“你若不尊敬自己，别人又怎么会尊敬你？”

叶开来的时候，夜色正深沉，傅红雪早已走了。

他也没有看见了因。

了因的棺木已盖起，棺木是早已准备好了的，不是埋葬傅红雪，就是埋葬她自己。

她守候在梅花庵，为的就是要等白天羽这个唯一的后代来寻仇。

她心里的仇恨，远比要来复仇的人更深。

她既不能了结，也未能了因——她从来也没有想过她自己这悲痛的一生是谁造成的。

这种愚昧的仇恨，支持她活到现在。

现在她已活不下去。

她是死在自己手里的，正如造成她这一生悲痛命运的，也是她自己。

“你若总是想去伤害别人，自然也迟早有人会来伤害你。”

两个青衣女尼，在她棺木前轻轻地啜泣，她们也只不过是在为了自己的命运而悲伤，也很想结束自己这不幸的一生，却又没有勇气。

死，并不是件很容易的事。

叶开走的时候，夜色仍同样深沉。

这地方已不值得任何人停留。

丁灵琳依偎着他，天上的秋星已疏落，人也累了。

叶开忍不住轻抚着她的柔肩，道：“其实你用不着这样跟着我东奔西走的。”

丁灵琳仰起脸，用一双比秋星还明亮的眼睛看着他，柔声道：“我喜欢这样子，只要你有时能对我好一点，我什么事都不在乎。”

叶开轻轻叹了一声。

他知道情感就是这样慢慢滋长的，他并不愿有这种情感，他一直都在控制着自己。

但他毕竟不是神。

何况人类的情感，本就是连神都无法控制得了的。

丁灵琳忽又叹息了一声，道：“我真不懂，傅红雪为什么连那可怜的老尼姑都不肯放过。”

叶开道：“你以为是傅红雪杀了她的？”

丁灵琳道：“我只知道她现在已死了。”

叶开道：“这世上每天都有很多人死的。”

丁灵琳道：“但她是在傅红雪来过之后死的，你不觉得她死得太巧？”

叶开道：“不觉得。”

丁灵琳皱眉道：“你忽然生气了？”

叶开不响。

丁灵琳道：“你在生谁的气？”

叶开道："我自己。"

丁灵琳道："你在生自己的气？"

叶开道："我能不能生自己的气？"

丁灵琳道："可是你为什么要生气呢？"

叶开沉默着，过了很久，才长长叹息，道："我本来早就该看出了因是什么人的。"

丁灵琳道："了因？"

叶开道："就是刚死了的老尼姑。"

丁灵琳道："你以前见过她？——你以前已经到梅花庵来过？"

叶开点点头。

丁灵琳道："她是什么人？"

叶开道："她至少并不是个可怜的老尼姑。"

丁灵琳道："那么她是谁呢？"

叶开沉吟着道："十九年前的那一场血战之后，江湖中有很多人都突然失了踪，失踪的人远比死在梅花庵外的人多。"

丁灵琳在听着。

叶开道："当时武林中有一个非常出名的女人，叫作桃花娘子，她虽然有桃花般的美丽，但心肠却比蛇蝎还恶毒，为她神魂颠倒，死在她手上的男人也不知有多少。"

丁灵琳道："在那一战之后，她也忽然失了踪？"

叶开道："不错。"

丁灵琳道："你莫非认为梅花庵里的那老尼姑就是她？"

叶开道："一定是她。"

丁灵琳道："但她也可能恰巧就是在那时候死了的。"

叶开道："不可能。"

丁灵琳道："为什么？"

叶开道："因为除了白天羽外，能杀死她的人并没有几个。"

丁灵琳道："也许就是白天羽杀了她的。"

叶开摇摇头道："白天羽绝不会杀一个跟他有过一段情缘的女人。"

丁灵琳道："但这也并不能够说明她就是那个老尼姑。"

叶开道："我现在已经能证明。"

他摊开手，手上有一件发亮的暗器，看来就像是桃花的花瓣。

丁灵琳道："这是什么？"

叶开道："是她的独门暗器，江湖中从没有第二个人使用这种暗器。"

丁灵琳道："你在哪里找到的？"

叶开道："就在梅花庵里的大殿上。"

丁灵琳道："刚才找到的？"

叶开点点头，道："她显然要用这种暗器来暗算傅红雪的，却被傅红雪击落了，所以这暗器上还有裂口。"

丁灵琳沉吟着，道："就算那个老尼姑就是桃花娘子又如何？现在她反正已经死了，永远再也没法子害人了。"

叶开道："但我早就该猜出她是谁的。"

丁灵琳道："你早就猜出她是谁又能怎样？迟一点，早一点，又有什么分别？"

叶开道："最大的分别就是，现在我已没法子再问她任何事了。"

丁灵琳道："你本来有事要问她？"

叶开点点头。

丁灵琳道："那件事很重要？"

叶开并没有回答这句话，脸上忽然露出种很奇特的悲伤之色，过了很久，才缓缓道："那一战虽然从这里开始，却不是在这里结束的。"

丁灵琳道："哦？"

叶开道："他们在梅花庵外开始突击，一直血战到两三里之外，白天羽才力竭而死，这一路上，到处都有死人的血肉和尸骨。"

丁灵琳不由自主打了个冷战，紧紧地握住了叶开的手。

叶开道："在那一战中，尸身能完整保存的人并不多，尤其是白家的人……"

他声音仿佛突然变得有些嘶哑，又过了很久，才接着道："血战结束后，所有刺客的尸体就立刻全都被搬走，因为马空群不愿让人知道这些刺客们是谁，也不愿有人向他们的后代报复。"

丁灵琳说道："看来他并不像是会关心别人后代的人。"

叶开道："他关心的并不是别人，而是他自己！"

丁灵琳眨着眼，她没有听懂。

叶开道："白天羽死了后，马空群为了避免别人的怀疑，自然还得装出很悲愤的样子，甚至还当众立誓，一定要为白天羽复仇。"

丁灵琳终于明白了，道："那些人本是他约来的，他又怎样去向他们的后代报复？"

叶开道："所以他只有先将他们的尸身移走，既然再也没有人知道这些刺客是谁，就算有人想报复，也无从着手。"

丁灵琳道："所以他自己也就省了不少麻烦。"

她轻轻叹了口气，接着道："看来他的确是条老狐狸。"

叶开道："所以第二天早上，雪地上剩下的尸骨，已全都是白家人的。"

丁灵琳道："为他们收尸的还是马空群？"

叶开点点头道："可是他们的尸骨已残缺，有的甚至连面目都已难辨认……"

他的声音更嘶哑，慢慢地接着道："最可怜的还是白天羽，他……他非但四肢都已被人砍断，甚至连他的头颅，都已找不到了。"

丁灵琳看着他脸上的表情，突然觉得全身冰冷，连掌心都沁出了冷汗。

又过了很久，叶开才黯然叹息着，道："有人猜测他的头颅是被野兽衔走了的，但那天晚上，血战之后，这地方周围三里之内，都有人在搬运那些刺客的尸体，附近纵然有野兽，也早就被吓得远远地避开了。"

丁灵琳接着道："所以你认为他的头颅是被人偷走的？"

叶开握紧双拳，道："一定是。"

丁灵琳道："你……你难道认为是被桃花娘子偷走的？"

叶开道："只有她的可能最大。"

丁灵琳道："为什么？"

叶开道："因为她是个女人——刺客中纵然还有别的女人，但活着的却只有她一个。"

丁灵琳忍不住冷笑道："难道只有女人才会做这种事？"

叶开道："一个人死之后，他生前的恩怨也就一笔勾销，何况那些刺客本是他生前的朋友。"

丁灵琳说道："但桃花娘子岂非也跟他有过一段情缘？"

叶开道："就因为如此，所以她才恨他，恨到了极处，才做得出这种疯狂的事。"

丁灵琳不说话了。

叶开道："何况别人只不过是想要白天羽死而已，但她本来却是要白天羽一直陪着她的，白天羽活着时，她既然已永远无法得到他，就只有等他死了后，用这种疯狂的手段来占有他了。"

丁灵琳咬着嘴唇，心里忽然也体会到女人心理的可怕。

因为她忽然想到，叶开若是甩掉了她，她是不是也会做这种事呢？

这连她自己都不能确定。

她身子忽然开始不停地发抖。

秋夜的风中寒意虽已很重，但她身上的冷汗，却已湿透衣裳。

夜更深，星更稀。

叶开已感觉出丁灵琳手心的汗，他知道她从来也没有吃过这么样的苦。

"你应该找个地方去睡了。"

丁灵琳道："我睡不着，就算我现在已躺在最软的床上，还是睡不着。"

叶开道："为什么？"

丁灵琳道："因为我心里有很多事都要想。"

叶开道："你在想些什么？"

丁灵琳道："想你，只想你一个人的事，已经够我想三天三夜了。"

叶开道："我就在你身旁，还有什么好想的？"

丁灵琳道："但你的事我还是没法子不想，而且愈想愈奇怪。"

叶开道："奇怪？"

丁灵琳道："这件事你好像知道得比谁都多，甚至比傅红雪都多，我想不通是为了什么？"

叶开笑了笑，道："其实这事都是我零零碎碎搜集到，再一点点拼凑起来的。”

丁灵琳道：“这件事本来和你一点关系也没有，你为什么要如此关心？”

叶开道：“因为我天生是个很好奇的人，而且特别喜欢管闲事。”

丁灵琳道：“世上的闲事有很多，你为什么偏偏只管这一件事？”

叶开道：“因为我觉得这件事特别复杂，愈复杂的事就愈有趣。”

丁灵琳轻轻叹息了一声，道：“无论你怎么说，我还是觉得奇怪。”

叶开苦笑道：“你一定要觉得奇怪，我又有什么法子。”

丁灵琳道：“只有一个法子。”

叶开道：“你说。”

丁灵琳道：“只要你跟我说实话。”

叶开道：“好，我说实话，我若说我也是傅红雪的兄弟，所以才会对这件事如此关心，你信不信？”

丁灵琳道：“不信，傅红雪根本没有兄弟。”

叶开道：“你究竟想要听我说什么呢？”

丁灵琳又长长叹了口气，道：“这连我自己也不知道。”

叶开笑了，道：“所以我劝你不要胡思乱想，因为这件事才真的跟你连一点关系都没有，你若一定要想，就是自己在找自己的麻烦。”

丁灵琳忍不住嫣然一笑，道：“这也许只因我跟你一样，什么人的麻烦都不想找，偏偏就喜欢找自己的麻烦。”

过了半晌，她忽又叹道：“现在我心里又在想另外一件事。”

叶开道：“什么事？”

丁灵琳道：“白大侠的头颅若真是被桃花娘子偷去的，那只因她得不到他活着时的人，只好要死的人陪着他。”

叶开道：“你说的方法并不好，但意思却是差不多的。”

丁灵琳道：“所以她自己死了之后，就一定更不会离开他了。”

叶开道：“你的意思是说……”

丁灵琳道：“我的意思是说，白大侠的头颅若真是被那桃花娘子偷去的，现在就一定也放在她的棺材里。”

叶开怔住。

他的确没有想到这一点，但却不能否认丁灵琳的想法很合理。

丁灵琳道："你想不想要我再陪你回去看看？"

叶开沉默了许久，终于长长叹息了一声，道："不必了！"

丁灵琳道："你刚才一心还在想找到白大侠的头颅，现在为什么又说不必了？"

叶开的神色很黯淡，缓缓道："我想找到他的头颅，也只不过想将他好好地安葬而已。"

丁灵琳道："可是……"

叶开打断了她的话，道："现在他的头颅若真是在那口棺材里，想必就一定会有人将他好好安葬的，我又何必再去打扰他死去的英灵，又何必再去让桃花娘子死不瞑目。"

他叹息着，黯然道："无论她以前怎么样，但她的确也是个很可怜的女人，我又何必再去剥夺她这最后的一点点安慰。"

丁灵琳道："现在你怎么又忽然替她设想起来了？"

叶开道："因为有个人曾经对我说，要我无论在做什么事之前，都先去替别人想一想。"

他目中又露出那种尊敬之色，接着道："这句话我始终都没有忘记，以后也绝不会忘记。"

丁灵琳看着他，看了很久，才轻叹着道："你真是个奇怪的人，简直比傅红雪还奇怪得多。"

叶开"哦"了一声，道："是吗？"

丁灵琳道："傅红雪并不奇怪，因为他做的事，本就是他决心要去做的，而你做的事，却连你自己都不知道是不是应该这么样去做。"

第三十九章

情深似海

又一个黎明。

城市刚刚开始苏醒，傅红雪已进城。

在进城的道路上，人已不少了，有赤着脚推着车子的菜贩，挑着鱼篓的渔郎，赶着猪羊到城里来卖的屠户……他们的生活是平凡而又健康的，就像是他们的人一样。

傅红雪看着他们朴实的、在太阳下发着光的脸，心里竟忽然觉得有种说不出的羡慕。

别人也在看着他，说不定也在羡慕着他的悠闲。

但又有谁能了解他心里的苦难和创伤。

这些人肩上挑着的担子虽沉重，又有谁能比得上他肩上挑着的担子？

一百担鲜鱼蔬菜，也比不上一分仇恨那么沉重。

何况，他们的担子都有卸下来的时候，他的担子却是永远放不下来的。

傅红雪慢慢地走在长街上，他忽然渴望一碗很热的面。

这渴望竟忽然变得比什么都强烈，人毕竟是人，不是神。

一个人若认为自己是神，那么他也许就正是最愚昧的人。

在目前这一瞬间，傅红雪想找的已不是马空群，只不过是个面摊子。

他没有看见面摊子，却看见了一条两丈长、三尺宽的白麻布。

白麻布用两根青竹竿竖起，横挂在长街上。

白麻布上写着的字，墨汁淋漓，仿佛还没有完全干透。

只有十四个字，十四个触目惊心的大字：“傅红雪，你若有种，就到节妇坊来吧。”

节妇坊是个很高的贞节牌坊，在阳光下看来，就像是白玉雕成的。

牌坊两旁，是些高高低低的小楼，窗子都是开着的，每个窗口都挤满了人头。

他们正在看着这贞节牌坊前站着的二十九个人。

二十九个身穿白麻布，头上扎着白麻巾的人。

这些人有男有女，有老有少，每个人手里，都倒提着柄雪亮的鬼头大刀。

甚至连一个十岁的孩子，手里都提着这么样一柄大刀。

他手里的刀几乎比他的人还长。

每个人脸上，都带着种无法形容的悲壮之色，就像是一群即将到战场上去和敌人拼命的勇士。

站在最前面的，是个紫面长髯的老人，后面显然都是他的子媳儿孙。

他已是个垂暮的老人，但站在那里，腰杆儿还是挺得笔直。

风吹着他的长髯，像银丝般飞卷着，他的眼睛里却布满血丝。

每个人的眼睛都在瞪着长街尽头处。

他们正在等一个人，已等了两天。

他们等的人就是傅红雪。

自从这群人在这里出现，大家就都知道这里必将有件惊人的事要发生了。大家也都知道这种事绝不会是令人愉快的，却还是忍不住要来看。

现在大家正在窃窃私议。

“他们等的究竟是一个什么样的人？这个人会不会来？”

这问题已讨论了两天，始终没有得到过答案。当然也没有人敢去问他们。

忽然间，所有的声音全都停顿。

一个人正从长街尽头慢慢地走了过来。他走路的姿态奇特而诡异，因为他竟是个跛子，一个很年轻的跛子，有张特别苍白的脸，还有柄特别黑的刀。

看见了这柄刀，这紫面长髯的老人，脸上立刻现出种可怕的杀气。

现在每个人都知道他等的人已来了。

傅红雪手里紧紧握着他的刀，走到一丈外，就站住了。

现在他已看见是些什么人在等他了，但却还不知道这些人是谁。

紫面长髯的老人突然大声叫道："我姓郭，叫作郭威！"

傅红雪听见过这名字，"神刀"郭威，本来是武林中名头极响的人，但自从白天羽的"神刀堂"崛起江湖后，郭威的这"神刀"两个字就改了。

他自己并不想改的，但却非改不可。因为天下只有一柄"神刀"，那就是白天羽的刀！

郭威道："你就是白天羽的后人？"

傅红雪道："是。"

郭威道："很好。"

傅红雪道："你找我？"

郭威道："我有件事要告诉你。"

傅红雪道："我本就是来听的。"

郭威也紧握着他的刀，道："我也是那天晚上在梅花庵外杀害你父亲的人。"

傅红雪的脸突然抽紧。

郭威道："我一直在等着他的后人来复仇，已等了十九年！"

傅红雪的眼睛里已露出血丝："我已来了！"

郭威道："我杀了姓白的一家人，你若要复仇，就该把姓郭的一家人也全都杀尽杀绝！"

傅红雪的心已在抽紧。

郭威的眼睛早已红了，厉声道："现在我们一家人已全都在这里等着你，你若让一个人活着，就不配做白天羽的儿子。"

他的子媳儿孙们站在他身后，也全都瞪大了眼睛，瞪着傅红雪。每个人的眼睛都已红了，有的甚至已因紧张而全身发抖。可是就连他那个最小的孙子，都挺起了胸，丝毫也没有逃避退缩的意思。

也许他只不过还是个孩子，还不懂得"死"是件多么可怕的事。

但又有谁能杀死这么样一个孩子呢？

傅红雪的身子也在发抖，除了他握刀的那只手外，他全身都在抖个不停。

长街上静得连呼吸声都听不见。

风吹来一片黄叶，也不知是从哪里吹来的，在他们的脚下打着滚。

连初升的阳光中，仿佛也都带着那种可怕的杀气！

郭威大喝着道："你还等什么？为什么还不过来动手？"

傅红雪的脚却似已钉在地上。

他不能过去。他绝不是不敢——他活在这世界上，本就是为了复仇的！

可是现在他看着眼前这一张张陌生的脸，心里忽然有了种从来未曾有过的奇异感觉。

这些人他连见都没有见过，他跟他们为什么会有那种一定要用血才能洗得清的仇恨？

突然之间，一声尖锐的大叫声，刺破了这可怕的寂静。

那孩子突然提着刀冲过来。

"你要杀我爷爷，我也要杀你。"

刀甚至比他的人还沉重。

他提着刀狂奔，姿态本来是笨拙而可笑的，但却没有人能笑得出来。

这种事甚至令人连哭都哭不出来。

一个长身玉立的少妇，显然是这孩子的母亲，看见这孩子冲了出去，脸色已变得像是张白纸，忍不住也想跟着冲出来。

但她身旁的一条大汉却拉住了她，这大汉自己也已热泪满眶。

郭威仰天大笑，叫道："好，好孩子，不愧是姓郭的！"

凄厉的笑声中，这孩子已冲到傅红雪面前，一刀向傅红雪砍了下去。

他砍得太用力，连自己都几乎跌倒。

傅红雪只要一抬手，就可以将这柄刀震飞，只要一抬手，就可以要这孩子血溅当地。

但是他这只手怎么能抬得起来！

仇恨！势不两立，不共戴天的仇恨！

“你杀了我父亲，所以我要复仇！”

“你要杀我爷爷，所以我也要杀你！”

就是这种仇恨，竟使得两个完全陌生的人，一定要拼个你死我活！

人世间为什么要有这种可怕的仇恨，为什么要将这种仇恨培植在一个孩子的心里？

傅红雪自己心里的仇恨，岂非也正是这样子培养出来的！

这孩子今日若不死，他日长大之后，岂非也要变得和傅红雪一样！

这些问题有谁能解释？

鬼头刀在太阳下闪着光。

是挨他这一刀，还是杀了他？假如换了叶开，这根本就不成问题，他可以闪避，可以抓住这孩子抛出三丈外，甚至可以根本不管这些人，扬长而去。

但傅红雪却不行。他的思想是固执而偏激的，他想一个问题时，往往一下子就钻到牛角尖里。

在这一瞬间，他甚至想索性挨了这一刀，索性死在这里。那么所有的仇恨，所有的矛盾，所有的痛苦岂非立刻就能全都解决。

但就在这时，这孩子突然惨呼一声，仰天跌倒，手里的刀已飞出，咽喉上却有一股鲜血溅出来，也不知从哪里飞来一柄短刀正插在他咽喉上。

没有人看见这柄刀是哪里来的，所有的人都在注意着这孩子手里的那柄鬼头大刀！

既然没有人看到这柄短刀是哪里来的，那么它当然是傅红雪发出来的。

这孩子最多只不过才十岁，这脸色苍白的跛子竟能忍心下这种毒手！

人群中已不禁发出一阵愤怒的声音。

那长身玉立的少妇，已尖叫着狂奔了出来。她的丈夫手里挥着大刀，紧紧地跟在她身后，喉咙里像野兽般的怒吼着。所有穿白麻衣、扎着白麻巾的人，也已全都怒吼着冲了出去。

他们的吼声听来就像是郁云中的雷。他们冲出来时，看来就是一阵白色的怒涛。他们已决心死在这里，宁愿死尽死绝。

那孩子的血，已将他们心里的悲哀和愤怒，全都火焰般燃烧了起来。

傅红雪却已怔在那里，看着这孩子咽喉上的短刀。

他自己也不知道这柄刀是哪里来的。

这情况就和那天在李马虎的店里一样，突然有柄刀飞来，钉在李马虎的手臂上。

叶开！难道是叶开？

郭威手里挥着刀，怒吼道："你既然连这孩子都能杀，为什么还不拔你的刀？"

傅红雪忍不住道："这孩子不是我杀的！"

郭威狂笑，道："杀了人还不敢承认？想不到白天羽的儿子竟是个说谎的懦夫。"

傅红雪的脸突然因愤怒而涨红。

他平生最不能忍受的，就是别人的冤枉。

他死也不能忍受。

凄厉疯狂的笑声中，郭威手里的鬼头刀，已挟带着劲风，直砍他的头颅。

"白天羽的头颅，莫非也是被这样砍下来的？"

傅红雪全身都在发抖，但等他的手握着刀柄时，他立刻镇定了下来。

这柄刀就像是有种奇异的魔力。

"我死活都没有关系，但我却绝不能让别人认为白天羽的儿子是个说谎的懦夫！"

"我绝不能让他死了后还受人侮辱！"

傅红雪突也狂吼。

他的刀已出鞘。

刀鞘漆黑，刀柄漆黑，但刀光却是雪亮的，就像是闪电。

刀光飞出，鲜血也已溅出。

血花像烟火一般，在他面前散开。

他已看不见别的，只能看得见血。

血岂非正象征着仇恨？

他仿佛已回到十九年前，仿佛已变成了他父亲的化身！

飞溅出的血，仿佛就是梅花。

这里就是梅花庵。

这些人就是那些已将白家满门杀尽了的凶手刺客！

他们要他死！

他也要他们死！

没有选择！已不必选择！

闪电般的刀光，匹练般的飞舞。

没有刀与刀相击的声音，没有人能架住他的刀。

只有惨呼声、尖叫声、刀砍在血肉上的声音、骨头碎裂的声音……

每一种声音都足以令人听了魂飞胆碎，每一种声音都令人忍不住要呕吐。

但傅红雪自己却什么都听不见。

他只能听到一种声音——这声音却是从他心里发出来的！

“让你的仇人全都死尽死绝，否则你也不要回来见我！”

他仿佛又已回到了那间屋子。

那屋子里没有别的颜色，只有黑！

他本来就是在黑暗中长大的，他的生命中就只有仇恨！

血是红的，雪也是红的！

现在白家的人血已流尽，现在已到了仇人们流血的时候！

两旁的窗口中，有人在惊呼，有人在流泪，有人在呕吐。

白麻衣已被染成红的。

冲上来的人，立刻就倒了下去！

“这柄刀本不属于人间，这是一柄来自地狱中的魔刀！”

这柄刀带给人的，本就只有死与不幸！

刀光过处，立刻就有一连串血肉飞溅出来！

也不知是谁在大喝：“退下去！全都退下去！留下一条命，以后再复仇！”

怒吼、惊喝、惨呼，刀砍在血肉之上，砍在骨头之上……

突然间，所有的声音全都停止。

除了傅红雪外，他周围已没有一个站着的人。

阴森森的太阳，已没入乌云后，连风都已停止。

开着的窗子，大多数都已紧紧关起；没有关的窗子，只因为有人伏在窗台上流血、呕吐。

长街上的青石板，已被染红。

刀也已被染红。

傅红雪站在血泊中，动也不动。

郭威的尸体就在他的脚下，那孩子的尸体也在他脚下。

血还在流，流入青石板的隙缝里，流到他的脚下，染红了他的脚。

傅红雪似已完全麻木。他已不能动，也不想动。

突然之间，一声霹雳自乌云中震下，闪电照亮了大地。

傅红雪仿佛也已被这一声霹雳惊醒。他茫然四顾一眼，看了看脚下的尸身，又看了看手里的刀。

他的心在收缩，胃也在收缩。

然后他突然拔起那孩子咽喉的刀，转过身，飞奔了出去。

又一声霹雳，暴雨倾盆而落。苍天仿佛也不忍再看地上的这些血腥，特地下这一场暴雨，将血腥冲干净。

只可惜人心里的血腥和仇恨，却是再大的雨也冲不走的。

傅红雪狂奔在暴雨中。

他从来也没有这么样奔跑过，他奔跑的姿态比走路更奇特。

暴雨也已将他身上的血冲干净了。可是这一场血战所留下的惨痛回忆，却将永远留在他心里。

他杀的人，有很多都是不该杀。他自己也知道——现在他的头脑也已被暴雨冲得很清醒。

但当时他却绝没有选择的余地！

为什么？只为了这柄刀，这柄他刚从那孩子咽喉上拔下来的短刀！

那孩子若不死，这一场血战并不是绝对不可以避免的。

傅红雪心里也像是有柄刀。

叶开！叶开为什么要引起这场血战？

前面有个小小的客栈，傅红雪冲进去，要了间屋子，紧紧地关上了门。

然后他就立刻开始呕吐，不停地呕吐。

他呕吐的时候，身子突然痉挛，突然抽紧，他倒下去的时候，身子已缩成一团。

他就倒在自己吐出来的苦水上，身子还在不停地抽缩痉挛……

他已完全没有知觉。也许这时他反而比较幸福些——没有知觉，岂非也没有痛苦？

雨下得更大，小而闷的屋子，愈来愈暗，渐渐已没有别的颜色。

只有黑！黑暗中，窗子忽然开了，一条黑影幽灵般出现在窗外。

一声霹雳，一道闪电。

闪电照亮了这个人的脸。

这个人的脸上带着种很奇怪的表情，看着倒在地上的傅红雪，谁也分辨不出，这种表情是悲愤？是仇恨？是愉快？还是痛苦？……

傅红雪清醒的时候，人已在床上，床上的被褥干燥而柔软。

灯已燃起。灯光将一个人的影子照在墙上，灯光昏暗，影子却是黑的。

屋子里还有个人！是谁？

这人就坐在灯后面，仿佛在沉思。傅红雪的头抬起了一点，就看到了她的脸，一张疲倦、憔悴、充满了忧郁和痛苦，但却又十分美丽的脸。

傅红雪的心又抽紧，他又看见了翠浓。

翠浓也看见了他。她苍白憔悴的脸上，露出一丝苦涩的微笑，柔声道："你醒了！"

傅红雪不能动，不能说话，他整个人都似已完全僵硬。

她怎么会忽然来了？为什么偏偏是她来？为什么偏偏要在这种时候来？

翠浓道："你应该再多睡一会儿的，我已叫人替你炖了粥。"

她的声音还是那么温柔，那么关切，就像他们以前在一起时。难道她已忘记了过去那些痛苦的事。

傅红雪却忘不了。他突然跳起来，指着门大叫："滚！滚出去！"

翠浓的神色还是很平静，轻轻道："我不滚，也不出去。"

傅红雪嘶声道："是谁叫你来的？"

翠浓道："是我自己来的。"

傅红雪道："你为什么要来？"

翠浓："因为我知道你病了。"

傅红雪的身子突又发抖，道："我的事跟你完全没有关系，也用不着你管。"

翠浓道："你的事跟我有关系，我一定要管的。"

她的回答温柔而坚决。

傅红雪喘息着，道："但我现在已不认得你，我根本就不认得你。"

翠浓柔声道："你认得我的，我也认得你。"

她不让傅雪红开口，接着又道："以前那些事，无论是你对不起我，还是我对不起你，我们都可以忘记，但我们总算还是朋友，你病了，我当然要来照顾你。"

朋友！以前那种刻骨铭心、魂牵梦萦的感情，现在难道已变成了一种淡淡的友谊？以前本来是相依相偎，终夜拥抱着等待天明的情人，现在却只不过是朋友。

傅红雪心里突又觉得一阵无法忍受的刺痛，又倒了下去，倒在床上。

翠浓道："我说过，你应该多休息休息，等粥好了，我再叫你。"

傅红雪握紧双拳，勉强控制着自己。

"你既然能将我当作朋友，我为什么还要去追寻往昔那种感情？"

"你既然能这样冷静，我为什么还要让你看见我的痛苦？"

傅红雪在心里告诉自己："一定要冷静，一定要让她相信，我也完全忘记了过去的事。"

翠浓站起来，走到床前，替他拉起了被——甚至连这种动作都还是跟以前一样。

傅红雪突然冷冷道："谢谢你，要你来照顾我，实在不敢当。"

翠浓淡淡地笑了笑，道：“这也没什么，你也不必客气。”

傅红雪道：“但你总是客人，我应该招待你的。”

翠浓道：“大家既然都是老朋友了，你为什么还一定要这么客气？”

傅红雪道：“我心里总是过意不去。”

一双曾经海誓山盟，曾经融化为一体的情人，现在竟面对着面说出这种话来，别人一定觉得很滑稽。

又有谁知道他们自己心里是什么滋味？

傅红雪的指甲已刺入了掌心，道：“无论如何，我还是不应该这样子麻烦你的。”

翠浓道：“我说过没关系，反正我丈夫也知道我在这里。”

傅红雪连声音都已几乎突然嘶哑，过了很久，才总算说出了三个字：“你丈夫？”

翠浓笑了笑，道：“对了，我竟忘了告诉你，我已经嫁了人。”

傅红雪的心已碎了，粉碎！

“恭喜你。”

这只不过是三个字，三个很普通的字，无论任何人的一生中，必定都多多少少将这三个字说过多次。

可是在这世上千万个人中，又有几人能体会到傅红雪说出这三个字时的感觉？

那已不仅是痛苦和悲伤，也不是愤怒和仇恨，而是一个深入骨髓的绝望。

足以令血液结冰的绝望。

他甚至已连痛苦都感觉不到。他还活着，他的人还在床上，但是这生命、这肉体，都似已不再属于他。

“恭喜你。”

翠浓听着他说出这三个字，仿佛笑了笑，仿佛也说了句客气话。

只不过她是不是真的笑了？

她说了句什么话？

他完全听不到，感觉不到。

“恭喜你。”

他将这三个字反反复复，也不知说了多少遍，但是他自己却完全不知道自己在说什么。

也不知说了多久，他才能听得见翠浓的声音。

她正在低语着：“每个女人——不论是怎么样的女人，迟早都要找个归宿，迟早都要嫁人的。”

傅红雪道：“我明白。”

翠浓道：“你既然不要我，我只好嫁给别人了。”

她在笑，仿佛尽力想装出高兴的样子来——无论如何，结婚都毕竟是件值得高兴的事。

傅红雪眼睛瞪着屋顶上，显然也在尽力控制着自己，既不愿翠浓看出他心里的痛苦和绝望，也不想再去看她。

但过了很久，他忽然又问道：“你的丈夫是不是也来了？”

翠浓道：“嗯。”

新婚的夫妻，当然应该是寸步不离的。

傅红雪咬紧了牙，又过了很久，才缓缓道：“他就在外面？”

翠浓道：“嗯。”

傅红雪道：“那么你就应该出去陪他，为什么还要留在这里？”

翠浓道：“我说过，我要照顾你。”

傅红雪道：“我并不想要你照顾，也不想让别人误会……”

他虽然在努力控制着，但声音还是忍不住要发抖，几乎已说不下去。

幸好翠浓已打断了他的话，道：“你用不着担心这些事，所有的事他全都知道。”

傅红雪道：“他知道什么？”

翠浓道：“他知道你这个人，也知道我们过去的感情。”

傅红雪道：“我们……我们之间其实并没有什么感情。”

翠浓道：“不管怎么样，反正我已将以前那些事全都告诉了他。”

傅红雪道：“所以你就更不该到这里来。”

翠浓道：“我到这里来找你，也已告诉了他，他也同意让我来照顾你。”

傅红雪的牙龈已被咬出血，忍不住冷笑道："看来他倒是个很开通的人。"

翠浓道："他的确是。"

傅红雪突然大声道："但我却并不是，我一点也不开通。"

翠浓勉强笑了笑，道："你若真的怕别人误会，我可以叫他进来一起陪你。"

她不等傅红雪同意，就回过头，轻唤道："喂，你进来，我替你介绍一个朋友。"

"喂"，这虽然也是个很普通的字，但有时却仿佛带着种说不出的亲密。

新婚的夫妻，在别人面前，岂非总是用这个字作称呼的。

门本来就没有拴起。

她刚说了这句话，外面立刻就有个人推门走了进来，好像本就一直守候在门外。

妻子和别的男人在屋里，做丈夫的人当然总难免有点不放心。

傅红雪本不想看见这个人，但却又忍不住要看看。

这个人年纪并不大，但也已不再年轻。

他看来大概有三十多岁，将近四十，方方正正的脸上，布满了艰辛劳苦的生活所留下的痕迹。

就像别的新郎官一样，他身上也穿着套新衣服，华贵的料子，鲜艳的色彩，看起来和他这个人很不相配。

无论谁一眼就可看出他是个老实人。

久历风尘的女人，若是真的想找个归宿，岂非总是会选个老实人的?

这至少总比找个吃软饭的油头小光棍好。

傅红雪看见这个人时，居然并没有很激动，甚至也没有嫉恨，和上次他看见翠浓和别人那半天在一起的感觉完全不同。

这种人本就引不起别人的激动的。

翠浓已拉着这人的衣袖走过来，微笑着道："他就是我的丈夫，他姓王，叫王大洪。"

王大洪。老老实实的人，老老实实的名字。

他被翠浓牵着走，就像是个孩子似的，她要他往东，他就不敢往西。

翠浓又道："这位就是我跟你说起过的傅红雪，傅公子。"

王大洪脸上立刻露出讨好的笑容，抱拳道："傅公子的大名，在下已久仰了。"

傅红雪本不想理睬这个人的，以前他也许连看都不会多看这种人一眼。

可是现在却不同了。他死也不愿意让翠浓的丈夫，把他看成个心已碎了的伤心人。

但他也实在不知道应该跟这种人说什么，只有喃喃道："恭喜你，恭喜你们。"

王大洪居然也好像不知道应该说什么，只是站在那里傻笑。

翠浓瞅了他一眼，又笑道："他是个老实人，一向很少跟别人来往，所以连话都不会说。"

傅红雪道："不说话很好。"

翠浓道："他也不会武功。"

傅红雪道："不会武功很好。"

翠浓重："他是个生意人，做的是绸缎生意。"

傅红雪道："做生意很好。"

翠浓笑了，嫣然道："他的确是个很好的人，至少他……"

她笑得很苦，也很酸，声音停了停，才接着道："至少他不会抛下我一个人溜走。"

傅红雪仿佛根本没有听见她在说什么，他没有看见她那种酸楚的笑容。

他好像在看着王大洪，其实却什么也没有看见，什么也看不见。

但王大洪却好像很不安，嗫嚅讷讷地道："你们在这里多聊聊，我……我还是到外面去的好。"

他想将衣袖从翠浓手里抽出来，却好像又有点不敢似的。

因为翠浓的脸色已变得很不好看。

世界上怕老婆的男人并不少，但像他怕得这么厉害的倒也不多。

老实人娶到个漂亮的老婆，实在并不能算是件走运的事。

傅红雪忽然道："你请坐。"

王大洪道："是。"

他还是直挺挺地站着。

翠浓瞪了他一眼，道："人家叫你坐，你为什么还不坐下去？"

王大洪立刻就坐了下去，看来若没有他老婆吩咐，他好像连坐都不敢坐。

他坐着的时候，一双手就得规规矩矩地放在自己的膝盖上。

手很粗糙，指甲里还藏着油气污秽。

傅红雪看了看他的一双手，道："你们成亲已经有多久？"

王大洪道："已经有……有……"

他用眼角瞟着翠浓，好像每说一句话，都得先请示请示她。

翠浓道："已经快十天了。"

王大洪立刻道："不错，已经快十天了，到今天才九天。"

傅红雪道："你们是早就认得的？"

王大洪道："不是……是……"

他连脸都已紧张得涨得通红，竟似连这种简单的问题都回答不出。

傅红雪已抬起头，瞪着他。

天气虽然已很凉，但王大洪头上却已冒出了一粒粒黄豆般大的汗珠子，简直连坐都坐不住了。

傅红雪忽然道："你不是做绸缎生意的。"

王大洪的脸上又变了颜色，吃吃道："我……我……我……"

傅红雪慢慢地转过头，瞪着翠浓，一字字道："他也不是你的丈夫。"

翠浓的脸色也突然变了，就像是突然被人在脸上重重一击。

她脸上本来仿佛戴着个面具，这一击已将她的面具完全击碎。

女人有时就像是个核桃。

你只要能击碎她外面的那层硬壳，就会发现她内心是多么柔软脆弱。

傅红雪看着她，冷漠的眼睛里，忽然流露出一种无法描述的情感，也不知是欢喜？是悲哀？是同情？还是怜悯？

他看着一连串晶莹如珠的眼泪，从她美丽的眼睛里滚下来……他看着她身子开始颤抖，似已连站都站不住。

她已不用再说什么，这已足够表示她对他的感情仍未变。

她已不能不承认，这个人的确不是她的丈夫。

傅红雪却还是忍不住要问："这个人究竟是谁？"

翠浓垂下头，道："不知道。"

傅红雪道："你也不知道？"

翠浓道："他……他只不过是店里的伙计临时替我找来的，我根本不认得他。"

傅红雪道："你找他来，为的就是要他冒充你的丈夫？"

翠浓头垂得更低。

傅红雪道："你为什么要这样做？"

翠浓凄然道："因为我想来看你，想来陪着你，照顾你，又怕你赶我走，因为我不愿让你觉得我是在死缠着你，不愿你觉得我是个下贱的女人。"

最重要的是，她已不能再忍受傅红雪的冷漠和羞侮。

她生怕傅红雪再伤害她，所以才想出这法子来保护自己。

这原因她虽然没有说出，但傅红雪也已明白。

傅红雪并不真的是一块冰，也不是一块木头。

翠浓流着泪，又道："其实我心里始终只有你，就算你不要我了，我也不会嫁给别人的，我自从跟你在一起后，就再也没有把别的男人看在眼里。"

傅红雪突然用尽全身力气，大声道："谁说我不要你，谁说的？"

翠浓抬起头，用流着泪的眼睛看着他，道："你真的还要我？"

傅红雪大叫道："我当然要你，不管你是个怎么样的女人，我都要你，除了你之外，我再也不要别的女人了。"

这是他第一次真情流露。他张开双臂时，翠浓已扑入他怀里。

他们紧紧拥抱着，两个人似已融为一体，两颗心也已变成一个。所有的痛苦、悲伤、误会、气愤，忽然间都已变为过去，只要他们还能重新结合在一起，世上还有什么事值得他们烦恼的？

翠浓用力抱住他，不停地说："只要你真的要我，从今之后，我再也不会走了，再也不会离开你。"

傅红雪道："我也永远不会离开你。"

翠浓道："永远？"

傅红雪道：“永远！”

王大洪看着他们，眼睛里仿佛带着种茫然不解的表情。

他当然不能了解这种情感，更不懂他们既然真的相爱，为什么又要自寻烦恼。

爱情的甜蜜和痛苦，本就不是他这种人所能够了解的。

因为他从来没有付出过痛苦的代价，所以他也永远不会体会到爱情的甜蜜。

他只知道，现在他留在这里，已是多余的。

他悄悄地站起来，似已准备走出去。

傅红雪和翠浓当然不会注意到他，他们似已完全忘记了他的存在。

昏暗的灯光，将他的影子照在墙上：白的墙，黑的影子。

他慢慢地转过身子，手里突然多了一尺七寸长的短剑！

剑锋薄而利，在灯下闪动着一种接近惨碧色的蓝色光芒。

剑上莫非有毒？

第四十章

新仇旧恨

王大洪慢慢地往外走，走了两步，突然翻身！

青蓝色的剑光一闪，已闪电般向傅红雪的左肋下刺了过去。

没有人能想到这变化，何况是一对正沉醉在对方怀抱中的恋人？

傅红雪用两只手紧拥着翠浓，肋下完全暴露着，本就是最好的攻击目标。

这一剑不但又快又狠，而且正是看准了对方的弱点才下手的。

为了要刺出这一剑，这个人显然已准备了很多年，多年来积压着的仇恨和力量，已完全在这一剑中发泄！

傅红雪非但没有看见，甚至完全没有感觉到。

但翠浓却恰巧在这一瞬间张开眼，恰巧看见了墙上的影子。

她连想都没有想，突然用尽全身力量，推开了傅红雪，用自己的身子，去挡这一剑。

剑光一闪，已刺入了她的背脊。

一阵无法形容的刺痛，使得她只觉得整个人都仿佛已被撕裂。

可是她的眼睛，却还是在看着傅红雪。

她知道从今以后，只怕再也看不到傅红雪了，所以现在只要能多看一眼也是好的。

她咬着牙，不让自己晕过去。

没有人能形容出她此刻脸上的表情，也没有人能了解。

那不仅是悲伤，也是欣慰。

因为她虽然已快死了，但傅红雪却还可以活下去。

因为她终于已能让傅红雪明白，她对他的情感有多么深远，多么真挚。

她嘴角甚至还带着一丝甜蜜的微笑。

因为她活得虽然卑贱，可是她的死，却是高贵伟大的。

她的生命总算已有了价值。

傅红雪又倒在床上，看着她，看着她混合着痛苦和安慰的眼光，看着她凄凉而甜蜜的微笑。

他的心已碎了。

翠浓看着他，终于挣扎着说出了一句话："你要相信我，我真的不知道他是谁，也不知道他要害你。"

傅红雪道："我……我相信你。"

他用力咬着牙，但满眶热泪，还是已忍不住要夺眶而出。

翠浓嫣然一笑，突然倒下去，苍白美丽的脸已变成死黑色。

短剑还留在她背上。

薄而利的剑锋，已刺入了她的骨节，被夹住。

王大洪一时间竟没有拔出来，只有放开手，一步步向后退。

他希望能退出去，希望傅红雪在这强烈的悲伤和震惊下，忘记了他。

傅红雪的确连看都没有看他一眼，只不过从紧咬着的牙缝中吐出两个字："站住！"

没有人能形容这两个字中包含的仇恨和怨毒，甚至没有人能想象。

在灯光下看来，王大洪忠厚善良的脸，已变得魔鬼般狰狞恶毒。

可是他还是站住了。

傅红雪的声音中，竟似有一种足以令神鬼震慑的力量。

仇恨的力量。

王大洪突然狞笑道："你一定想知道我究竟是什么人。"

傅红雪点点头。

王大洪道："我是来要你命的人！"

傅红雪平静地道："你也是那天在梅花庵外行刺的凶手？"

王大洪道："我不是，我要杀的只是你！"

傅红雪道："为什么？"

王大洪冷笑道："你能杀别人，别人为什么不能杀你？"

傅红雪道："我不认得你。"

王大洪道："你也不认得郭威，但你却杀了他，还杀了那可怜的孩子。"

傅红雪的心已沉了下去，道："你是为他们来复仇的？"

王大洪道："不是。"

傅红雪道："你为的是什么？"

王大洪道："杀人的理由有很多，并不一定是为了仇恨。"

他冷笑着，又道："那孩子平生从未做过一件害人的事，更没有杀过人，但现在却已死在你手里，你呢？你已杀过多少人？你杀的人真是全部该杀的？"

傅红雪突然觉得手足冰冷。

王大洪道："只要你杀过一个人，就可能有无数人要来杀你！只要你杀错过一个，就永远无权再问别人为什么来杀你！"

傅红雪慢慢地站起来，俯下身，轻轻拉起了翠浓的手。

这双手本是温暖而柔软的，只有在这双手轻抚着时，他才会暂时忘记那种已深入骨髓的仇恨，他的心才会有片刻宁静。

但现在这双手似已完全冰冷僵硬。

他没有流泪，只是痴痴地看着她，仿佛又已忘记了王大洪的存在。

他苍白的脸上，几乎已变得完全没有表情。

可是他另一只手却已握住了他的刀。

漆黑的刀，黑得令人心碎。

无论谁看见这柄刀，都立刻会觉得有一股刺骨的寒意自足底升起。

王大洪看见了这柄刀，他的手似乎也突然变得冰冷僵硬。

傅红雪还是连看都没有看他一眼，道："你可以杀我，无论谁都可以杀我，但却不该杀她的。"

他的声音奇异而遥远，仿佛来自远山，又仿佛来自地狱。

"我不管你是什么人，也不管你是为什么而来的，你杀了她，我就要你死！"

王大洪脸也变为灰色，却还是在冷笑着，道："现在你还有拔刀的力气？"

傅红雪没有回答。

他只是慢慢地站起来，慢慢地向王大洪走过去，握着他的刀走过去。

刀鞘漆黑，眸子漆黑。

漆黑的眸子，瞬也不瞬地盯在王大洪咽喉上。

王大洪的呼吸突然停顿，就仿佛被一双看不见的铁手，扼住了咽喉。

他已不再往后退，因为他也知道，现在根本已无路可退。

刀虽然还没有拔出来，可是他整个人却似已全都在这柄刀的阴影笼罩下。

黑暗而巨大的阴影，压得他的心一直在往下沉，似已将沉入万劫不复的地狱。

傅红雪已走过来，走路的姿态虽然奇特笨拙，可是只要他手里还握着他的刀，就绝不会有人觉得他是个笨拙的跛子。

他的人似已和他的刀结为一体。

王大洪看着他的刀，忽然长长叹息。

傅红雪道："你已后悔？"

王大洪点点头，黯然道："我只后悔没有听信一个人的话。"

傅红雪道："什么话？"

王大洪道："他本来要我先毁了你这柄刀的。"

傅红雪道："先毁这柄刀？"

王大洪道："这柄刀虽然并不特别，但是对你来说，它的价值却很特别。"

傅红雪道："哦？"

王大洪道："因为这柄刀就像是你的拐杖一样，若没有这柄刀的话，你只不过是个可怜的跛子而已，你只有在手里握着这柄刀的时候，才能站得直。"

傅红雪苍白的脸上，已似有火焰在燃烧。

王大洪注意着他脸上的表情道："这些话当然不是我说的，因为我以前根本就没见过你，根本就不了解你。"

傅红雪道："这些话是谁说的？"

王大洪道："是一个人。"

傅红雪道："什么人？"

王大洪道："我为什么要告诉你？"

傅红雪道："你来杀我是不是这个人要你来的？"

王大洪道："也许是，也许不是。"

他脸上忽又露出种很奇怪的表情，接着又道："不管怎么样，你永远都不会知道这个人是谁的……而且也永远猜不出来的。"

这句话已无异承认，他来杀傅红雪，的确是受人主使。

他本来确实没有要杀傅红雪的理由。

这世上虽然有很多人会无故杀人，但他却绝不是这种人。

能用这种周密恶毒的计划来杀人的，就绝不会是这种人。

傅红雪忽然抬起头，漆黑的眸子也已开始燃烧，燃烧着的眸子已盯在他脸上。

王大洪的神情反而平静了下来，冷冷道："你为什么还不拔刀？"

傅红雪沉默着，过了很久，才慢慢地说道："因为我不懂。"

王大洪道："什么事不懂？"

傅红雪道："我不懂你为什么要替别人死？"

王大洪道："替别人死？"

傅红雪道："你本来只不过是个受人利用的工具，根本不值得我动手杀你。"

王大洪道："哦？"

傅红雪道："我应该杀的，本是那个叫你来杀我的人。"

王大洪道："只要我说出那个人是谁，你难道就肯放我走？"

傅红雪冷冷道："我说过，你这种人根本就不值得我动手。"

王大洪突然沉默，显然在考虑。

傅红雪提出的条件实在很诱人，无论谁都会考虑考虑的。

只要能活得下去，相信世上绝没有真正想死的人。

傅红雪并没有催促。

当别人在考虑下决定时，你若催促他，压迫他，得到的效果往往是相反的。

这道理傅红雪也懂。

过了很久，王大洪忽然道："你应该看得出我不是个君子。"

傅红雪沉默，默认。

王大洪道：“像我这种人，为了要保全自己的性命，无论谁我都会出卖的。”

傅红雪冷冷道：“你并不笨。”

王大洪道：“所以我还有一个问题。”

傅红雪等着他问。

王大洪道：“我怎知你现在一定能杀得了我？也许你现在根本就不是我的对手，那么，我又何必将别人的秘密告诉你？”

傅红雪也没有回答这句话。

他只是静静地站在那里，凝视着这个人，过了很久，才缓缓地道：“我本该一刀削落你的耳朵，让你相信的。”

王大洪道：“哦？”

傅红雪道：“可是你这种人非但不值得我动手，更不值得我拔刀。”

王大洪道：“哦？”

傅红雪道：“但我却不能不让你明白一件事。”

王大洪道：“什么事？”

傅红雪道：“我不用刀，也一样可以杀你。”

王大洪笑了。

他当然不信傅红雪会放下这柄刀。

但就在他开始笑的时候，傅红雪已放下手里的刀，放在桌上。

他好像决心要证明一件事——没有这柄刀，他还是一样可以站得起来。

王大洪果然显得惊讶——也就在他脸上刚开始露出惊讶之色的这一刹那间，他手里又多了柄短剑，闪动着惨碧光芒的短剑。

剑光一闪，已刺向傅红雪的胸膛。

王大洪当然并不是个生意人，“王大洪”也当然绝不是他的真名。

他一剑刺出时，无论谁都看得出，这个人非但一定是个成名的剑客，而且一定是杀人的专家。

他的剑法恶毒而辛辣，虽然没有繁复奇诡的变化，但在杀人时却很有效。

这一剑刺出，就像是毒蛇的舌信。

傅红雪已无法挥刀招架，他手里已没有刀。

可是他还有手。

手是苍白的。

他身子一闪，苍白的手突然间向剑上抓了过去。

他似已忘了自己这双手是血肉，不是钢铁，似已忘了自己手里已没有刀。

这是不是因为他感觉中，他的手已和他的刀永远结成一体?

这是不是因为他根本没有空着手的习惯?

剑上淬着剧毒，只要他的手被划破一点，他就要倒下去。

王大洪的剑没有变招。他当然不肯变招，他希望傅红雪能抓住他的剑，抓得愈用力愈好。

真正的聪明人，永远不会将别人当作呆子。

将别人当作呆子的人，到最后总是往往会发现，真正的呆子不是别人，是自己。

王大洪觉得傅红雪实在是个呆子。

除了呆子外，还有谁会用自己的手去抓一柄淬过毒的利剑!

这也许只因为他受的刺激大，所以脑袋里已出了毛病。

王大洪几乎已快笑出来了。

他当然还没有笑出来，因为这本来是一瞬间发生的事。

他也知道自己这一剑招式已用老，速度已慢了下来。

这一剑既没有刺中对方，本就该早已变招的。

现在他只等着傅红雪的手抓上来。

就在这时，他突然觉得眼前一花，苍白的手已打在他黝黑的脸上。

在最后的一刹那间，傅红雪的招式竟突然变了，变得真快，快得无法思议。

他只觉得眼前突然变成一片黑暗，头脑中突然一阵晕眩，什么事都已感觉不到。

等他再清醒时，才发现自己竟已倒在墙角，鼻子里还在流着血，脸上就像是尖针在刺着，左边的颧骨碎裂，鼻梁的位置已改变。

他能抬起头来时，才发现自己手里的剑，已到了傅红雪手上。

傅红雪凝视着这柄剑，过了很久，才转向他，冷冷道："这柄剑不是你的？"

王大洪摇摇头。

傅红雪道："你用的本是长剑。"

王大洪点点头。

用长剑的人突然改用短剑，出手固然更快，但力量和部位就无法拿捏得很准了。

这点他自己也很明白。

傅红雪道："这柄剑也是那个人给你的？"

王大洪又点点头。

傅红雪忽然将剑抛在他脚下，道："你若想再试一次，不妨将这柄剑再拿回去。"

王大洪又摇摇头，连看都不敢再看这柄剑一眼。

他的勇气似已完全崩溃。

傅红雪冷冷道："你为什么不愿再试？现在我手里还是没有刀，还只不过是个可怜的跛子。"

王大洪道："你不是。"

他忽然长长叹息，道："你也不是呆子。"

——将别人当作呆子的人，到最后往往会发现真正的呆子并不是别人，是自己。

这点他现在也终于明白。

傅红雪道："现在你已肯说出那个人是谁？"

王大洪突又长叹，道："就算我说出来，也没有用的。"

傅红雪道："为什么？"

王大洪道："因为你绝不会相信。"

傅红雪道："我相信。"

王大洪迟疑着，道：“我能不能相信你呢？你真的肯放我走。”

傅红雪道：“我已说过一次。”

有些人说的话，一次就已足够。

王大洪终于松了口气，道：“那个人本是你的朋友，你的行踪，没有人比他知道得更清楚。”

傅红雪突然握紧着双拳，似已隐隐猜出这个人是谁了。

他没有朋友。

在这世界上，也许只有一个人能够勉强算是他的朋友，因为他已能感觉到一种被朋友出卖的愤怒和痛苦。

但他却还是不愿相信，不忍相信，所以他还是忍不住要问。

“这个人姓什么？”

王大洪道：“他姓……”

突然间，刀光一闪。

只一闪，比电光还快的一闪，然后所有的声音都突然停顿。

“他姓……”

王大洪永远也不能说出这个人姓什么了，他也已用不着再说。

这柄短刀已说明了一切。

——刀光一闪，一柄短刀插上了李马虎的手腕。

——刀光一闪，一柄短刀杀了那无辜的孩子。

现在刀光又一闪，封住了王大洪的口。

三柄同样的刀，同样的速度，同样可怕。

三柄刀当然是同一个人发出的。

王大洪眼睛凸出，张大了嘴，伸出了舌头——他的咽喉气管被一刀割断，他死得很快。

可是他死不瞑目。

他死也不相信这个人会杀他。

傅红雪也不信。

他不愿相信，不忍相信，但现在却已不能不信。

——看不见的刀，才是最可怕的刀。

——能令人看不出他真正面目的人，才是最可怕的人。

傅红雪忽然发觉，叶开这个人远比那闪电般的飞刀还可怕。

刀是从窗外射进来的，但窗外却没有人。

夜，秋夜。

夜已很深，秋也已很深。

暴雨初歇，地上的积水里，也有点点星光。

傅红雪抱着翠浓，从积水上踩过去，踩碎了这点点星光。他的心也仿佛被践踏着，也已碎了。

风很轻，轻得就像是翠浓的呼吸。

可是翠浓的呼吸久已停顿，温暖柔软的胴体也已冰冷僵硬。那无限的相思，无限的柔情，如今都已化作一摊碧血。

傅红雪却将她抱得更紧，仿佛生怕她又从他怀抱中溜走。

但这次她绝不会再走了。她已完全属于他，永远属于他。

泉水是从山上流下来的，过了清溪上的小桥，就是山坡。

他不停地向前走，踏过积水，跨过小桥，走上山坡，一直走向山最高处。

星已疏了，曙色已渐渐降临大地。

他走到山巅，在初升的阳光中跪下，轻轻地放下了她。

金黄色的阳光照在她脸上，使得她死灰色的脸看来仿佛忽然有了种圣洁的光辉。

无论她生前做过什么事都无妨，她的死，已为她洗清了她灵魂中所有的污垢。

世上还有什么事，能比为别人牺牲自己更神圣？更伟大？

他跪在山巅，将她埋葬在阳光下。

从今以后，千千万万年，从东方升起的第一线阳光，都将照在她的坟墓上。

阳光是永恒的，就像是爱情一样。

爱情有黯淡时，阳光也一样。

太阳升起又落下。

傅红雪下山时，已是第二个晚上。

大病初愈后，再加上这种几乎没有人能忍受的打击，他整个人剩下的还有什么？

除了悲伤、哀痛、愤怒、仇恨外，他还有什么？

还有恐惧。

一种对寂寞的恐惧。

从今以后，千千万万年，他是永远再也见不着她，那像永恒的孤独和寂寞，要如何才能解脱？

这种恐惧才是真正没有人能忍受的。

既不能忍受，又无法解脱，就只有逃避，哪怕只能逃避片刻也好。

山下的小镇上，还有酒。

酒是苦的也好，是酸的也好，他只想大醉一场，虽然他明知酒醒后的痛苦更深。

醉，的确不能解决任何事，也许会有人笑他愚蠢。

只有真正寂寞过、痛苦过的人，才能了解他这种心情。

客栈中的灯光还亮着，他紧紧握着他的刀走过去。

他醉了。

他醉得很快。

人在虚弱和痛苦中，本就醉得快。

他还能记得的最后一件事，就是这小客栈的老板娘从柜台后走过来，用大碗敬了他一碗酒。

这老板娘是个四十多岁的女人，肥胖的脸上还涂着厚厚的脂粉，只要一笑起来，脸上的脂粉就会落在酒碗里。

可是她的酒量真好。

他只记得自己好像也敬了她一碗，然后他整个人就突然变成一片空白。

他的生命在这段时候也是一片空白。

也只有真正醉过的人，才能了解这种情况。

那并不是昏迷，却比昏迷更糟——他的行动已完全失去控制，连他自己都永远不知道自己做过了多可怕的事。

无论多么醉，总有醒的时候。

他醒来时，才发现自己睡在一间很脏的屋子里，一张很脏的床上。

屋子里充满了令人作呕的酒臭和脂粉香，那肥胖臃肿的老板娘，就赤裸裸地睡在他身旁，一只肥胖的手，还压在他身上。

他自己也是赤裸的，还可以感觉到她大腿上温暖而松弛的肉。

他突然想呕吐。

昨天晚上究竟做过了什么事？

他连想都不敢想。

为他而死的情人尸骨还未寒，他自己却跟一个肥猪般的女人睡在一张床上。

生命怎么会突然变得如此龌龊，如此卑贱？

他想吐，把自己的心吐出来，放到自己脚下去践踏。

放到洪炉里去烧成灰。

那柄漆黑的刀，和他的衣服一起散落在地上。

他跳起来，用最快的速度穿起衣裳，突然发觉有一双肥胖的手拉住了他。

"怎么你要走了？"

傅红雪咬着牙，点了点头。

她脂粉残乱的脸上，显得惊讶而失望："你怎能走？昨天晚上你还答应过我，要留在这里，一辈子陪着我的。"

寂寞，可怕的寂寞。

一个人在真正寂寞时又沉醉，就像是在水里快被淹死时一样，只要能抓住一样可以抓得住的东西，就再也不想放手了。

可是他抓住的东西，却往往会令他堕落得更快。

傅红雪只觉得全身冰冷，只希望自己永远没有到这地方来过。

"来，睡上来，我们再……"

这女人还在用力拉着他，仿佛想将他拉到自己的胸膛上。

傅红雪突然全身发抖，突然用力甩脱了她的手，退到墙角，紧紧地握着他的刀，嗄声道："我要杀了你，你再说一个字，我就杀了你……"

这苍白孤独的少年，竟像是突然变成了一只负了伤的疯狂野兽。

她吃惊地看着他，就像是被人在脸上重重地掴了一巴掌，突然放声大哭，道：“好，你就杀了我吧，你说过不走的，现在又要走了……你不如还是快点杀了我的好。”

寂寞，可怕的寂寞。

她也是个人，也同样懂得寂寞的可怕，她拉住傅红雪时，也正像是一个快淹死的人抓住了一块浮木，以为自己已不会再沉下去。

但现在所有的希望突然又变成失望。

傅红雪连看都没有再看她一眼，他不忍再看她，也不想再看她。

就像是一只野兽冲出牢笼，他用力撞开了门，冲出去。

街上有人，来来往往的人都吃惊地看着他。

但他却是什么都看不见，只知道不停地向前狂奔，奔过长街，奔出小镇。

他停下来时，就立刻开始呕吐，不停地呕吐，仿佛要将自己整个人都吐空。

然后他倒了下去，倒在一棵木叶已枯黄了的秋树下。

一阵风吹过，黄叶飘落在他身上。

但他已没感觉，他已什么都没有，甚至连痛苦都已变得麻木。

既不知这里是什么地方，也不知现在是什么时候，他就这样伏在地上，仿佛在等着别人的践踏。

现在他所剩下的，已只有仇恨。

人类所有的情感中，也许只有仇恨才是最不易甩脱的。

他恨自己，恨马空群。

他更恨叶开。

因为他对叶开除了仇恨外，还有种被欺骗了、被侮辱了的感觉。

这也许只因在他的心底深处，一直是将叶开当作朋友的。

你若爱过一个人，恨他时才会恨得更深。

这种仇恨远比他对马空群的仇恨更新鲜，更强烈。

远比人类所有的情感都强烈！

现在他是一无所有，若不是还有这种仇恨，只怕已活不下去。

他发誓要活下去。

他发誓要报复——对马空群，对叶开！

经过昨夜的暴雨后，大地潮湿而柔软，泥土中孕育着生命的芳香。

不管你是个怎么样的人，不管你是高贵，还是卑贱，大地对你总是不变的。

你永远都可以倚赖它，信任它。

傅红雪伏在地上，也不知过了多久，仿佛要从大地中吸收一些生命的力量。

有人来看过他，又叹着气，摇着头走开。

他知道，可是他没有动。

“年纪轻轻的，就这么样没出息，躺在地上装什么死？”

“年轻人就算受了一点打击，也应该振作起来，装死是没有用的。”

有人在叹息，有人在耻笑。

傅红雪也全都听见，可是他没有动。

他受的痛苦与伤害已太重，别人的讥嘲耻笑，他已完全不在乎。

他当然要站起来的，现在却还不到时候，因为他折磨自己，还没有折磨够。

无论如何，刀还在他手里。

苍白的手，漆黑的刀。

突然有人失声轻呼：“是他！”

是女人的声音，是一个他认得的女人。

但他却还是没有动，不管她是谁，傅红雪只希望她能赶快走开。

现在他既不想见别人，更不想让别人看见他。

怎奈这女人偏偏没有走，反而冷笑着，道：“杀人不眨眼的傅公子，现在怎么会变成像野狗一样躺在地上，是不是有人伤了你的心？”

傅红雪的胃突然收缩，几乎又忍不住要呕吐。

他已听出这个人是谁了。

马芳铃！

现在他最不愿看见的就是她，但她却偏偏总是要在这种时候出现。

傅红雪紧紧咬着牙，抓起了满把泥土，用力握紧，就像是在紧握着他自己的心一样。

马芳铃却又在冷笑着，道："你这么样痛苦，为的若是那位翠浓姑娘，就未免太不值得了。她一直是我爹爹的女人，你难道一点都不知道？"

她说的话就像是一根针、一条鞭子。

傅红雪突然跳起来，用一双满布红丝的眼睛，狠狠地瞪着她。

他的样子看来既可怜，又可怕。

若是以前，马芳铃一定不会再说什么了，无论是因为同情，还是因为畏惧，都不会再继续伤害他。

但现在马芳铃却似已变了。

她本来又恨他，又怕他，还对他有种说不出的微妙情感。

但是现在却好像忽然变得对他很轻视，这个曾经令她痛苦悲伤过的少年，现在竟似已变得完全不足轻重，好像只要她高兴，随时都可以狠狠地抽他一鞭子。

她冷笑着又道："其实我早就知道她迟早都会甩下你跟别人走的，就像她甩下叶开跟你走一样，除了我爹爹外，别的男人她根本就没有看在眼里。"

傅红雪苍白的脸突然发红，呼吸突然急促，道："你已说够了。"

马芳铃道："我说的话你不喜欢听？"

傅红雪握刀的手已凸出青筋，缓缓道："只要你再说一个字，我就杀了你！"

马芳铃却笑了。

她开始笑的时候，已有一个人忽然出现在她身旁。

一个很高大、很神气的锦衣少年，脸上带着种不可一世的傲气。

他的确有理由为自己而骄傲的。

他不但高大神气，而且非常英俊，剑一般的浓眉下，有一双炯炯发光的眼睛，身上穿的衣服，也华丽得接近奢侈。

无论谁一眼就可看出，这少年一定是个独断独行的人，只要他想做的事，他就会不顾一切地去做，很少有人能阻拦他。

现在他正用那双炯炯发光的眼睛瞪着傅红雪，冷冷道："你刚才说什么？"

傅红雪忽然明白是什么原因令马芳铃改变的了。

锦衣少年又道："你是不是说你要杀了她？"

傅红雪点点头。

锦衣少年道："你知道她是我的什么人？"

傅红雪摇摇头。

锦衣少年道："她是我的妻子。"

傅红雪突然冷笑道："那么她若再说一个字，你就得另外去找个活女人做老婆了。"

锦衣少年沉下了脸，厉声地道："你知道我是什么人？"

傅红雪又摇摇头。

锦衣少年道："我姓丁。"

傅红雪道："哦。"

锦衣少年道："我就是丁灵甲。"

傅红雪道："哦。"

丁灵甲道："你虽然无礼，但我却可以原谅你，因为你现在看来并不像还能杀人的样子。"

傅红雪的确不像。

他闭着嘴，连自己都似已承认。

丁灵甲目中露出满意之色，他知道就凭自己的名字已能吓倒很多人的，所以不到必要时，他从来不出手——对这点他一直觉得很满意。

因为这使得他觉得自己并不是个残暴的人。

但他还是不能不让他新婚的妻子明白，他是有足够力量保护她的。

所以他微笑着转过头，傲然道："无论你还想说什么，都不妨说出来。"

马芳铃咬着嘴唇，道："我无论想说什么都没有关系？"

丁灵甲微笑道："只要有我在你身旁，你无论想说什么都没关系。"

马芳铃的脸突然因兴奋而发红，突然大声道："我要说这个跛子爱上的女人是个婊子，一文不值的婊子！"

傅红雪的脸突又变得白纸般苍白，右手已握住了左手的刀柄。

丁灵甲厉声道："你真敢动手？"

傅红雪没有回答。没有开口。

现在已到了不必再说一个字的时候，无论谁都应该可以看得出，现在世上已没有任何一种力量能阻止他出手！

丁灵甲也已看出。

他突兀大喝，剑已出鞘，剑光如匹练飞虹，直刺傅红雪的咽喉。

他用的剑分量特别沉重，一剑刺出，虎虎生风，剑法走的是刚猛一路。

他的出手虽不太快，但攻击凌厉，部位准确。

攻击本就是最好的防守。

在这一击之下，还有余力能还手的人，世上绝不会超出七个。

傅红雪偏偏就恰巧是其中之一。

他没有闪避，也没有招架，甚至没有人能看出他的动作。

马芳铃也没有看出，但是她却看见了突然像闪电般亮起的刀光——

刀光一闪！鲜血已突然从丁灵甲肩上飞溅出来，就像是一朵神奇鲜艳的红花突然开放。

剑光匹练般飞出，钉在树上。

丁灵甲的手还是紧紧地握着剑柄，他整个一条右臂就吊在剑柄上，还在不停地摇晃。

鲜血也还在不停地往下滴落。

丁灵甲吃惊地看着树上的剑，吃惊地看着剑上的手臂，仿佛还不明白这是怎么回事。

因为这变化实在太快。

等他发觉在他面前摇晃的这条断臂，就是他自己的右臂时，他就突然晕了过去。

马芳铃也好像要晕了过去，但却并不是为了丈夫受伤惊惶悲痛，而是为了愤怒，失望而愤怒。

她狠狠瞪了倒在地上的丁灵甲一眼，突然转身，狂奔而去。

道旁停着辆崭新的马车，她冲过去，用力拉开了车门。

一个人动也不动地坐在车厢里，苍白而美丽的脸上，带着种空虚麻木的表情。一个人只有在忽然失去自己最珍贵的东西时，才会有这种表情。

傅红雪也看见了这个人，他认得这个人。

丁灵琳她怎么会在这里？她失去的是什么？叶开呢？

马芳铃霍然回身，指着傅红雪，大声道："就是这个人杀了你二哥，你还不快替他报仇？"

过了很久，丁灵琳才抬起头，看了她一眼，道："你真的要我去替他报仇？"

马芳铃道："当然，他是你二哥，是我的丈夫。"

丁灵琳看着她，眼睛里突然露出种刀锋般的讥诮之意，道："你真的将我二哥当作你的丈夫？"

马芳铃脸上变了色，道："你……你说这种话是什么意思？"

丁灵琳冷冷道："我的意思你应该明白，我二哥就算真的死了，你也绝不会为他掉一滴眼泪的，他的死活你根本就没有放在心上。"

马芳铃也像是突然被人抽了一鞭子，苍白的脸上更已完全没有血色。

丁灵琳道："你要我去杀了这个人报仇，只不过因为你恨他，就好像你恨叶开一样。"

她用力咬了咬嘴唇，接着又道："你对所有的男人都恨得要命，因为你认为所有的男人都对不起你，连你父亲都对不起你。你嫁给我二哥，也只不过是为了想利用他替你报复。"

马芳铃的眼神已乱了，整个人仿佛都已接近疯狂崩溃，突然大声道："我知道你恨我，因为我要你二哥带你回去，你却宁可跟着叶开像野狗一样在外面流浪。"

丁灵琳道："不错，我宁可跟着他流浪，因为我爱他。"

她冷冷地看着马芳铃，接道："你当然也知道我爱他，所以你才嫉妒，才要我哥逼着我离开他，因为你也爱他，爱得要命。"

马芳铃突然疯狂般大笑，道："我爱他？……我只盼望他快点死。"

丁灵琳道："现在你恨他，只因你知道他绝不会爱你。"

她明亮可爱的眼睛里，忽然也有了种很可怕的表情，冷笑着道：“这世上有种疯狂恶毒的女人，若是得不到一样东西时，就千方百计地想去毁了它——你就是这种女人，你本来早就该去死的。”

马芳铃的狂笑似已渐渐变为痛哭，渐渐已分不出她究竟是哭是笑？

她突然回头，面对着傅红雪，嘶声道：“你既然要杀我，为什么还不过来动手？”

傅红雪却连看都不再看她一眼，慢慢地走过来，走到丁灵琳面前。

马芳铃突然扑在他身上，紧紧抱住了他，道：“你若不杀我，就带我走。无论到什么地方，我都跟你去；无论要我干什么，我都依你。”

傅红雪的身子冰冷而僵硬。

马芳铃流着泪，又道：“只要你肯带我走，我……我甚至可以带你去找我父亲。”

傅红雪突然曲起肘，重重地打在她肚子上。

马芳铃立刻被打得弯下腰去。

傅红雪头也不回，冷冷道：“滚！”

马芳铃终于咬着牙站起来，她本来也是个明朗而可爱的女孩子，对自己和人生都充满了自信。

但现在她却已变了，她脸上竟已真的有了种疯狂而恶毒的表情。

这是谁的错？

她咬着牙，瞪着傅红雪，一字字道：“好，我滚，你既然不要我，我只有滚，可是你难道已忘了那天野狗般在我身上爬的样子？难道你只有在没人看见的时候才敢强奸我？”

傅红雪苍白的脸上也已露出痛苦之色，却还是没有回头。

丁灵琳道：“你现在是不是在后悔，那天没有答应他？”

马芳铃冷笑道：“你也用不着得意！你以为叶开真的喜欢你？他若真的喜欢你，为什么让我们将你带走？现在他说不定已跟别的女人睡在床上了，也许就是他的老情人翠浓。”

她突又疯狂般大笑，大笑着一步步向后退，不停地向后退，退入树丛。

然后她的笑声就突然停顿，她的人也看不见了。

丁灵琳轻轻叹了口气，道：“她本来的确是个很可怜的女人，只可惜她每件事都做错了。最错的是，她总是找错了男人。”

傅红雪忽然道：“你呢？”

丁灵琳道：“我没有错。”

傅红雪道：“叶开……”

丁灵琳打断了他的话，道：“我早就知道小叶是个什么样的人，就算他不喜欢我，也没关系，因为我真的喜欢他，这就已够了！”

傅红雪看着她，眼睛里的痛苦之色更深，过了很久，才缓缓道：“但你却离开了他。”

丁灵琳道：“那只因我没法子。”

傅红雪道：“为什么？”

丁灵琳恨恨道：“因为丁老二乘我不注意的时候，点了我腿上的穴道。”

傅红雪道：“叶开就这样看着他们把你带走？”

丁灵琳黯然道：“他也没法子，丁老二是我的亲哥哥，他能对他怎么样？”

她眨了眨眼，眼睛里又发出了光，接着道：“可是我知道他迟早一定还会去找我的，他看来虽然对什么事都不在乎，其实却是个很多情的人，别人带我走的时候，我看得出他比我还痛苦。”

傅红雪道：“现在你是不是想去找他？”

丁灵琳眨着眼笑道：“这世上有种人是你永远找不到的，你只有等着他来找你，小叶就是这种人。”

傅红雪还在看着她，眼睛里突又露出种很奇怪的表情。

丁灵琳道：“你虽然伤了我二哥，可是我并不怪你。”

傅红雪道：“哦？”

丁灵琳道：“那倒并不是因为他逼着我走，所以我恨他。”

傅红雪道：“哦？”

丁灵琳道：“那只因你虽然砍断了他的一条手，却让他明白了马芳铃是个什么样的女人，若不是你这一刀，他以后说不定要被她害一辈子。”

一个男人跟一个并不是真心对他的女人结合，的确是件非常痛苦，也非常悲惨的事。

丁灵琳道："你现在已可以走了，我也不愿他醒来时再看见你。"

傅红雪没有走。

丁灵琳等了半天，忍不住又问道："你为什么还不走？"

傅红雪道："因为我正在考虑一件事。"

丁灵琳道："什么事？"

傅红雪道："我不知道是应该解开你的穴道，让你跟我走，还是应该抱着你走。"

丁灵琳脸色变了，失声道："你这是什么意思？"

傅红雪道："我的意思就是要把你带走。"

丁灵琳道："你……你疯了！"

傅红雪冷冷道："我没有疯，我也知道你绝不会跟我走的。"

丁灵琳吃惊地看着他，突然挥手，腕子上的金铃突然飞出，带着一连串清脆的声音，急打傅红雪"迎香""天实""玄机"三处大穴。

他们的距离很近，她的出手更快。

丁灵琳要命的金铃，本就是江湖中最可怕的八种暗器之一。

因为她不但出手快，认穴准，而且后发的往往先至，先发的却会突然改变方向，叫人根本不知道应该如何闪避。

傅红雪没有闪避。

刀光一闪，三枚金铃就突然变成了六个。

刀光再入鞘时，他的手已捏住了丁灵琳的腕脉，拦腰抱起了她。

丁灵琳失声大叫，道："你这不要脸的跛子，快放开我！"

傅红雪听不见。

车上有车夫，路上有行人，每个人都在吃惊地看着他。

傅红雪却看不见他们。

他拦腰抱着丁灵琳走向东方的山——山在青天白云间。

山并不高，云也不高。

走到半山上，已可看见白云缥缈，人已到了白云缥缈处。

风吹着丁灵琳身上的金铃，"叮铃铃"地响。她自己却已不响。

因为她无论说什么，傅红雪都好像没有听见。

她脸上的表情已经由惊讶愤怒，变为焦急恐惧，她不知道傅红雪带她到这里来干什么。

但她却已发现这脸色苍白的跛子，的确是个很不正常的人。

“你只有在没有人的地方，才敢强奸我！”

想起马芳铃的话，她更害怕，又冷又怕，冷得发抖，怕得发抖。

山巅更冷。

丁灵琳抖得更凶。

傅红雪已放下了她，正在冷冷地看着她，突然道：“你怕？”

丁灵琳忽然笑了，答道：“我怕什么？我为什么要怕？”

她笑得虽然勉强，却还是很好看，微笑着又道：“我难道还会怕你？你是小叶的朋友，他的朋友就是我的朋友，我怎么会怕你！”

傅红雪道：“他的仇人呢？”

丁灵琳眨着眼，道：“他好像并没有什么仇人。”

傅红雪冷冷地道：“他若有仇人，当然也就是你的仇人。”

丁灵琳道：“也可以这么说，因为……”

傅红雪道：“因为你觉得在这世上最亲近的人就是他。”

丁灵琳又笑了，这次是真的笑了，笑得温柔而甜蜜，只要一想起她和叶开的情感，她心里就会有这种温暖甜蜜的感觉。

傅红雪道：“你若知道有人杀了他，你会对那个人怎么样？”

丁灵琳道：“没有人会杀他的，也没有人能杀得了他。”

傅红雪道：“假如有呢？”

丁灵琳咬起了嘴唇，道：“那么我就绝不会放过那个人，甚至会不择一切手段来对付他。”

傅红雪道：“不择一切手段？”

丁灵琳道：“当然不择一切手段。”

她接着又道：“我虽然并不是个心狠手辣的人，可是假如真的有人杀了小叶，我说不定会把他身上的肉全都一口口咬下来。”

秋风吹过，白雪已在足下。

她说出了这句话，自己忽然也忍不住激灵灵打了个寒噤，心里仿佛突然有了种不祥的预兆。

傅红雪却已转过身，背向着她，面对着一堆小小的土丘。

土丘上寸草未生，显然是新堆成的。

丁灵琳道：“这堆土是什么？”

傅红雪道：“是个坟墓。”

丁灵琳变色道：“坟墓？你怎么知道是个坟墓？”

傅红雪道：“因为这是我亲手堆成的。”

他声音里仿佛带着种比这山巅的秋风更冷的寒意。丁灵琳并不是个柔弱胆小的女孩子，但又忍不住打了个寒噤。

过了很久，她才轻轻地问道：“坟墓里埋葬的是什么人？”

傅红雪道：“是我最亲近的人。”

丁灵琳道：“你……你很喜欢她？”

傅红雪点点头，道：“我对她的情感，比你对叶开的情感更深！”

丁灵琳勉强笑了笑，道：“我只希望她不是被别人杀了的，否则那个人身上的肉，岂非也要被你一口口咬下来。”

傅红雪道：“她是被人杀死的！”

丁灵琳突又打了个寒噤，喃喃地道：“这里的风好冷。”

傅红雪道：“你用不着为她担心，她现在已不怕冷了。”

丁灵琳道：“可是我怕。”

傅红雪道：“怕我？”

丁灵琳道：“不是怕你，是怕冷。”

傅红雪冷冷道：“我会将你也埋起来，你就再也不会怕冷了。”

丁灵琳笑得更勉强，道：“那倒不必麻烦你，我还没有死。”

傅红雪道：“可是她已经死了……你却没有死，她为什么要死？为什么要死？……”

他反反复复地说着这句话，声音里充满了怨毒和仇恨。

丁灵琳道：“每个人都会死的，只不过有人死得早些，有人死得迟些，所以你也不必伤心。”

傅红雪道：“叶开若死了，你也不伤心？”

丁灵琳道：“我……我……”

傅红雪道：“你不伤心，只因为叶开还没有死。叶开不伤心，只因为你还没有死，可是……可是她却已死了……”

他突然转身瞪着丁灵琳，眼里带着火焰般的愤怒和仇恨，厉声道：“你为什么不问我，谁杀了她？”

丁灵琳的心好像正慢慢地在往下沉，喉咙里竟已发不出声音。

傅红雪道："你不问我，是不是因为你已知道是谁杀了她的？"

丁灵琳咬着嘴唇，突然大声道："我不知道……我怎么会知道？"

傅红雪道："你应该知道的。"

丁灵琳道："为什么？"

傅红雪紧紧握着他的刀，一字字道："因为杀她的人就是叶开。"

丁灵琳叫了起来，道："不可能，绝不可能，我一直跟小叶在一起的，我可以保证他没有杀过人。"

傅红雪道："昨天晚上你也跟他在一起？"

丁灵琳说不出话了。昨天早上，她已被丁灵甲带走，就没有再看见过叶开。

傅红雪的眼睛刀锋般盯着她的眼睛，道："你知道他昨天晚上在哪里？做些什么事？"

丁灵琳垂下了头。她不知道。

傅红雪突然拿出了一柄刀，一柄薄而锋利的短刀，抛在她面前。

"你认不认得出这是谁的刀？"

丁灵琳的头垂得更低。她已认出了这柄刀——这柄刀就像是已插在她的心上。

过了很久，她忽又抬起头，大声道："叶开就是我，我就是叶开，你若真的认为是叶开杀了她，你就杀了我吧。"

傅红雪道："你愿意为他死？"

丁灵琳道："愿意。"

她眼睛里又发出了光，完全没有犹豫，完全没有考虑，能为叶开而死，对她说来，竟仿佛是件很快乐的事情。

傅红雪看着她，眼前仿佛又出现了翠浓的影子。她临死前看着他时，眼睛里岂非也同样带着这种欣慰快乐的表情。她虽然没有说出一个字，但那双眼睛岂非也无异于告诉他，她是愿意为他而死的。

直到她倒下去的时候，她嘴角还带着甜蜜的微笑。

傅红雪的双拳握紧，几乎忍不住要挖开坟墓，再看她一眼。

可是就算能再看一眼又如何？短暂的生命，却留下了永恒的寂寞。

丁灵琳道："你既然要杀了我，为什么还不过来动手？"

傅红雪又沉默了很久，才缓缓道："我并不想杀了你。"

丁灵琳道："你……你想怎么样？"

傅红雪道："不怎么样。"

丁灵琳道："你带我到这里来干什么？"

她目中又露出恐惧之色——死，她并不怕，她怕的是那种可耻的折磨和侮辱。

傅红雪又沉默了很久，冷冷道："你说过他迟早一定会来找你的。"

丁灵琳点点头，大声道："他当然会来找我，他绝不是个无情的人。"

傅红雪凝视着远方，缓缓道："这地方很安静，他若能安安静静地死在这里，上天对他已算不薄。"

丁灵琳动容道："你在等他来？"

傅红雪没有回答，只是垂下头，凝视着自己手里的刀。

漆黑的刀，刀头已不知染上过多少人的鲜血。

丁灵琳的手也已握紧，嗄声道："但是他并不知道我在这里。"

傅红雪道："他会知道的。"

丁灵琳道："为什么？"

傅红雪道："因为有很多人都看见我挟着你往这里走。"

丁灵琳道："就算他来了又怎么样？你难道真的要杀他？"

傅红雪沉默，刀也是沉默的。

沉默有时也锋利得像刀锋一样，有时甚至能杀人。

丁灵琳大声道："你真的能下得了毒手？难道你已忘了他以前为你做的那些事？若不是他，你怎么能活到现在？"

傅红雪苍白的脸仿佛又已因痛苦渐渐变得透明，一字字缓缓道："他让我活着，也许就是为了要我忍受痛苦。"

死虽然可怕，但却是宁静的，只有活着的人才会感觉到痛苦。

丁灵琳看着他的脸，身子突然开始颤抖，颤声道："他常常对我说，你做的事虽可怕，但你的心却本是善良的，你……你几时变得如此狠毒？"

傅红雪凝视着自己手里的刀，没有再说什么，连一个字都不再说。

这时山巅忽然涌起了一片又浓又厚的云雾，他苍白的脸已在云雾中渐渐变得遥远模糊。

山下仿佛有雨声。

山巅的云雾，也是潮湿的。丁灵琳的衣裳已渐渐湿透，冷得不停发抖。不但寒冷，而且饥饿。

傅红雪已坐下，动也不动地坐在那里，坐在又冷又潮的云雾中。难道他不冷不饿？这个人难道真的已完全麻木？

丁灵琳终于忍不住道："也许他不会来了。"

傅红雪不开口。

丁灵琳道："就算他要来，也没有人知道他什么时候才来。"

傅红雪还是不开口。

丁灵琳道："他若三天后才来，你难道就这样在这里等三天？"

傅红雪又沉默了很久，才冷冷道："他三年后才来，我就等三年。"

丁灵琳的心又沉了下去，道："你……你难道要我陪着你在这里等三年？"

傅红雪道："我能等，你为什么不能？"

丁灵琳道："因为我是个人。"

傅红雪道："哦？"

丁灵琳道："只要是个人，就没法子在这里等三年，也许连三天都不能等。"

傅红雪道："哦？"

丁灵琳道："你若真的要我坐在这里等下去，我就算不冷死，也要被活活饿死。"

没有回答。

丁灵琳道："其实你根本不必在这里等他，你可以下山去找他，那总比在这里等的好。"

还是没有回答。

丁灵琳道："你为什么不说话？难道……"

她声音突然刀割般中断，她忽然发现坐在云雾中的傅红雪已不见了。

山下的雨声还没有停，山巅的云雾更潮湿，也更冷。

也不知道是因为云雾掩住了日色，还是夜色已来临，丁灵琳眼前已只剩下一片模模糊糊、阴阴森森的死灰色，没有人，也没有生命。

丁灵琳放声大呼："傅红雪，你到哪里去了？你回来！"

没有人回来，也没有人回应。

丁灵琳身子抖得就像是一片寒风中的枯叶，傅红雪虽然是可怕的人，可是他不在时更可怕。

她终于明白孤独和寂寞是件多么可怕的事，现在傅红雪走了只不过才片刻，片刻她已觉得不可忍受。

假如一个人的一生都是如此孤独寂寞时，那种日子怎么能过得下去？假如叶开真的死了，她这一生是不是就将永远如此孤独寂寞下去？

丁灵琳只觉得全身冰冷，连心都冷透。她想逃走，可是她的腿还是麻木僵硬的——丁家的点穴手法，一向很有效。她想呼喊，可是她又怕听见山谷中响起的那种可怕的回声。

天地间仿佛已只剩下坟墓里那个死人在陪伴着她。

傅红雪这一生，岂非也只剩下坟墓里的死人在陪伴着他？

丁灵琳忽然对这孤独而残废的少年，有了种说不出的同情。

就在这时，她忽然觉得有一点冰冷的雨珠滴落在她手上。

她垂下头，才发现这滴雨赫然是鲜红色的。

不是雨，是血！

鲜红的血，滴落在她苍白的手背上。

她的心似已被恐惧撕裂，忍不住回头，她的面颊忽然碰到一只手。

一只冰冷的手。血，仿佛就是从这只手上滴落下来的。

这是谁的血？谁的手？

丁灵琳没有看见，她眼前忽然变得一片黑暗。

地狱本就在人们的心里。

你心里若已没有爱，只有仇恨，地狱就在你的心里。

——你心里若已没有爱，你的人也已在地狱。

第四十一章

英雄末路

云已不见，雾也已不见。

阴森黑暗的山洞里，却有一堆火焰在跃动，闪动的火光，照亮了奇突的钟乳和粗糙的山壁，也照亮了丁灵琳苍白美丽的脸。

她醒来时，第一眼就看见这堆火。

所以她没有动，只是静静地躺在那里，静静地凝视着火焰的跃动。

火焰的本身，仿佛就象征着生命，已为她带来了温暖和光明。

她从不知道火焰竟是如此可爱的。

然后她才看见傅红雪，他冰一样的脸，已因火焰的闪动而变得有了生命。

现在他正将一只皮毛已洗剥干净的野兔，放到火上去烤。

他的动作复杂而缓慢，他脸上甚至也已现出种和平宁静的表情。

丁灵琳从未看过他脸上有过这种表情，她忽然觉得他并不是想象中那么可怕的人。

带着血的野兔已渐渐在火上被烤成金黄色，山洞里弥漫着诱人的香气。

丁灵琳脸上忽然泛起一阵红晕，她本不是那种一见到血就会晕过去的女人。

她忍不住要解释："我刚才实在太饿，也太冷，所以才支持不住的。"

傅红雪淡淡道："幸好你身上有火种，否则就只能吃带血的兔肉了。"

丁灵琳失声道："火种是你在我身上找到的？"

傅红雪点点头。

丁灵琳的脸更红，她记得火刀和火石本在她贴身的衣袋里。

她咬着嘴唇，板起了脸，大声道："你怎么能乱掏人家身上的东西？"

傅红雪冷冷道："我的确不该这么做的，我本该脱光你的衣服，把你放在火上烤来吃。"

丁灵琳立刻用力拉紧了自己的衣襟，好像生怕这个人会真的过来脱她的衣服。

傅红雪却再也不睬她，默默地将烤好的野兔撕成两半，随手抛了一半给她，竟是比较大的一半。

丁灵琳心里突又泛起一阵温暖之意。

她也不能算是个小心眼的女孩子，但傅红雪若是给她比较小的那一半，她还是会觉得很生气。

她毕竟是个女人。

没有盐的烤肉，本来就像是已生了十八个孩子的女人一样，已很难令人发生兴趣。

但没有盐的肉至少总比没有肉好。

饥饿，本就是人类最不能抗拒的两种欲望之一。

丁灵琳几乎将骨头都吃了下去，吃完了还忍不住要叹息一声，喃喃地道："这兔子身上的肉简直比猴子还少。"

傅红雪道："它身上若是肉多，说不定早已被别人捉去吃下肚了。"

丁灵琳嫣然道："小叶说的不错，你有时看来虽然很可怕，其实却并不是个凶狠恶毒的人。"

她眨了眨眼，又道："无论你怎么想，我总觉得他一直都对你不坏，而且比谁都了解你。"

一提起叶开，傅红雪的脸色又变了，忽然站起来，冷冷道："你自己还能不能脱衣服？"

丁灵琳的脸色也变了，失声道："你……你这是什么意思？"

傅红雪冷冷道："你若不能脱，我替你脱。"

丁灵琳大骇道："为什么要脱衣服？"

傅红雪道："因为我不想看着你冷死、病死。"

丁灵琳这才发现自己身上衣服的确已湿透，地上也是阴寒而潮湿的，这样子躺一夜，明天不大病一场才是怪事。

她自己当然也不想冷死、病死，但若要叫她在男人面前脱衣服，她宁可死——除了叶开外，随便哪个男人都不行。

她咬着嘴唇，忽然道："你是不是真的强奸过马芳铃？"

傅红雪脸上的肌肉忽然绷紧，目中又露出痛苦之色，但他却还是点了点头。

只要是他做过的事，他就绝不推诿否认。

丁灵琳道："你会不会强奸我？"

傅红雪冷冷道："你是在提醒我？"

丁灵琳道："你现在若要强奸我，我当然没法子反抗，但我却希望你明白一件事。"

傅红雪在听。

丁灵琳道："除了叶开外，无论什么男人只要碰一碰我，我就恶心，因为我觉得世上所有的男人，没有一个能比得上他。"

傅红雪充满痛苦和仇恨的眼睛里，仿佛又有火焰在燃烧。

他全身都仿佛有火焰在燃烧。

丁灵琳道："你恨他，也许并不是因为他杀了翠浓，而是因为你知道自己永远也比不上……"

傅红雪突然一把揪住她衣襟，把她整个人提了起来，嗄声道："你错了。"

丁灵琳道："我没有错。"

傅红雪道："你不该逼我的。"

他的手突然用力，已撕破了她的衣襟。

丁灵琳倒下去的时候，雪白的胸膛已在寒风里硬起来。

她的泪也已将流下，咬着牙道："我没有错，小叶却实在错了，他看错了你，你根本不是人，是个畜生。"

傅红雪全身不停地颤抖，突然也倒了下去，缩成了一团。

火光闪动下，他的脸竟已完全扭曲变形，嘴角就像马一样，吐出了浓浓的白沫。

丁灵琳反而怔住。

她也听说过，傅红雪是个有病的人，但她却未想到他的病竟会突然而来，来得竟如此可怕。

这少年不但孤独寂寞，满心创痛，而且还有这种可怕的病像毒蛇般纠缠着他。

唯一能安慰他、了解他的人，现在却已被埋入了黄土。

他这一生，过的究竟是种什么样的生活？生命对他也未免太无情。

他应该恨的！

“我若是他，我说不定也会痛恨所有的人，所有的生命。”

丁灵琳心里的恐惧和愤怒，忽然又变作怜悯与同情。

她若还能站起来，现在说不定会将他像孩子般拥抱在怀里。

可是她非但站不起来，几乎连动都不能动。

她连手都已阴寒潮湿而渐渐麻痹，只能勉强抬起来，掩住衣襟。

就在这时，她忽然听见一阵脚步声。

脚步声很轻，但来的却显然不止一个人。

“这当然绝不会是叶开。叶开若要来，绝不会和别人一起来的。”

丁灵琳的心沉了下去。

如此深夜，又有谁会冒着这种愁煞人的秋风秋雨，到这荒山上来呢？

脚步声已在山洞外停下来，闪动的火光，已无异告诉他们这山洞里有人。

过了半晌，外面就有人在试探问：“里面的朋友高姓大名？请见示。”

丁灵琳用力咬着嘴唇，不让自己发出声音。

她只希望这些人一时间还不敢贸然闯进来，只希望傅红雪能在他们闯进来之前清醒。

但这时她已看见一柄刀从外面慢慢地伸进来，接着她就看见了握刀的人。

来的人的确不止一个，但现在进来的却只有他一个。

这人的脸色也是苍白的，却不是傅红雪那种纯净得接近透明的苍白。

他的脸白里发青，在闪动的火光中看来，竟仿佛是惨碧色的，又像是戴着个青铜面具。

他的眼睛也阴森可怕，只看了傅红雪一眼，目光就停留在丁灵琳裸露在破碎衣襟外的雪白胸膛上，眼睛里突又露出种淫猥的表情。

丁灵琳只恨不得能将这双眼睛挖出来。

这人手里的刀已垂下，长长吐出一口气，显然他已发现倒在地上的这两个人都已没有值得他戒备的地方。

他的眼睛更放肆了，就好像要钻到丁灵琳的衣襟里去。

丁灵琳忍不住大声道："你看什么？难道你从来也没看过女人？"

这人笑了，用脚尖踢了踢傅红雪，道："他是你的什么人？"

丁灵琳道："你管不着。"

这人道："他就是那个一脚踢垮了关东万马堂的傅红雪？"

丁灵琳道："你怎么知道？"

这人道："我本来就是来找他的。"

丁灵琳忍不住问道："找他干什么？"

这人道："我本想找他去替我做件事……替我去杀个人。"

他又笑了笑，接着道："但现在看来他已只有等着别人杀他了。"

丁灵琳勉强控制着自己，冷笑道："你若真的有这种想法，一定会后悔。"

这人笑得更阴险，悠然道："我不但真的有这种想法，还有另外一种想法。"

丁灵琳又忍不住再问："什么想法？"

这人笑道："男人看见一个你这么漂亮的女人赤裸着胸膛躺在他面前，他心里会有什么想法，我不说你也应该知道。"

丁灵琳突然全身冰冷，失声道："你敢？"

这人悠然道："我为什么不敢，就算傅红雪现在还能够拔他的刀，我也不怕。"

丁灵琳道："你……你真的不怕？"

这人道："他若知道我是什么人，说不定会自动把你让给我的。"

丁灵琳道："你凭什么？"

这人道："我只凭一样东西，一样傅红雪连做梦都想得到的东西。"

他微笑着，用刀尖去拨丁灵琳紧拉着衣襟的手，接着道："就凭这样东西，我不但敢想，而且敢做。你若不信，我现在就可以做给你看。”

丁灵琳几乎已忍不住要失声大叫起来，她的手已不能不松开。

就在这时忽然看见一样东西从外面飞进来，打在这人因微笑而露出的牙齿上。

只听“咯”的一响，这人的门牙已然被打破了两三颗。

这样东西随着碎裂的牙齿落下来，竟是粒还没有剥壳的花生。

这人面色骤然改变，一只手掩住了嘴，一只手扬起了刀。

丁灵琳看到地上的花生，脸色也已变了，忍不住失声惊呼道：“路小佳！”

路小佳也是她现在最不愿看见的人之一，为什么他也偏偏来了？

她的运气为什么会忽然变得如此坏。

山洞外还是云雾凄迷，一片黑暗，一个人带着笑说道：“这世上并不一定只有路小佳才能吃花生的，不吃花生的倒很难找出几个。”

一个人微笑着，施施然走了进来，穿得很随便，笑得很轻松，看他的样子，就算是天塌下来，他好像也不会在乎。

看到了这个人，丁灵琳只觉得那闷死人的浓云密雾仿佛已忽然消散了，那愁煞人的秋风秋雨也仿佛忽然停了。

现在就算是天真的塌了下来，她也已不在乎，因为这个人就是叶开。

只要能看见叶开，这世上还有什么事值得她在乎的。

她心里忽然充满了温暖之意，脸上也忍不住露出了甜蜜的笑容，却故意要板起脸，道：“你死到哪里去了，怎么直到现在才来？”

叶开叹了口气，道：“我本来也想早点来的，却又不能眼看着你那位宝贝二哥躺在地上生气，不管怎么样，他毕竟是你的二哥。”

丁灵琳就算还想生气，也气不出了，忍不住笑道：“你本来就应该对他好一点，因为他迟早总有一天要做你的大舅子的。”

叶开看着她，皱了皱眉，道：“可是你们丁家的人为什么总喜欢躺在地上呢？”

丁灵琳道：“你自己说过的，一个聪明人能躺下去的时候，是绝不会坐着的。”

叶开也笑了，道：“不错，有道理。”

他看了看傅红雪，又看了看那个高举着钢刀的人，道：“你们都是聪明人，但这位仁兄为什么还不肯躺下去，这样子站着岂非太累？”

丁灵琳眨了眨眼，道：“所以你应该劝劝他，要他不如还是躺下去的好。”

叶开点了点头，道：“不错，有道理。”

这人的嘴已闭起，嘴角还在流着血。

他本就是个老江湖、老狐狸，当然知道能用一颗花生打落门牙的人，绝不是好惹的。

但现在叶开又正背对着他，再难惹的人，背上也绝不会长着眼睛。

他的刀又恰巧正对着叶开的脖子，这机会实在难得，错过实在可惜。

他突然挥刀，直砍叶开的脖子。

谁知道叶开背后偏偏像是长着眼睛，突然回身，指尖轻轻在这人握刀的手腕上一划。

这人的刀忽然间就已到了他手里。

叶开看着这把刀，轻抚着刀锋，微笑道：“看来这也是把快刀。”

这人的脸已僵硬，想勉强笑笑，但笑起来却比哭还难看。

叶开道：“这么快的刀无论砍在谁的脖子上，他的脑袋都一定会掉下来，你信不信？”

他提着刀在这人脖子上比了一比，微笑着道：“你若不信，倒也不妨试试。”

这人一张白里透青的脸，已吓得全无人色，吃吃道：“不……不必试了。”

叶开道：“你相信？”

这人道：“当……当然相信，谁不信，谁就是龟孙子。”

叶开大笑。

这人忽又问道：“阁下上山时，有没有看见在下的朋友们？”

叶开又点点头，道：“我看他们好像都已累得很，所以劝他们不如躺下去休息休息的好。”

这人脸色又变了变，苦笑道：“其实我……我也已累得很。”

叶开道：“既然累得很，为什么还不躺下去？”

这人什么话都不再说，走到角落里，直挺挺地躺了下去。

丁灵琳忍不住嫣然一笑，道：“看来他倒也是个聪明人。”

叶开叹了口气，道："这年头的笨人本来就已不多的。"

丁灵琳道："只可惜我跟你一样，我们虽然不太笨，也不太聪明。"

叶开道："我知道你也想站起来走走了，躺得太久，也会累的。"

丁灵琳抿着嘴笑道："所以你也正好乘机来揩油，捏捏我的大腿。"

叶开又叹了口气，道："我只奇怪你二哥点你穴时，为什么不顺便把你的嘴也一起点住呢？"

丁灵琳道："因为他知道我要咬死你。"

傅红雪的身子虽然渐渐已能伸直，却还在不停地喘息着。

叶开看着他，黯然道："这么样一个人，为什么会有这样的病？"

丁灵琳已站了起来，正弯着腰在捏自己的腿，也不禁叹道："他的确是个很可怜的人，但有时却又偏偏要叫人觉得他很可怕。"

她忽又问道："你知不知道他为什么要把我架到这里来？"

叶开摇头。

丁灵琳道："他以为你杀了翠浓。"

叶开皱起了眉，道："翠浓已死了？"

丁灵琳道："她的坟墓就在外面，傅红雪亲手埋葬了她。"

叶开嘴角的微笑忽然不见了。

丁灵琳瞪着他，道："究竟是不是你杀了她的？"

叶开道："你也要问我这种话？"

丁灵琳叹道："我当然知道你绝不会做这种事的，可是你的刀为什么会到了他手上？"

叶开道："我的刀？……"

丁灵琳还没有说话，已看见了有刀光一闪。

叶开一伸手，闪电的刀光已到了他手上——一柄飞刀，薄而锋利。

他抬起头，就看见了傅红雪。

傅红雪站起来时，就像是幽灵忽然从地下出现，烟雾忽然从地下升起。

火光已微弱，他看来更苍白、更憔悴、更疲倦。

可是他眼睛的愤怒和仇恨却比火焰更强烈。

他手里紧紧地握着他的刀，目光刀锋般瞪着叶开，一字字道：“这是不是你的刀？”

叶开没有回答，不能回答。

这柄刀的确和他用的刀完全一样，但这柄刀却绝不是他的。

能用这种刀杀人的人虽然不多，却也并不是完全没有。

但是他实在想不出有谁能仿造这种刀，而且还打造得完全一模一样。

世上几乎根本就没有人看过他用的这种刀。

傅红雪还在瞪着，等着他回答！

叶开终于忍不住叹了口气，苦笑道：“我用这把刀杀了谁？”

傅红雪道：“你杀了郭威的孙子，又杀了王大洪。不是吗？”

叶开道：“王大洪？”

傅红雪道：“你叫王大洪杀人，然后你杀了他灭口。”

叶开道：“翠浓就是死在他手上的？”

傅红雪道：“他用的是毒剑，但你的手段却比他的剑还毒！”

叶开又叹了口气，苦笑道：“看来我现在就算否认，你也是绝不会相信的。”

傅红雪道：“绝不会。”

叶开道：“可是你有没有想过，我为什么要杀翠浓呢？”

傅红雪道：“你真正要杀的并不是翠浓，是我。”

叶开道：“是你？我为什么要杀你？”

傅红雪还没有开口，躺在地上的那个人突然跳起来，大声道：“因为你已经被万马堂收买了，我恰巧在无意间听见他透露过口风。”

傅红雪霍然转身，盯着这个人，厉声道：“你是什么人？”

这人道：“我姓白，贱名白健，江湖中人却都叫我白面郎君。”

傅红雪道：“你见过马空群？”

白健道：“天天都可以见到。”

傅红雪动容道：“他在哪里？”

白健白了叶开一眼，道：“你先杀了他，我随时都可以带你去。”

傅红雪的脸突又因激动而发红。

无数日辛苦的找寻，竟忽然在无意间得到结果，无数年的刻骨铭心，像毒蛇般纠缠着他的仇恨，现在忽然又有了报复的希望。

老天保佑，马空群总算还活着，总算还没有死在别人手里。

傅红雪紧握双手，满眶热泪几乎已忍不住要夺眶而出。

白健道："我到这里来，本就是为了要带你去找马空群的，可是他……"

傅红雪突然打断了他的话，道："他本就已非死不可！"

白健吐出口气，目中已露出笑意。

但就在这刹那间，他眼前忽然有刀光一闪，一缕寒风贴着他耳朵擦了过去。

接着只听"夺"的一声，火星飞溅，一柄飞刀钉在他身后的山壁上，薄利的刀锋竟已入石两寸。

白健突然觉得两腿发软，竟似已连站都站不住了。

这柄刀本来明明在叶开手上，他竟未看见叶开是如何出手的。

甚至傅红雪都未看见这柄刀是如何出手的，他脸色似也变了。

叶开淡淡道："我若真的已被万马堂收买，这个人现在已经是个死人。"

傅红雪迟疑着，突又冷笑，道："你当然不会在我面前杀人灭口。"

叶开道："你相信他的话？"

傅红雪道："只相信我亲眼看见的事，我……我亲眼看见翠浓在我面前倒了下去。"

叶开道："你真的要杀了我替她报仇？"

傅红雪不再说话，因为现在又已到了无话可说的时候。

他的刀已出鞘。

刀光一闪，比闪电更快，比闪电可怕。

没有人能形容他这一刀，他一刀出手时，刀上就仿佛带着种来自地狱的力量。

从来也没有人能避开他这一刀。

可是叶开的人已不见。

傅红雪一刀挥出时，他的人忽然已到三丈外，壁虎般贴在山壁上。

就在刀锋还未离鞘的那一瞬间，他的身子已凌空飞起，倒翻了出去。

傅红雪拔刀的动作几乎已接近完美，若是等到他的刀已离鞘，就没有人再能避开那一刀。

叶开的身子，看来就像是被刀风送出去的。

看来他竟像是早已知道会有这一刀，早已在准备闪避这一刀。

他闪避的动作，也已接近完美。

只有傅红雪自己才知道他这一闪是多么完美，多么巧妙。

他握刀的手掌，突然沁出了冷汗。

叶开看着他，突然道："这样子不公平。"

傅红雪道："不公平？"

叶开道："你杀了我，我死而无怨，可是我若万一杀了你呢？"

丁灵琳立刻抢着道："你若死了，还有谁会替你去找马空群报仇？你难道已将那段仇恨忘了？"

傅红雪怎么能忘得了！

他对叶开的仇恨虽然新鲜而强烈，可是对马空群的仇恨，却已像毒草般久已在他心里生了根。

就算他的心已碎成千千万万片，每一片上都还是会带着这段仇恨。

他活着，本就是为了这段仇恨，就算他想忘记，也是忘不了的。

刀已出鞘。

刀鞘漆黑，刀锋却也是苍白的，就好像他的脸一样，苍白而透明。

他紧紧握着刀，竟不知这第二刀是不是还应该砍出去。

白健用力咬着牙，眼睛里已因紧张兴奋而布满了血丝。

他也已看出了傅红雪的犹豫，他认为叶开若不死，他就得死。

平时他本是个阴沉狡猾，很有判断力的人，但这种生死间可怕的压力，却使他做出了件很愚蠢的事。

他忽又大声道："你为什么还不动手？刚才你倒在地上时，若不是我救你，他已杀了你，你难道还给他第二次机会？"

他自己认为他的话说得很有煽动力，他自己若在傅红雪这种情况下，听见了这些话，是绝不会放过对方的。

可是他错了，他忘记傅红雪和他并不是同一种人，绝不是！

傅红雪竟忽然转身，刀锋般的目光已盯在他脸上，一字字问道："你刚才救过我？"

白健立刻用力点头。

傅红雪道："为什么要救我？"

白健道："因为我要你去杀了马空群。马空群一日不死，我也一日不能安心。"

这解释也极合情合理，他自己也很得意。

谁知傅红雪却突然冷笑，道："现在我只有一点还不明白。"

白健道："哪一点？"

傅红雪冷冷道："他若真的要杀我，就凭你也能救得了我？"

白健突然怔住。

他终于明白，这少年虽然是个残废，虽然有种随时都可能发作的恶疾，但他却绝不是他想象中那种幼稚愚蠢的人。

直到现在，他才发现自己做了件多么愚蠢的事。

傅红雪冷冷地看着他，看着冷汗一粒粒从他额角上滴出来，那眼色就像是看着条已被人赶到垃圾堆里的野狗一样。

他已不愿再多看这个人一眼，目光垂下，凝视着自己手里的刀，冷冷道："我本该杀了你的。"

白健也在看着他的刀，全身都在发抖。

傅红雪道："可是你这种人根本就不配我出手。"

白健的人突然软瘫，倒在山壁上，无论谁刚从死亡边缘爬回来，都难免会像他一样虚脱。

傅红雪慢慢地接着道："我不杀你，你最好也不要逼我。"

白健道："我……我明白。"

傅红雪道："马空群真的还活着？"

白健道："绝不假。"

傅红雪道："你是想活着带我去？还是想死在这里？这两条路你都可以走。"

他不再多说一个字，也不再多看这个人一眼。

他已算准了这种人会怎么样选择——事实上，他已根本没有选择的余地。

叶开正看着他，目中带着种欣慰的笑意，忽然道："看来你的确已进步了很多。"

傅红雪还在看着自己的刀。

刀锋愈磨愈利，人又何尝不一样？这世界上大多数人岂非都是在痛苦中成长的？

自从失去了翠浓后，他忽然第一次感觉到对自己又有了信心。

他抬起头，凝视着叶开道：“今天我可以让你走，但我们之间的账，却迟早还是要结清。”

叶开道：“我知道。”

傅红雪道：“什么时候？什么地方？我都可以让你决定。”

叶开道：“时候和地方已用不着再订。”

傅红雪道：“为什么？”

叶开道：“因为我反正没有事，我可以跟你去。”

傅红雪冷笑，道：“我只要看见马空群，世上绝没有任何人再能救他。”

叶开道：“我并不想去救他，可是，我的确很想去看看。”

傅红雪道：“先看我杀马空群，再等着我杀你？”

叶开笑了，微笑着道：“你那时若是万一不想杀我了，我也不反对。”

傅红雪冷冷道：“你可以去看，可以去等，可是这一次无论是我杀了他，还是他杀了我，你最好都不要多事。”

叶开道：“我答应。”

傅红雪目中又露出痛苦之色，道：“在路上时，你最好走得远些，最好不要让我看到你们。”

他已不愿再看见任何成双成对的人，他宁愿孤独，有种痛苦在孤独中反而比较容易忍受。

叶开当然明白他的心情，忽又笑了笑，道：“其实你根本不必要这个人带路的。”

傅红雪道：“为什么？”

叶开道：“因为我已想出了他的来历。”

傅红雪道：“哦。”

叶开道：“他是龙虎寨的人，马空群想必一直隐藏在龙虎寨。”

白健的脸突然发青，这已无异说明马空群的确在龙虎寨。

他活着对别人已完全没有价值。他认为叶开已绝不会再放过他，可是他又错了。他忘了叶开跟他也不是同一种人，绝不是。

丁灵琳忽然看着他笑了笑，道："你放心，他们虽然已不要你带路，也不会杀你的，因为他们都不是心狠手辣的人。"

白健擦了擦汗，道："我……我知道他们都是好人的。"

丁灵琳微笑道："他们的确是的，但我却不是。"

白健的脸又发青，道："你……你……"

丁灵琳淡淡道："我只不过是个女人，女人总比较小心眼的，所以你以后最好记住，无论什么人都可以得罪，却千万不要得罪女人。"

白健汗出如雨，吃吃道："我以后一定……一定记住。"

丁灵琳道："你真的一辈子也不会忘记？"

白健道："真的。"

丁灵琳叹了口气，道："只可惜你的话我一句也不相信。"

白健道："你……你要怎样才相信。"

丁灵琳忽然沉下了脸，道："我只有一个法子。"

白健看到她的脸色，忽然明白她说的是什么法子了，他突然用出最后一点力气，冲了出去。

这次他没有错。他虽然不了解英雄和君子，却很了解女人。

他冲出去时，忽然听见脑后响起了一阵清悦的铃声，优美而动听。

这就是他最后听见的声音。

夜色更深。夜色最深时，也正是接近黎明最近的时候。

傅红雪看着白健在黑暗中倒了下去，回头瞪着叶开，冷冷道："你不该让他死的。"

叶开叹了口气，苦笑道："他也不该得罪女人。"

傅红雪道："马空群若不在龙虎寨呢？"

叶开道："他一定在。"

可是叶开这次也错了。

马空群已不在龙虎寨，龙虎寨里已没有人，没有一个活人。

地上的血已凝结，血泊中的尸体也已冰冷僵硬。

叶开并不是没有见过鲜血和死人，但现在却也觉得忍不住要呕吐。

傅红雪紧握着他的刀，紧握着他的手。他几乎已开始呕吐，可是他用尽了一切力量忍住。

他不忍再看，却用尽一切力量勉强自己看。——十九年前梅花庵外的情况，是不是就跟现在一样？

他恨马空群，但却从未像现在这么恨过。因为这本是他第一次亲眼看见马空群手段的残暴狠毒。

也不知过了多久，叶开才长长叹息，道：“他想必已发现白健去找你了，所以才下这种毒手。”

傅红雪没有开口。他不能开口，只要一开口，就必将呕吐。

叶开蹲下来，用两根手指捏起了一撮带血的泥土。泥土还是湿的。

阳光照不到这里，血虽已凝结，却还没有干透——这是不是因为血中还有泪？

叶开沉吟着，道：“他走了好像还没有多久。”

丁灵琳已转过身，用手掩住了脸，忽然道：“但又有谁知道他是从哪条路走的呢？”

叶开道：“没有人知道。”

他遥视着远方，目光中竟似也充满了愤怒，过了很久，才慢慢地接着道：“我只知道，像他这种人，无论往哪条路走，都走不远的。”

丁灵琳道：“为什么？”

叶开道：“因为所有的路，都一定很快就会被他走光了。”

一个人就算已走光了所有的路，就算已无路可走时，也不会停下来的。

因为他还有一条路走。

绝路！没有人愿意自己走上绝路的。

可是你若真的不愿意，也没有人能逼你走上绝路。唯一能使你走上绝路的人，就是你自己！

第四十二章

绝路绝刀

山路很窄，陡峭、嶙峋，有的石块尖锐得就像是锥子一样。

可是前面还有路。

一片浓荫，挡住了秋日正午恶毒的阳光，马空群摘下了头上的马连坡大草帽，坐在地上，倚着树干不停地喘息。

他想用草帽来扇扇风，但手臂却忽然变得说不出的酸疼麻木，竟似连抬也抬不起来。

以前他不是这样子的。

以前他无论杀了多少人，都不会觉得有一点疲倦，有时杀的人愈多，精神反而愈好。

以前他甚至会觉得自己是个超人，是个半神半兽的怪物，总觉得自己的力量是永远也用不完的。

现在他终于明白自己也只不过是个人，是个满身疼痛，满怀忧虑的老人。

“我为什么也会跟别人一样，也会变得这么老？”

老，本就是件很令人伤感的事，可是他心里却只有愤怒和怨恨。

现在他几乎对每件事都充满了愤怒和怨恨。

他认为这世界对他太不公平。

他辛苦挣扎奋斗了一生，流的血和汗比别的人十个加起来还多。

但现在他却要像一只被猎人追逐的野兽一样，不停地躲闪，逃亡……他曾拥有过这世上最大的一片土地，但现在却连安身的地方都没有。

他也曾经有过这世上最优秀的马群，但现在却只能用自己的两条腿奔逃，连脚都被石头扎出了血。他当然愤怒、怨恨，因为他从来也没有想过这结果是谁造成的。

也许他根本不敢想。

沈三娘就在他对面，坐在一个很大的包袱上，也在喘息着。

她一向是个很懂得修饰的女人，但现在身上却到处都沾满了血污、尘土、泥沙，脚上的鞋子也快磨穿了，连脚底都在流着血。

她整个人都显得很虚弱，因为她刚才还呕吐过——她刚从头发里找出一个人的半边下颚。

有风吹过的时候，她身上就会觉得一阵寒意。

那并不是因为冷，而是因为恐惧。

她前胸的衣裳已裂开，只差一分，独眼龙的刀就已剖开她的胸膛。

可是她心里并没有怨恨。

因为这本是她自找的，怨不得马空群，更怨不得别人。

她知道马空群正在看着她，平时他看着她的时候，她总会对他嫣然一笑。

但现在她却还是垂着头，看着自己从裂开的衣襟中露出的胸膛。

马空群忽然叹了口气，道：“包袱里还有衣裳，你为什么不换一件？”

沈三娘道：“好，我就换。”

但她却没有换，连动都没有动。

平时马空群无论说什么，她都只有顺从，无论要她做什么，她都会立刻去做。

马空群凝视着她，过了很久，才慢慢地问道：“你在想什么？”

沈三娘道：“我什么也没有想。”

马空群道：“但是你看来好像有心事。”

沈三娘淡淡道：“就算我有心事，也并不一定要告诉你的。”

马空群嘴角的肌肉突然僵硬，就像是忽然被人掴了一巴掌。

这女人也许欺骗过他，甚至出卖过他，但却从来没有像现在这样当面顶撞过他，更没有违背过他的意思，连一次都没有。

这是第一次。

只不过他已是个老人了，已学会把女人当作马一样看待。

他当然不会像年轻人那样，冲过去揪住她的头发，问她为什么变了。

他只是笑了笑，道："你累了，去洗个脸，精神也许就会好些的。"

林外有流水声，用不着走多远，就可以找到很清冽的泉水。

可是她没有动。

马空群又看了她一眼，慢慢地闭上眼睛，已不准备再理她。

"不理她。"

这三个字岂非正是对付女人最好的法子。

她生气时，你不理她，她要跟你吵，你不理她，她向你要东西，你不理她，她要钱花，无论要什么，你都不理她。

她拿你还有什么办法。

只可惜这法子并不是每个人都能做得到的，就连马空群都不见得真的能做到。

沈三娘忽然道："你刚才问我心里在想什么，我本来不想说的，但现在却已到了非说不可的时候。"

马空群道："你说。"

沈三娘道："你不该杀那些人的。"

马空群道："我不该杀他们？"

沈三娘道："你不该！"

马空群并没有张开眼睛，但眼睛却已在跳动，过了很久，才缓缓道："我杀他们，只因为他们出卖了我，无论谁出卖了我，都只有死！"

沈三娘用力咬着嘴唇，仿佛在尽力控制着自己，却还是忍不住道："难道那些人全都出卖了你，难道那些女人和孩子也出卖了你？你为什么一定要把他们全都斩尽杀绝。"

马空群冷冷道："因为我要活下去。"

沈三娘突然冷笑，道："你要活下去，别人难道就不要活下去？——我们若要走，他们绝不会有一个人来阻拦的，你为什么一定要下那种毒手？"

马空群的双拳突然握紧，手背上已暴出青筋，但过了半晌，又慢慢地松开，慢慢地站起来，走出了树林。

泉水冷而清冽。

马空群蹲下去，用双手掬起了一捧清水，泉水流过他手腕时，他心情才渐渐平静。

无论谁都觉得他是个冷静而沉着的人，比任何人都沉着冷静。

只是他自己知道，他怒气发作时，有时就连他自己都无法控制自己。

沈三娘已跟着走出来，站在他身后，看着他。

他的背脊仍然挺直，腰仍然很细，从背后看，无论谁也看不出他已是个老人。

就连沈三娘都不能不承认，他的确是个与众不同的男人。她本是为了复仇，才将自己献给他的，但当他占有她时，她却忽然感觉到一种从来未有的满足和欢愉。

这种感觉她从未在别的男人身上得到过。

“难道我就是因为这缘故，才跟着他走的？”

她从未这么样想过，现在一想到，忽然觉得全身发热。

马空群当然知道她来了，却没有回头。

过了这条清泉，山路就快走完了，从这里已可看见前面一片广大的平原。

平原上阡陌纵横，就像是棋盘一样。

马空群眺望着远方，缓缓道：“到了山下，我们就可以找到农家借宿一宵……”

沈三娘突然打断了他的话，道：“然后呢，然后你准备怎么样？”

马空群沉默着，过了很久，才缓缓道：“你是在问我准备怎么样？还是在问我们准备怎么样？”

沈三娘用力握紧了双手，道：“是问你，不是问我们。”

马空群的身子突然僵硬。

沈三娘并没有看他，突又冷笑，道：“你是不是也准备将那家人杀了灭口？”

马空群霍然回身，凝视着她，缓缓道：“一个人在逃亡时，有时就不得不做一些连他自己都觉得恶心的事，可是我并没有叫你跟着我，我从来也没有。”

沈三娘垂下了头，道：“是我自己要跟着你的。我本来已下了决心，无论你要到哪里去，我都会跟着你，你活着，我就活着，你死，我就死！”

她的声音已哽咽，泪已流下，接道：“我本来已决心把我这一辈子都交给你了，因为我……我觉得对不起你，因为我觉得不管你以前做过什么事，你都是条男子汉，但现在……现在……”

马空群道：“现在怎么样？”

沈三娘悄悄地擦了擦眼泪，道：“现在你已变了。”

这句话说出来，她心里忽然一阵刺痛。

因为连她自己都不知道，究竟是马空群变了，还是她自己变了。

马空群却只是静静地看着她，脸上完全没有任何表情。

这是不是因为他早已了解，这世上根本就没有不变的女人，更没有不变的感情。

何况，无论谁过了这么久终日在逃亡恐惧的生活，都难免要改变的。

马空群终于慢慢地点了点头，道：“好，来，是你自己要跟着我来的，我并没有要求，现在你自己要走，我当然更不能勉强。”

沈三娘垂着头，道：“我也仔细想过，我走了，对你反而有好处。”

马空群淡淡地笑了笑，道：“谢谢你，你的好意我知道。”

“谢谢你”，这三个字虽然说得平淡，但沈三娘却实在受不了。

在这一瞬间，她心里忽然又充满了惭愧和自疚，几乎忍不住又要改变主意。

不管他是个怎么样的人，也不管他做过多少对不起别人的事，却从来也没有亏负过她。

她总是欠他的，现在他若拉起她的手，叫她不要离开他，她一定会毫不犹豫地跟着他走。

但马空群却只是淡淡问道：“以后你准备到哪里去？有什么打算？”

沈三娘咬着唇，道：“现在还没有，也许……也许我会先想办法去存点钱，做个小本生意，也许我会到乡下去种田。”

马空群道："你能过那种日子？"

沈三娘道："以前我当然不能，但现在，我只想能安安静静，自由自在地活两年，就算死了也没什么关系。"

马空群道："若是死不了呢？"

沈三娘道："死不了我就去做尼姑。"

马空群又笑了，道："你用不着对我说这种话，我知道你绝不是肯去做尼姑的人，其实你年纪还轻，应该再去找个男人的，找个比较年轻、比较温柔的男人，我配你的确太老了些。"

他虽然在微笑着，但眼睛里却已露出种愤怒嫉妒的表情。

沈三娘并没有看他，轻轻地叹了口气，道："我绝不会再去找男人了，我……"

马空群打断了她的话："也许你不会去找男人，但却一定还是有男人会去找你的。"

沈三娘沉默着，幽幽道："也许……未来的事，本就没有人能预料。"

马空群冷冷道："其实我很了解你，像你这样的女人，只要三天没有男人陪你睡觉，你根本连日子都活不下去。"

沈三娘霍然抬起头，吃惊地看着他。

她永远没有想到他忽然会对她说出这么粗鲁，这么可怕的话。马空群的眼睛也已因愤怒而发红。

他本来想勉强控制自己，做一个好来好散、很有君子风度的人，但是他只要一想到她在床上的风情，想到她以后跟别的男人在床上时的情况，想到那些年轻的、像狗一样爬在她身上的男人……他忽然觉得心里就好像在被毒蛇咬着，突又冷笑道："所以我建议你还是不如去做婊子，那样你每天都可以换一个男人。"

沈三娘全身都已冰冷，刚才的惭愧和自疚，忽然又全都变成了愤怒，忽然大声道："你这种建议的确很好，我很可能去做的，只不过一天换一个男人还太少，最好能换七八个……"

她的话没有说完，马空群突然一掌掴在她脸上，随手揪住了她的头发，恨恨道："你……你再说一句，我就杀了你。"

沈三娘咬着牙，冷笑道："你杀了我最好，你早就该杀了我的，也免得我再跟你睡这么多天，让我一想到就恶心。”

她知道是不能用别的法子伤害他，只有用这些恶毒的话。

马空群的拳已握紧，握起。

沈三娘目中也不禁露出恐惧之色，她知道这双拳头的可怕。

世上也许再没有更可怕的拳头了，只要一拳击下，她的这张脸立刻就要完全扭曲，碎裂。

可是她并没有哀求。

她还是张大了眼睛，瞪着他。

她甚至可以看见他脸上的皱纹，每一根都在颤抖跳动，甚至可以看见冷汗一粒粒从他毛孔中沁出来。

马空群也在瞪着她，也不知过了多久，忽然长叹了一声，紧握着的拳头又松开。

也许他真的已老了，他的脸忽然变得说不出的衰老、疲倦。

他挥了挥手，黯然道：“你走吧，赶快走，最好永远也不要让我再看见你，最好……”

他的声音突然停顿。

他忽然看见刀光一闪，从沈三娘背后飞来。

沈三娘的脸突然扭曲变形，一双美丽的眼睛也几乎凸了出来，眼睛里充满了惊讶、恐惧、痛苦。

她伸出手，像是想去扶马空群。

可是马空群却向后退了一步。

她喉咙“咯咯”地响，像是想说什么，可是她还没有说出来，就已倒下。

一柄飞刀钉在她背上，穿透了她的背脊。

一柄飞刀！

马空群看着这柄刀，开始时也显得愤怒而惊讶，但忽然就变得说不出的恐惧。

他本来是想去扶她的，却又突然退缩，头上的冷汗已雨点般流下来。

山风吹过，木叶萧萧。

飞刀本是从林中发出的，但现在黝暗的树林里却听不见人声，也看不见人影。

马空群一步步往后退，一张脸竟也因恐惧而变形，突然转身，一掠而起，越过了泉水，头也不回地冲了下去。

沈三娘伏在地上，挣扎着，呻吟着。

可是他却连看都没有看一眼。

听着他的脚步声冲下山，她的心也沉了下去。

她知道他阴沉而凶险，有时很毒辣、残忍。

但她却从未想到他竟也是个懦夫，竟会眼看着她被人暗算，竟连问都不问就逃了。

她心里忽然觉得有种无法形容的悲哀和失望，这种感觉甚至比她背后的刀伤还强烈。

直到现在，她才真正觉得自己这一生是白活了，因为她竟将自己这一生，交给了这么一个男人。

鲜血从她嘴角沁出时，她的泪也流了下来。

就在这时，她听见一个人的脚步声，也听见了这人的叹息声。

“想不到马空群竟是这么样一个男人，就算他不能替你报仇，至少也该照顾照顾你的，可是他却逃得比狗还快。”

听声音，这是个很年轻的男人，是个陌生的男人。

就是这个人从背后暗算她的?

“你虽然是死在我手上的，但却应该恨他，因为他比我更对不起你。”

果然是这个人下的毒手。

沈三娘咬着牙，挣扎着，想翻过身去看这个人一眼，她至少总应该有权看看用刀杀她的究竟是什么人?

但这个人的脚却已踏在她背上，冷冷地笑着道：“你若是想看看我，那也没有关系，因为你反正也认不出我是什么人的，你以前根本就没有见过我。”

沈三娘用尽全身力气，嘶声道：“那么你为什么要害我？”

这人道：“因为我觉得你活着反正也没什么意思，不如还是死了的好！”

沈三娘咬着牙，连她自己都不能不承认，刚才她心里的确有这种感觉。

这人又道："我若是个女人，若是跟了马空群这种男人，我也绝不想再活下去，只不过……死，也有很多种死法的。"

"……"

"你现在还没有死，所以我不妨告诉你，有时死了反而比活着舒服，但却要死得快，若是慢慢地死，那种痛苦就很难忍受了。"

沈三娘挣扎着，颤声道："你……你难道还想折磨我？"

这人道："那就得看你，只要你肯说实话，我就可以让你死得舒服些。"

沈三娘道："你要我说什么？"

这人的手，从地上提起了那大包袱，道："这包袱虽不小，但万马堂的财产却绝不止这些，你们临走时，把那些财产藏到什么地方去了？"

沈三娘道："我不知道，真的不知道。"

这人悠然道："你只要再说一句'不知道'，我就剥光你的衣服，先用用你，然后再挑断你的脚筋，把你卖到山下的土娼馆去。"

他微笑着，又道："有的男人并不挑剔，残废的女人他们也一样要的。"

沈三娘全身都已冰冷。

这人说话的声音温柔而斯文，本该是个很有教养的年轻人。

但他说的话、做的事，却比野兽还凶暴残忍。

这人道："我现在再问你一句，你知不知道？"

沈三娘道："我……我……"

忽然间，山林那边传来了一阵清悦的铃声。

一个很好听的少女声音在说："我知道他一定是从这条路走的，我有预感。"

有个男人笑了。

那少女又大声道："你笑什么？我告诉你，千万不要小看了女人的预感，那有时的确比诸葛亮算的卦还要灵。"

这声音沈三娘也没有听过，但是那男人的笑声却很熟悉。

她忽然想起这个人是谁，她的心跳立刻加快。

然后她就忽然发现，用脚踩着她背脊的那个人，已忽然无踪无影。

叶开从林中走出来的时候，也没看见第二个人——只看见了一个女人倒在泉水旁。

他当然也看见了这女人背上的刀。

人还活着，还在喘息。

他冲过来，抱起这女人，突然失声而呼道："沈三娘！"

沈三娘笑了，笑得说不出的悲哀凄凉。

她本来实在不愿意在这种情况下看见叶开，但是看见了他，心里又有种说不出的温暖。

她呻吟着，忽然曼声而吟：

"天皇皇，地皇皇。人如玉，玉生香。万马堂中沈三娘……"

她笑得更凄凉了，轻轻地问道："你还记不记得这歌？"

叶开当然记得。

这本是那天晚上，他在那无边无际的大草原中，看到沈三娘时，随口唱出来的。

他想不到沈三娘直到现在还记得。

沈三娘凄然道："你一定想不到我还记得吧，那天晚上你……"

叶开笑了，笑得也很凄凉，道："我只记得那天晚上陪我喝酒的不是你。"

沈三娘嫣然道："我也记得，那天晚上你根本没有到那里去过。"

挣扎着说完了这句话，鲜血立刻又从她嘴角涌出。

叶开轻轻地用指尖替她擦了擦，心里又悲伤又愤怒，忍不住问道："这也是马空群下的毒手？"

沈三娘道："不是他！"

叶开道："不是他是谁？"

沈三娘喘息着，道："是个年轻人，我连看都没有看见他。"

叶开道："但你却知道他是个年轻人。"

沈三娘道："因为我听见了他的声音，他刚才还在逼我，问我知不知道马空群的财产藏在哪里，听见了你们的声音他才走的。"

叶开道：“马空群呢？”

沈三娘道：“他也走了，就像是忽然看见了鬼一样，逃下山去……”

叶开皱眉道：“他为什么要逃？他看见了什么？”

沈三娘咬着牙，道：“他一定以为你们追上来了，他……”

叶开的眼睛突然亮了起来，失声道：“他一定看见了你背上的刀。”

三寸七分长的刀。

飞刀！

叶开撕下了一片衣襟，用他身上带的金创药，塞住了沈三娘的伤口。

然后他就拔出了这柄刀。

薄而利的刀锋，在太阳下闪着亮，光芒刺进了傅红雪的眼睛。

他的脸色立刻变了，就好像真的被刺了一刀。

叶开忽然回头，看着他，道：“你当然见过这种刀的。”

傅红雪脸色的苍白度又接近透明了，过了很久，才慢慢地点点头。

他不能不承认。

第一次看见这种刀，是在李马虎的杂货店，第二次看见这种刀，是在那已被血洗过的长街上，第三次看见这种刀，是在那令他心都粉碎了的暗室中，在他那身世凄凉的情人尸身旁。

每一次他都记得清清楚楚，甚至只要一闭起眼睛，就仿佛能看见李马虎那张惊怖欲绝的脸，看见孩子身上飞溅出的血花……可是他以前想的难道错了？

叶开凝视着他，缓缓道：“你现在总该明白，这种刀并不是只有我能用的。”

傅红雪沉默。

叶开叹道：“其实我若真要暗算别人时，就绝不会使用这种刀，也绝不会让它被别人看到。”

傅红雪忽然道：“因为这是种很特别的刀？”

叶开道：“是的。”

傅红雪道：“别人既然连看都看不见这种刀，又怎么能打造？”

叶开叹了口气，道，“这一点我也想不通，能打造出这种刀的确不是件容易事。”

他苦笑着，又道：“我只知道无论谁要陷害别人时，都得费些苦心的。”

傅红雪道：“你认为这是别人在故意陷害你？”

叶开苦笑道：“你难道还看不出？”

傅红雪垂下头，凝视着自己手里的刀——

他若不愿回答一个问题时，就会垂头看着自己的刀。

叶开道：“这个人让你认为我是挑起你和‘神刀’郭威那场血战的祸首，又让你认为我是谋害翠浓的主凶，那时丁灵琳恰巧被她二哥带走，连一个能替我证明的人都没有。”

他又叹了口气，接着道：“他这么做，显然只为了要在你我之间造成一段不可化解的仇恨，要我们拼个你死我活。”

傅红雪握刀的手上，又有青筋凸出，却还沉默着。

叶开道：“看来他的确是费了一番苦心的，因为他这计划实在很周密，令我根本连辩白的机会都没有。若不是他这次终于露了马脚，我无论怎么解释，你都绝不会相信的。”

傅红雪也不能不承认，他的确连一个字都没有解释过。

叶开道：“这次他显然没有想到我们居然还没有打得头破血流，居然还在一起。”

他苦笑着又道：“三娘若已死了，你若不是跟我一起来的，想必又会认为害死三娘的凶手是我——现在马空群就一定会这么样想的。”

丁灵琳一直嘟着嘴，在旁边生气，谁也不知道她是为什么生气的。

但现在她却忍不住问道：“你想不想得出有什么人会这么恨你？要这样子害你？”

叶开叹道：“我想不出，所以我一定要问清楚。”

他垂下头，才发现沈三娘竟又挣扎着抬起头来，正用一种很奇怪的眼光在看着丁灵琳。

丁灵琳也在用一种很奇怪的眼色看着她。

叶开道：“这位沈三娘，你还没有见过……”

丁灵琳忽然打断了他的话，冷冷道："我知道她是谁，只不过不知道她怎么会跟你这么熟的，你对她好像比对我还要好得多。"

叶开忽然明白她是为什么在生气了。

她又在吃醋。

这女孩子好像随时随地都会吃醋，一吃起醋来，就什么都不管了，什么话她都说得出口。

可是沈三娘为什么会用这种眼光看着她呢？

叶开想不通。

丁灵琳冷笑道："喂，我跟你说话，你为什么不理我？"

叶开根本就不准备理她，她吃起醋来的时候，就根本不可理喻。

丁灵琳的火气当然更大了，冷笑道："我看你们之间好像有很多值得回忆的事，是不是要我躲开点，好让你们慢慢地说？"

叶开道："是的。"

丁灵琳瞪着他，眼圈忽然红了，撇了撇嘴，跺了跺脚，竟真的扭头就走。

叶开也根本就不准备拉她。

沈三娘忽然叹了口气道："看来这小姑娘爱你已爱得要命，你不该故意气她的。"

叶开笑了笑，说道："可是我的确有很多话要跟你说。"

沈三娘道："你是不是想问我，刚才暗算我的那个人，说话是什么口音？"

叶开笑道："跟你说话的确是件愉快的事，你好像永远都能猜得出别人心里在想什么。"

沈三娘也笑了，笑得却更酸楚。

她唯一不能了解的人，就是马空群，但却已将这一生交给了他。

她了解别人又有什么用？

过了很久，她才提起精神来，说道："那个人说的是北方话，听声音绝不会超过三十岁，说起话来很温柔。就算他说要杀你的时候，也是用温柔的声音说出来的，甚至还好像带着微笑。"

叶开叹道："世上本就有很多笑里藏刀的人，这并不能算得特别。"

沈三娘道："他说话只有一点特别的地方。"

叶开立刻追问，道："哪一点？"

沈三娘道："每次他说到'人'这个字的时候，舌头总好像卷不过来，总带着点'能'字的声音，就好像刚才那位丁姑娘一样。"

现在叶开终于明白，她刚才为什么会用那种奇怪的眼色看着丁灵琳了。

他的眼睛忽然亮了起来，但脸色却已变得很苍白，苍白得甚至比傅红雪还要可怕。

沈三娘看着他的脸色，忍不住问道："你已知道他是谁了？"

叶开似在发怔，过了很久，才慢慢地摇了摇头。

沈三娘道："你在想什么？"

这次叶开竟连她在说什么都没有听到，因为他耳朵里好像有个声音在大吼。

"人都来齐了么？"

"人……"

他的人就仿佛突然被雷电击中，突然跳了起来，苍白的脸上，忽然发出一种很奇怪的红光。

连傅红雪都已忍不住抬起头，吃惊地看着他。

丁灵琳当然更吃惊。她虽然远远地站在那边，但眼睛却始终是盯在叶开身上的。

她从来也没有看见过叶开像这样子，甚至连想都没有想到过。

无论谁都不能不承认，叶开以往是个最沉得住气的，你就算一刀把他的鼻子割下来，他脸上也绝不会有这么奇怪的表情。

他脸上虽然在发着光，但眼睛里却又仿佛带着种奇特的痛苦和恐惧。

没有人能形容他这种表情，没有人能知道他心里在想什么。

看到他这种表情，丁灵琳连心都碎了。

她刚才还在心里发过誓，永远再也不理这个人，但现在却早已忘得干干净净。

她奔过来，拉起叶开的手。叶开的手也是冰凉的。

她更急，将他的手贴在自己脸上："你怎么会忽然变成这样子的？”

叶开道：“我……我在生气。”

丁灵琳道：“生谁的气？”

叶开道：“你。”

丁灵琳垂下头，却偷偷地笑了。

叶开忍不住问：“我在生你的气，你反而笑？”

女人的心事，的确是费人猜疑。

丁灵琳垂着颈，道：“就因为你生我的气，所以我才开心。”

叶开更不懂：“为什么开心？”

丁灵琳道：“因为……因为你若不喜欢我，又怎么会为我气成这样子？”

叶开也笑了。

但笑得却还是没有平时那么开朗，笑容中竟仿佛带着很深的忧虑。

丁灵琳却看不见，因为她整个人都已依偎在他怀里，无论有多少人在旁边看着，她也不在乎——她从不想掩饰自己对叶开的感情。

傅红雪看着他们，忽然转过身，走下山去。

泉水从山上流下来，阻住了他的路，可是他却没有看见。

他笔直地走过去，走在水里，冰冷的水淹没了他的腿。可是他没有感觉。

叶开在后面呼唤：“等一等，我们一起走，一起去找马空群。”

他也没有听见。他走得很慢，却绝不回头。

叶开目送着他瘦削孤独的背影，忍不住叹息，道：“他真的变了，不但变得更孤独，而且很消沉，再这样下去，我只担心……”

他没有说下去，他不忍说下去。

沈三娘却忽然问：“他怎么会变的？”

叶开黯然道：“他亲眼看着一个他唯一真心相爱的女孩子，死在他面前，却救不了她。”

沈三娘道：“翠浓？”

叶开道：“不错，翠浓。”

沈三娘眼睛里忽然又露出种很奇怪的表情，过了很久，才轻轻叹息，道：“我实在想不到他竟会真的爱上了翠浓！”

叶开道："你是不是认为翠浓不值得他爱？"

沈三娘没有回答，她没法子回答。

叶开笑了笑，笑得很悲伤，缓缓道："只可惜这世上却偏偏有很多人要爱上他本不该爱的人，这本就是人类最大的悲哀和痛苦。"

沈三娘终于也忍不住黯然叹息，喃喃道："这是为了什么？又有谁知道这是什么缘故？"

人类的情感，本就是最难捉摸的，本就没有人能控制得住。

也正因如此，所以人类才有悲哀，才有痛苦。

叶开看着沈三娘，眼睛里也露出种很奇怪的表情，缓缓道："无论谁受了傅红雪那样的打击，都难免会跟他一样，一天天消沉下去的。只不过，这世上也许还有一个人能救得了他。"

沈三娘道："谁？"

叶开道："你。"

沈三娘沉默着，终于慢慢地点了点头，道："所以我不能死，我的确还有很多事要做……"

有很多人都不能死，却偏偏还是死了。

生、老、病、死，本就全都不是人类自己所能主宰的。这也正是人类永恒的悲哀和痛苦。

马空群关起房门，上好闩，然后他就倒了下去，倒在床上，木板床又冰又硬，就像是棺材一样。

屋子里也阴暗潮湿如坟墓。只不过他总算还活着，无论如何，活着总比死了的好。

老人为什么总是要比年轻人怕死？其实他的生命明明已没什么值得留恋的，却反而偏偏愈是要留恋。

他年轻的时候，并没有觉得死是件可怕的事。

床单上有种发了霉的味道，仿佛还带着马粪的臭气，他忽然觉得要呕吐。

其实他本就是在这种地方长大的，他出生的那间屋子，几乎比这里还要臭。

等到他开始闯荡江湖时，为了逃避仇家的追踪，他甚至真的在马粪堆里躲藏过两天一夜。

有一次同白家兄弟在长白山中遇伏，被三帮采参客围剿，逃窜入荒山时，他们甚至喝过自己的尿。

这种艰苦的日子，现在他虽然已不习惯，却还是可以忍受。

他要呕吐，并不是因为这臭气，而是因为他忽然觉得自己很可耻。

一个男人看着自己的女人在面前倒下去时，无论如何都不该逃的。

可是他当时实在太恐惧，因为他以前也看过那种同样的刀。

刀锋薄而锋利，才三寸七分长，但却已无疑是这世上最可怕的一种刀。

“这就是小李飞刀。”

白天羽手里拿着这么样一柄刀，眼睛里闪动着兴奋的光。

“你们来看看，这就是小李飞刀！是小李探花亲手送给我的。”

那时正是马空群第一次看见这种刀。

刀锋上还有个“忍”字。

“这忍字，也是小李探花亲手用另一柄刀划上去的，他说他能活到现在，就因为他一直都很了解这个‘忍’字的意思，所以他要将这个字转送给我。”

当时他的确很接受小李探花的好意，白天羽并不是个不知道好歹的人。

“他还答应我，等我第二个儿子生出来的时候，可以送到他那里去。他还说，这世上假如还有人能学会他的飞刀，就一定是我的儿子。”

只可惜他的愿望还没有实现，就已死，因为他已忘记了小李探花送给他的那个“忍”字。

马空群却没有忘记。这件事他一直都记在心里。

天色已渐渐暗了。

马空群凝视已由灰白变为漆黑的窗户，只希望自己能睡一觉。

他相信这是个最安全的地方。从山上下来后，他并没有在那边的农村停着，就一直逃来这里。

他在这里停下来，只为连他自己都从来没有看见过这么阴暗破旧的客栈。

这里非但没有别的客人，连伙计都没有，只有一个半聋半瞎的老头子，在这里死守着，因为他已没有别的地方可去。

马空群忽然觉得有种兔死狐悲的伤感，看见了这老人，他不禁想到自己。

“我呢？我难道也已跟他一样，也已没有别的地方可去？”

他握紧双拳，自己对自己冷笑。

这时破旧的窗户外，忽然传来一阵油葱煮面的香气，就仿佛比刚从火上拿下的小牛腰肉还香。

他全身都仿佛软了，连手指都仿佛在发抖。饥饿，原来竟是件如此无法忍受的事。

在路上经过一家面摊子时，他本来想去吃碗面的，但他刚走过去，就想起自己身上连一文钱都没有。

万马堂的主人，无论走到哪里，本都不需要带一文钱的。

就像大多数豪富一样，多年来他都已没有带钱的习惯，所以直到现在，他还没有吃进一粒米。

他软软地站起来，才发觉自己的虚弱，饥饿竟已使得他几乎不能再支持下去。

推开门，走过阴暗小院，他总算找到了厨房。那半聋半瞎的老头，正将一大碗粗汤面摆到桌上。

在昏暗的烛光下看来，面汤的颜色就像是泥水，上面还飘着根发了黄的葱叶。

可是在他看来，已是一顿很丰富的晚餐——在马空群眼中看来竟也一样。

他挺起胸走过去，大声道：“这碗面给我，你再煮一碗。”

直到现在，他说话的时候，还带着种命令的口气，只可惜现在已没有人将他的话当作命令了。

老头子看着他，很快地摇了摇头。

马空群皱眉道：“你听不见？”

老头子却露出一嘴残缺发黄的牙齿笑了，道：“我又不是聋子，怎么会听不见，只不过这碗面是我要吃的，等我吃完了，倒可以再替你煮一碗，但是也得先拿钱给我去买面。”

马空群沉下了脸，道：“你这是什么态度？像你这样对客人，怎么能做生意？”

老头子又笑了，道：“我本来就不是在做生意。”

马空群道：“那你这店开着是干什么的？”

老头子叹了口气，道：“什么也不干，只不过在这里等死，若不是快死的人，怎么会到这地方来？”

他连看都不再看马空群一眼，忽然弯下腰，竟吐了几口口水在面碗里，喃喃道：“我知道你也是个没钱付账的人，那破屋子让你白住两天也没关系，但这碗面却是我的，你要吃，除非你敢吃我的口水。”

马空群怔住。他怔在那里，紧握着双拳，几乎忍不住想一拳将这老头子胃里的苦水打出来。

可是他忍住了。他现在竟连怒气都发作不出，只觉得满嘴又酸又苦，也不知是该大笑几声，还是该大哭一场。纵横一世的马空群，难道竟会在这又脏又臭的厨房里，为了一碗泥水般的粗汤面，杀死一个半聋半瞎的老头子？他实在觉得很好笑。

他忍不住笑了，但这种笑却实在比哭还悲哀。

一阵风吹过，几片枯叶在地上打着滚。

“我现在岂非也正如这落叶一样？也正在烂泥中打滚？”

马空群垂着头，走过院子，上弦月冷清清的光芒，将他的影子长长地拖在地上，他推开门的时候，月光也跟着照了进去，照在一个人的身上。

一个人幽灵般站在黑暗里，门推开时，冷清清的月光就恰好照着她身上穿的衣裳——一件红色的短褡衫，配着条黑缎子上绣着火红桃花的百褶湘裙。

马空群的呼吸突然停顿。他认得这套衣裳，沈三娘第一次来见他时，穿的就是这套衣裳。

就在那天晚上，他从她身上脱下了这套衣裳，占有了她。不管在哪里，不管到了什么时候，他永远都忘不了那天晚上她带着泪，软语央求他的脸，也忘不了这套衣裳，虽然这套衣裳她已有多年没穿过了。

现在她怎么会又穿上这套衣裳？怎么会忽然出现在这里？莫非她还没有死？

马空群忍不住轻轻呼唤："三娘，是你？"

没有回答，没有声音。

只有风声从门外吹进来，吹得她整个人飘飘荡荡的，就仿佛要乘风而去。

这个人竟好像既没有血，也没有肉，只不过有副空荡荡的躯壳而已。也许连躯壳都没有，只不过是她的鬼魂。她无论是死是活，都要来问问这个负心汉，问他为什么要抛下她，只顾自己逃命？

马空群的脸色已发青，黯然道："三娘，我知道我对不起你，无论你是人是鬼，从今以后，我都不会再抛下你了。"

他开始说话的时候，人已慢慢地走过去，说到这里，突然出手，一把扣住她的臂。

站在这里的，既不是她的人，也不是她的鬼魂，只不过是个穿着她衣裳的稻草人而已。

马空群的脸色已变了，正想翻身，一柄剑已抵在他背脊上，冰冷的剑锋，已刺透了他的衣裳。

一个人从门后走出来，悠然长吟："天皇皇，地皇皇。关东万马堂。马如龙，人如钢！"

马空群沉声道："你是什么人？"

这人道："我是个人，跟你一样，是个有血有肉的人，既不是鬼，也不是钢，所以我若是你，我现在一定会老老实实地站着，连一动都不动。"

他的声音尖锐而奇特，显然不是他本来的声音。

他冷冷地接着道："你当然也不愿看见这柄剑从你胸膛里刺出去的。"

他的手用了用力，冰冷的剑锋，就似已将刺入了肉里。

马空群却反而松了口气，因为这是柄剑，不是刀，因为这个人也不是傅红雪。

傅红雪来的时候纵然会在他背后出现，也绝不会改变声音的。

这人又道："你最好也不要胡思乱想，因为你永远也想不出我是谁的。"

马空群道："你怎知我是谁？"

这人笑道："我早就认得你，只不过从来也没有想到，马如龙、人如钢的关东万马堂，居然也有自己知道自己对不起人的时候，沈三娘若是没有死，听到你的话一定开心得很。"

马空群道："你……你也知道沈三娘？"

这人道："我什么事都知道，所以无论什么事你最好都不要瞒我。"

马空群道："这套衣裳是你从她包袱里拿来的？"

这人冷笑，冷笑有时也有默认的意思。

马空群心里一阵刺痛，他没有想到沈三娘还会偷偷地保藏着这套衣裳。

那天晚上的欢乐与痛苦，她是不是也同样偷偷地保藏在心里？

马空群咬着牙，突然冷笑，道："装神弄鬼，倒也可算是好主意，但你却不该用这套衣裳的。因为你这么做已等于告诉了我，杀沈三娘的人就是你。"

他声音中也充满了仇恨，接着道："你不但杀了她的人，还偷走了她的包袱……"

这人打断了他的话，冷笑道："你难道没有杀过人？我的手段虽狠毒，至少还比你好些——我至少还没有杀过跟我同生共死的兄弟，也没有用我兄弟的财产到关东去开马场。"

马空群的脸色又变了，江湖知道这秘密的人，至今还没有几个。

甚至连傅红雪自己也许都不知道，他开创万马堂用的钱，本是白家的。

这人怎么会知道？马空群突然觉得有种刀锋般的寒意从脚底升起，嗄声道："你究竟是什么人？"

这人悠然道："我说过，我是个无所不知、无所不晓的人，你现在总该已明白我不是唬你的。"

马空群道："你既然都知道，还想要什么？"

这人道："也不想要什么，只不过要你将你从别人手上夺过去的财产交出来而已。"

马空群道："你要，你就去拿吧，只可惜昔日那马肥草长的万马堂，如今只怕已变成了一片荒地。"

这人冷笑道："你也该知道我要的不是那片荒地，是你偷偷藏起来的珠宝。"

马空群道："珠宝？什么珠宝？"

这人道："昔年神刀堂独霸武林，纵横天下，声势犹在上官金虹的金钱帮之上，上官金虹死了后，还遗下一笔数字吓人的财富，何况神刀堂。"

马空群道："只可惜我并不是神刀堂的人。"

这人冷冷道："你当然不是，你只不过是谋害神刀堂主人的凶手而已。你叫别人做你的帮凶，杀了白天羽，却一个人独吞了他的财产。只可怜那些死在梅花庵外的人，真是死得冤枉呀……冤枉。"

马空群连手足都已冰冷，他忽然发现这个人知道的实在太多了。

这人又厉声说道："那些人的孤寡遗孀，有的已衣食不继，现在我正是替他们来跟你结清这笔账！"

马空群忽然冷笑道："但你又怎么知道死在梅花庵外的是些什么人？"

这人没有开口，手里的剑竟似忽然抖了抖。

马空群一字字道："除了我之外，这世上本来只有一个人知道那些人是谁的，只有一个人……我从来未想到他会将这秘密告诉第二个人的。"

他的声音冰冷恶毒，慢慢地接着道："但你却已是知道这秘密的第二个人了，你究竟是谁？"

这人只是冷笑。

马空群继续追问："你究竟是谁？"

这人冷笑地答道："现在你也许永远也不会知道我是谁了。"

马空群冷冷道："那么你只怕也永远不会知道那批宝藏在哪里。"

这人似又怔住。

马空群又道："何况，你纵然不说，我也知道你是什么人了，你若真的杀了我，我死后不出三天，就会有人将你们家的秘密说出来，让天下武林中的人全都知道……白家的后代当然也一定会知道。"

这人手里的剑似乎又抖了抖，冷笑着道："你若死了，还有谁能说出这秘密？"

他毕竟还年轻，无论多阴沉狡猾，也比不上马空群这种老狐狸的。

这句话不但也有示弱之意，而且已无异承认他就是马空群所想到的那个人了。

马空群眼睛里已发出了光，冷冷道："我活着的时候，的确没有人能说出这秘密。"

这人忍不住问道："你死了反而有？"

马空群道："不错。"

这人道："你……你是不是留了一封信在一个人手里？你若死了，他就会将这封信公开？"

马空群淡淡道："看来你倒也是个聪明人，居然也能想到这种法子。"

这人道："我能想得到，但我却不信。"

马空群道："哦？"

这人道："因为这世上根本就没有一个你信任的人，你能将那种秘密的信交给他？"

马空群忽然笑了笑，道："你是不是要我告诉你，那个人是谁，等你杀了我之后，就去杀他？"

这人不说话了。

马空群淡淡笑道："你用的这法子本来的确不错，只可惜这种法子我三十年前就已用过了。"

这人沉默着，过了很久，也笑了笑，道："你难道认为我会就这样放了你？"

马空群道："你当然不会，但我们却不妨来做个交易。"

这人道："什么交易？"

马空群道："你陪我去杀了傅红雪，我带你去找那宝藏；你替我保守秘密，我也绝不提起你一个字；我藏起那批珠宝，也足够你我两个人用的。你说这交易公道不公道？"

这人沉默着，显然已有些动心。

马空群道："何况，你也该知道，你的上一代，本是天下唯一能和我共同保守那秘密的人，因为我信任他，他也信任我，所以我们才能做出那种惊天动地的大事。现在我们的机会岂非比当年更好？”

这人迟疑着，缓缓道：“我可以答应你，只不过要先取宝藏，再杀傅红雪。”

马空群道：“行。”

这人道：“还有，在我们去取宝藏的时候，我还得点住你双臂的穴道。”

马空群道：“你难道还怕我对你出手？”

这人道：“我只问你答不答应。”

马空群笑了笑，道：“也许，我既然能信任你的上一代，就也能同样信任你。”

这人终于松了口气，道：“我只点你左右双肩的‘肩井’穴，让你不能出手而已。”

他踏前一步，用本在捏着剑诀的左手食中两指，点向马空群的右肩。

这时候他当然不能不先将右手的剑垂下去一点，否则他的手指就点不到马空群的肩头。

只不过这也是一刹那间的事，他右手的剑一垂，左手已点了过去，他自信出手绝不比任何人慢。

但他却还是不够快。

也就在这刹那间，马空群突然一侧身，一个肘拳打在他右肋下，接着反手挥拳，痛击他的面额。

这人听见自己肋骨折断的声音，人已被打得飞了出去。

他只觉眼前突然一片漆黑，黑暗中还有无数金星在跳动。可是他知道自己绝不能晕过去，十五年朝夕不断的苦练，他不但学会了打人，也学会了挨打。他身子落在地上时，突然用力一咬嘴唇，剧痛使得他总算还能保持清醒。然后他的人已在地上滚了出去。

马空群追出来时，只见他的手一扬，接着，就是刀光一闪！刀光如闪电，是飞刀！

“小李飞刀，例不虚发！”

小李飞刀的威名，至今仍足以令江湖中人魂飞魄散。这虽然不是小李的飞刀，却也已震散了马空群的魂魄。他竟不敢伸手去接，闪避的动作也因恐惧而变得慢了些。

刀光一闪而没，已钉在他肩上。

这也是飞刀。可是天上地下，古往今来，绝没有任何人的飞刀能比得上小李飞刀！

就正如天上的星光虽亮，却绝没有任何一颗星的光芒能比得上明月。

这柄刀若是小李飞刀，马空群的动作纵然再快十倍，也是一样闪避不开，因为小李飞刀已不仅是一柄飞刀，而是一种神圣的象征，一种神奇的力量。没有人能避开小李飞刀，只因每个人自己本身先已决定这一刀是避不开的。

这种想法也正如每个人都知道，天降的灾祸是谁都无法避免的一样。

刀光一闪，他的人已滚出院子，翻身跃起。

马空群只看见一条穿着黑衣的人影一闪，就没入了黑暗里。

他咬了咬牙，拔出肩上的刀，追了出去。

他相信这个人一定逃不远的，无论谁挨了他两拳之后，都一定逃不远的。

第四十三章

世家之后

夜，夜色深沉。

冷清清的上弦月，照着他苍白的脸，也照着他漆黑的刀！

傅红雪静静地站在月光下，前面是一片荒林，后面是一片荒山。

他一个人孤零零地面对着这无边无际的荒凉黑暗，似已脱离了这个世界。

这个世界也似已遗忘了他。

他身无分文，饥饿、寒冷而疲倦。

他无处可去，因为他虽然有家，却不能回去。

他的情人被他亲手埋葬，他想替她复仇，却连杀她的人是谁都不知道。

他知道的一个仇人是马空群，但却又不知道应该到哪里去寻找。叶开将他当作朋友，但他非但拒绝接受，而且还要逃避。

可是除了叶开外，就再也没有一个人将他当作朋友，他就算死在路上，只怕也没有人会理睬。

世界虽然大，却似已没有容纳他这么样一个人的地方。

他活在这世界上，已像是多余的。

可是他又偏偏一定要活下去。

活下去又怎么样呢？应该往哪条路走？应该到哪里去？他不知道。

他甚至连今天晚上该到哪里去都不知道，甚至连一家最阴暗破旧的客栈，他都不敢走进去，因为他身上已连一枚铜钱都没有。

——难道就这样在这里站着，等着天亮？但天亮后又怎么样呢？傅红雪手里紧紧握着他的刀，心里忽然觉得说不出的空虚恐惧。

以前他至少还有个人可想，思念纵然痛苦，至少还有个人值得他思念，但现在呢？现在他还有什么？还剩下什么？他心里只觉得空空荡荡的，甚至连那种刻骨铭心的仇恨，都变得很遥远，很虚幻了。

这才是真正可怕的。

他咬着牙，勉强控制着自己，这里虽然没有人看见，他还是不愿让眼泪流下来。

就在这时，他忽然看见一个人从黑暗的荒林中飞奔了出来。

一个满面鲜血的黑衣人。

他就像是在被恶鬼追赶着似的，连前面的人都看不见，几乎撞在傅红雪身上。

等到他看见傅红雪时，已无法回头了，他那张本已被人打得破碎扭曲的脸，突然又因惊惧而变形。

傅红雪倒并不觉得奇怪，无论谁都想不到如此深夜中，还会有个人像他这样子站在这里的。

他甚至连看都懒得多看这黑衣人一眼。

黑衣人却在吃惊地看着他，一步步向后退，退了几步，忽然道："你就是傅红雪？"

傅红雪也不禁觉得很意外，道："你是谁？怎么会认得我？"

黑衣人没有回答这句话，却指着身后的荒林，道："马空群就在后面，你……你快去杀了他！"

傅红雪全身的每一根肌肉都已似弓弦般绷紧。

他历尽艰苦，走得脚底都生了老茧，也找不到的仇人行踪，竟被这个陌生的夜行人说了出来，他实在不能相信，也不敢相信。

黑衣人似已看出了他的心意，立刻接着又道："我跟你素不相识，为什么要骗你？你至少总该过去看看，那对你总不会有什么损失。"

傅红雪没有再问。

不管这黑衣人是谁，他的确没有说这种谎话的理由，何况他纵然说谎又如何！一个人若已根本一无所有，又还怕损失什么？傅红雪慢慢地转过身，然后他的人就已忽然掠入了荒林。

黑衣人再也没有想到这残废憔悴的少年，身法竟如此轻健，行动竟如此迅速。

他目中现出忧虑之色，忽然大声道："马空群不但是你的仇人，也是我的，他无论说我什么话，你都千万不能相信。”

他本就是个思虑很周密的人，显然生怕傅红雪听了马空群的话，再回头来追他。

他绝未想到这句话竟是他一生中最致命的错误。

这句话刚说完，傅红雪竟又突然出现在他面前，苍白的脸上，带着种奇特而可怕的表情，瞪着他一字字道：“你说马空群是你的什么人？”

他那双冷漠疲倦的眼睛里，现在也突然变得刀锋般锐利。

黑衣人被这双眼睛瞪着，竟不由自主，后退了两步，道：“我说他是……是我的仇人！”

“每次他说到‘人’这个字的时候，舌头总好像卷不过来，总带着点‘能’字的声音……”

沈三娘说的话就像轰雷闪电般在敲击着他的耳鼓。

他苍白的脸，突然变得火焰般燃烧了起来。

全身也在不停地发抖。

只有那只手，那只握刀的手，还是稳定的。

他已将全身的力量，全都集中在这只手上——苍白的手，漆黑的刀。

黑衣人吃惊地看着他，忍不住道：“你……你难道还不相信我的话？”

傅红雪仿佛根本没有听见他的话，突然转头，面向着东方跪下。

黑衣人怔住，他实在猜不透这奇特的少年，究竟在干什么？冷清清的月光，照在傅红雪脸上，他目中似已有了泪光，喃喃低语着：“我总算已找到了你的仇人，你在九泉之下已可瞑目了。”

黑衣人也听不懂他在说什么，却突然觉得有种诡秘而不祥的预兆，竟不由自主一步步往后退，准备一走了之。

可是傅红雪却忽然又已到了他面前，冷冷道：“你的刀呢？”

黑衣人怔了怔，道：“什么刀？”

傅红雪道：“飞刀。”

黑衣人目中突然露出种说不出的恐惧之色，失声道：“我哪有什么飞刀？”

傅红雪咬着牙，瞪着他，道：“我本该现在就一刀杀了你的，只不过我还有话要问你！”

傅红雪的声音也已嘶哑，厉声道：“我问你，你为什么要做那种事？为什么要害翠浓？你究竟是什么人？”

黑衣人道：“你……你说的话我根本完全不懂，我根本不认识你。”

傅红雪狂怒、颤抖，但那只握刀的手却还是稳定如铁石。

突然间，刀已出鞘！刀光如闪电般挥出，黑衣人却已经倒下，滚出了两丈。

刀光一闪，他的人就已先倒下。

他对这柄刀的出手，不但早已防备，而且竟好像早已准备了很多法子，来闪避这一刀。

这一刀出手，锋锐凌厉，势不可当，天下本没有人能招架。

可是他居然能避开了这一刀。

刀光闪起，人先倒下——在他这种情况下，几乎已没有更好的法子能闪避这一刀。

这种法子绝不是仓促间所能用得出的，为了闪避这一刀，他必定已准备了很久。

他身子翻出，手已挥起。

他的飞刀终于也已出手。

只听“叮”的一声，火星四溅，两道闪电般的刀光一触，飞刀落下。

黑衣人再一滚，已滚上了山坡，突然觉得肋下一阵剧痛，刚才被马空群肘拳击中的地方，现在就像有柄锥子在刺着。

他想再提气，已提不起。

刀光又一闪，冰凉的刀锋，已到了他的咽喉。

这凌厉风发，锐不可当的一刀，竟已在这一刹那间，突然停顿。

握刀的这一只手，已将力量完全控制自如。刀锋只不过将黑衣人咽喉上的皮肉，割破了一道血口，傅红雪怒盯着他，厉声道：“我问你的话，你说不说？”

黑衣人终于叹了口气，道：“好，我说，我跟你并没有仇恨，我恨的是马空群，我杀了那个女人，只因为她也是马空群的女儿。”

傅红雪的身子突又僵硬，突然大吼，怒道：“你说谎！”

黑衣人道："我没有说谎，但是知道这件事的人实在不多……"

他喘息着，看着傅红雪。

傅红雪的身子又开始发抖，抖得更剧烈。

黑衣人接着道："她和马芳铃并不是同母所生的，她母亲本是关中采参客的妻子，随着她丈夫出关采参时，被马空群奸污强占了。所以那批参客一直将马空群恨之入骨，有一次在长白山中，出动了一百三十多个人，等着伏击马空群，为的就是这段仇恨。在那次血战中，白大侠白老前辈也在的。"

那一次血战本是武林中极有名的战役，傅红雪幼年也曾听他母亲说起过。

——黑衣人说的难道竟是真的？傅红雪只觉全身的血管里，都仿佛有火焰燃烧了起来。

黑衣人看着他，又道："翠浓暗中一直是在为万马堂刺探消息的，这一点想必你也知道，她出卖了沈三娘，也出卖了花满天，始终效忠于万马堂，正因为她已知道自己的父亲就是马空群，她母亲临死前已将这秘密告诉了她。"

他叹息着，慢慢地接着道："血浓于水，这一点本是谁都不能怪她的，我杀她，只不过是因为要向马空群报复。"

傅红雪额上的冷汗已雨点般流下。

黑衣人道："你也是马空群的仇人，你难道会为了替他女儿复仇而杀我？"

傅红雪道："我还是不信，没有人肯把自己的亲生女儿，送到萧别离那里去。"

黑衣人冷冷道："的确没有人能做得出这种事，只不过，马空群根本就不是人。"

他突然咬紧牙，嘶声大呼："他根本就是个畜生，是个野兽！"

傅红雪满头冷汗，全身发抖，整个人已虚脱崩溃。

他魂牵梦萦、生死难忘的情人，难道真是他不共戴天的仇人的女儿？他不敢相信，却已不能不信。

他突然觉得嘴角肌肉开始抽搐，那可恨又可怕的病魔，又一次向他侵袭！

他的心沉了下去。

黑衣人看着他，目中露出了满意之色，冷冷道："我的话已说完了，你若还要杀我，就动手吧。"

傅红雪咬着牙，没有开口。

他已不能开口，不敢开口，他必须用尽全身力量，集中全部精神，来对抗那可怕的病魔。

他只要一开口，就可能立刻要倒下去，像一只被人用鞭子抽打着的野狗般倒下去。

黑衣人的眼睛亮了，他已感觉到自己咽喉上的刀锋在渐渐软弱，渐渐下垂……

只不过刀还在傅红雪手里，可怕的手，可怕的刀。

黑衣人突然用尽全身力气，从刀锋下滚出，手脚并用，就像是野兽般蹿上了荒山，百忙中还反手发出了一刀。

可是他却连看都不敢回头去看一眼，现在他唯一的希望，就是远离这柄可怕的刀，走得愈远愈好。

他所说的一切，所做的一切事，也只有一个目的——他要活下去。有些人只为了要活下去，本就会不顾一切、不择手段的。

他当然想不到，他在匆忙中发出的那一刀，竟没有落空。

这一刀已刺入傅红雪的胸膛！鲜血沿着冰冷的刀锋沁出时，傅红雪就倒了下去。

倒在冰冷潮湿的地上。

一弯冷清清的上弦月已没入荒山后。

大地更加黑暗了，倒下去的人，是不是还能站起来呢？这黑衣人究竟是谁？他知道的事为什么有如此多？他说的话究竟是真是假？……有很多成功的人都曾经倒下去，可是他们又站了起来！

他们甚至倒下过十次，可是，他们又站了起来。

他们不怕被人击倒！因为他们知道，只要你还有力气，还有勇气站起来，倒下去又何妨？

傅红雪慢慢地站了起来。

刀，还在他胸膛上。

血还在流着，可是那恶毒的病魂，竟似也随着鲜血流出来。

剧烈的痛苦，竟使得他突然清醒。

但这清醒却又使得他立刻就感觉到疲倦、衰弱、饥饿！尤其是饥饿，他从未想到饥饿竟是种如此无法忍受的事。

黑衣人已蹿上荒山，不见了。

傅红雪并没追，他知道以自己现在的体力，追也没有用的。

他已将所有的潜力全都用尽。

山坡下的草丛下有金光闪动，是柄纯金的金如意。

那是黑衣人逃窜上山，反手拔刀时，从他怀里掉下来的。

傅红雪凝视着闪动的金光，慢慢地走过去，很快地拾起。

若是在三个月前，他也许宁可饿死，也绝不会去捡别人跌落的东西，甚至连看都不会去看一眼。

可是这三个月来，他已学会了很多，也已改变了不少，他已明白成功是必须付出代价的。

最重要的还是，他必须活下去。

现在他更不能死，更不甘心就这样默默地死。

就算死，也必须让那些伤害他的人付出代价来！

只要能让他有力量站起来，有力量活下去，现在他甚至会去偷，去抢！

奔过荒林，林外的山脚下，有个阴暗破旧的客栈，他刚才也曾经过。

现在他已不再犹豫，立刻用最快的速度走过去，甚至连胸膛的刀都不敢拔下来，他不能再流血，流血会使得他更衰弱。

客栈里居然还有灯光。

有灯，却没有人，也没有声音。大门还开着。

也不知是因为这小店的主人，已没有关门的力气，还是因为这地方根本就没有值得他关门的理由。柜台后也没有人，小院里的落叶在秋风中打着滚，灯光却在后面的小屋里。

看见小屋上的烟囱，就该知道那是厨房。

厨房，岂非正像是温暖的火光，滚热的食物——这些岂非就正是生命的力量。傅红雪很快地走过去，但却并没有在这厨房里找到食物和力量。

他找到的又是死亡!

炉灶已冷，灯也快灭了。

一个满头白发，身形佝偻的老人，仰面倒在地上，咽喉上一块瘀血，手里还紧紧地握着双筷子，人却已冰冷僵硬。

距离他尸身不远处，有只已被撕裂的破旧银袋，却是空的。

这老人显然是在吃面时，被人一拳打在咽喉，立刻毙命。

他手里既然还握着筷子，显然还没有吃完那碗面。

碗里的面是谁吃光的呢?

银袋里的一点碎银子，想必是被那杀人的凶手拿走了。

可是他杀了人后，难道还会将死人吃剩下的半碗面也吃了下去?

老人冰冷僵硬的脸上，也带着一种恐惧和不信的表情。

甚至连他自己都不能相信，世上竟会有人为了半碗被他吐过口水的面，几枚破旧的铜钱，就忍心下毒手杀了他这个已半聋半瞎的可怜老头子。

他实在死不瞑目。

傅红雪心里也充满了愤怒和痛苦，因为他正在问自己：这世上几乎已很少有人能比他更了解饥饿和贫穷的痛苦。

他不知道自己是不是也会为了半碗吃剩下的面、一点散碎银子而杀人!

一个人若还没有走上绝路时，是绝不会做这种事情的。

杀人的凶手是谁?

难道他真的已走上绝路?

傅红雪忽然想到那黑衣人说的话，忽然想到了马空群。

不错，一定是马空群。

他一定已看见了傅红雪，所以他一定要逃。

可是他实在太饿，他必须吃点东西，哪怕只不过是半碗面也好。

但他在杀过人后，吃这半碗面时，心里是什么滋味?想到他过去那些辉煌的往事，这半碗面吃在他嘴里时，又是什么滋味?

傅红雪紧握双拳，突然觉得要呕吐。

他恨，他愤怒，可是他同样也能感觉到心里有种说不出的凄凉和悲凄。

纵横一世，威镇关东，声名显赫，一时无两的万马堂主人，竟会为了半碗面而杀人！

他自己吃下这半碗面后，是不是也会觉得要呕吐？

马空群的确要呕吐。

可是他用尽了全身一切力量忍耐住，他绝不能吐出来。

泥水汤面，汤面里的口水，老人嘴里残缺的黄牙，眼睛里的轻蔑和讥诮……每件事都令他要呕吐。

但无论什么样的食物，都同样能给人力量。

他若将食物吐出来，就无异将力量吐出来，他现在迫切需要力量！

每一分力量他都要！

因为他现在一定要将每一分力量都用出来，就像是那次在长白山里逃窜的时候一样。

那次他甚至喝过自己的尿。

但这次的情况却比那次更危险，因为这次他的敌人也远比上次更危险！更可怕！

他亲眼看见傅红雪那凌厉风发、锐不可当的刀光！

他仿佛又看见了昔日那个永远都令他抬不起头来的人！仿佛又看见了那个人手里的刀光飞起时，血花甚至比梅花庵外的梅花还鲜艳。

他真正畏惧的也许并不是傅红雪，而是这个人！

他仿佛又在傅红雪的刀上，看见了这个人那种可怕的精神和力量！

他无论是死是活，都再也不敢面对这个人，再也不敢面对这个人的刀！

就因为他知道这个人一定会在地狱等着他的，所以他才怕死！

所以他一定要逃，他一定要活下去！

可是他还能活多久呢？

夜更深，秋也更深了。

秋风中的寒意，已愈来愈重。

用不了再过多久，树叶就会落尽，黄昏时就会刮起北风，然后在一个寒冷的早上，你推开窗子一看，就会发现大地已结满冰雪。

一个衣衫单薄、囊空如洗的老人，在冰天雪地里，是很难活下去的。

马空群握起了手，紧紧地捏着十几枚铜钱，这正是他从那老头子钱袋中找到的，也许还可以勉强去换两顿粗面吃。

以后又怎么办呢？

以他的武功，他本可毫不费力地去盗几家大户，他甚至有把握可以独力劫下一队镖车。

这种事他以前并不是没有做过，但现在却绝不能再做。

那并不是因为他已厌恶这种生活，只不过现在他绝不能留下一点线索，让傅红雪找到。

他抬起头，望着枯枝上已将落尽的秋叶，现在他已只剩下一个地方去，只剩下一条路可走。

这条路他本不想走的，但现在他已别无选择的余地了！

柜台后的床底下，还有小半袋白面，和一口已生了锈的铁箱子。

箱子里有条绣花的手帕，里面包着张叠得整整齐齐的银票，票面却只有十两，有柄钢质很好的匕首，还有个制作得精巧的火折子。

除了这三样东西外，就是些零星的小东西，显然都是在这里留宿的旅客遗落下来的，那老人居然还好好地保存着，等着别人回来拿。

他一向是个很诚实的人，虽然他也明知道这些东西的物主是绝不会再回来的了。

那包着银票的绣花手帕，是一个年轻的妇人留下来的。

有天晚上，她悄悄地坐了一辆破车来，和一个已经在这里等了她三天的年轻人会面，半夜时又悄悄地溜走了。

年轻人醒来时，并没有看见她留下的东西，一个人站在院子里，痴痴地流了半天泪，就挺起胸膛，大步走了出去。

那少妇是不是已被迫嫁给了个有钱的人家，却偷偷溜到这里来和昔日的旧情人见最后一面的？那年轻人以后是不是会振作起来，忘记这段辛酸的往事？

老头子全不知道，也不想知道，他只希望这年轻人不要像他一样，从此消沉下去。

匕首和火折子是个穿着夜行人劲装的大汉留下来的，他半夜来投宿时，身上已带着伤。

凌晨时，他屋子里就忽然响起一阵喊骂叱喝声、刀剑拍击声，从屋子里直打到院子里。

老头子却只管蒙头大睡，等外面没有了人声时，才披着衣裳起来。

外面的院子里有几摊血，屋子里枕头底下还留着这柄匕首和火折子，那受了伤的黑衣夜行人却已不见了。

这些人一去之后当然是永远不会回头的，老人留下他们的东西，也只不过是为自己平淡枯燥的生活，留一点回忆而已。

傅红雪留下了银票和火折子。

用那小半袋面，煮了一大锅像糨糊一样的面糊，拌着一点油渣子吃了。

然后他就在马空群待过的那间房里，用冷水洗了个脸，准备睡一觉。

屋子里阴暗而潮湿，还带着霉味，木板床又冷又硬，但是对傅红雪来说，这已足够舒服。

人生中本就没什么事是"绝对"的，只看你怎么去想而已。

他静静地躺在黑暗里，他想睡，却已是睡不着。

他想得太多。

马空群严肃阴沉的脸，黑衣人流着血的脸，叶开永远都带着微笑的脸……

一张张脸仿佛在黑暗中飘动着，最后却忽然变成了一个人，美丽的脸，美丽的眼睛，正在用一种悲苦中带着欣慰的表情看着他。

——无论她以前是个什么样的人，无论她是不是马空群的女儿，她总是为我而死的。

——若不是因为心里真的有真挚而强烈的感情，又有谁肯为别人牺牲？傅红雪心里刺痛着，他知道在自己这一生中，绝不会再找到一个能相爱如此深的人了。

他的命运中，已注定了要孤独寂寞一生。

但就在这时，他忽然听见一个人的声音，比缎子还温柔的声音。

"你几时来的？"

一个人突然地推开门，走了进来，就像是黑夜中的幽灵。

傅红雪虽然看不见这个人，却听得出她的声音。

他永远也忘不了这声音……

那寂寞的边城，阴暗的窄巷，那黑暗却是温暖的斗室。

她在那里等着他，第一天晚上，他记得她第一句说的仿佛也是这句话，“你几时来的？”

“我要让你变成个真正的男人……”

他记得，她的手导引着他，让他变成了个真正的男人。

“……因为很多事都只有真正的男人才能做……”

他忘不了她那缎子般光滑柔软的躯体，也忘不了奇异销魂的一刻。

翠浓！难道是翠浓？难道是他的翠浓？

傅红雪突然跳起来，黑暗中的人影已轻轻地将他拥抱。

她的躯体还是那么柔软温暖，她的呼吸中还是带着那种令人永难忘怀的甜香。

她在他耳畔轻语：“你是不是没有想到我会来？”

傅红雪连咽喉都似已被塞住，甚至连呼吸都无法呼吸。

“我知道你近来日子过得很苦，可是你千万不能灰心，你一定能找到马空群的，你若消沉下去，我们大家都会觉得很失望。”

傅红雪的手在颤抖，慢慢地伸入怀里。

突然间，火光一闪。

黑暗的屋子里忽然有了光明——他竟打起了那火折子。

他立刻看见了这个人，这个第一次让他享受到的女人。

这个改变了他的一生，也令他永生难忘的女人，竟不是翠浓。

是沈三娘！

火光闪动，傅红雪的脸更苍白，竟忍不住失声而呼：“是你！”

沈三娘的脸也是苍白的，苍白得可怕，却不知是因为失血过多，还是因为她想不到这里会忽然有了光亮？

她身子半转，仿佛想用衣袖掩起脸，却又回过头来向傅红雪一笑，嫣然说道：“是我，你想不到是我吧？”

傅红雪吃惊地看着她，过了很久，才点头。

沈三娘道："你以为是翠浓？"

傅红雪没有回答她，实在不知道应该怎么回答，甚至连看都不敢再看她。

沈三娘一双美丽的眼睛却盯在他脸上缓缓道："我知道她已经死了，也知道这打击对你很大，我到这里来，只因为我希望你不要为她的死太悲伤。"

她咬着嘴唇，迟疑着，仿佛用了很大的力气，才说出了两句话："因为你本该爱的是我，不是她！"

傅红雪笔直地站着，苍白的脸仿佛又已透明僵硬。

沈三娘叹息了一声，道："我知道你一直都以为她就是我，一直都不知道世上还有我这么样一个人，所以你……"

傅红雪打断了她的话，道："你错了。"

沈三娘道："我错了？"

傅红雪抬起头，看着她，眼睛里带着种很奇怪的表情，缓缓道："我虽然不知道你是什么人，却早已知道她并不是你。"

沈三娘怔住。

这次吃惊的是她，甚至比傅红雪刚才看见她时还吃惊。

过了很久，她才能发得出声音："你知道么？你怎会知道的？难道她自己告诉了你？"

傅红雪道："她并没有告诉我，我也没有问，但是我却能感觉到……"

他并没有再解释下去，因为这已不必解释。

相爱的男女们在"相爱"时，有些甜蜜而微妙的感觉，本就不是第三者能领会的。

沈三娘是很成熟、很懂事的女人，这种道理她当然能明了。

她忽然心里起了种很微妙的感觉，也不知为了什么，这种感觉竟仿佛令她很不舒服，过了很久，才勉强点了点头，轻轻道："原来你并没有爱错人。"

傅红雪道："我没有。"

他的态度忽然变得很坚定、很沉静，慢慢地接着道："我爱她，只因为她就是她，我爱的就是她这么样一个人，绝没有任何别的原因。"

沈三娘轻轻叹息了一声，道：“我明白。”

现在她的确已明白，他纵然已知道她才是他第一个女人，可是他爱的还是翠浓。

爱情本就是没有条件，永无后悔的。

她忽然又想起了马空群，就连她自己也不知道她是不是真的爱他，是不是爱错了人。

傅红雪忽然道：“叶开呢？”

沈三娘道：“他……他没有来。”

傅红雪道：“你来告诉我这件事，是不是他的意思呢？”

沈三娘道：“我来告诉你，只因为我觉得你有权知道这件事。”

傅红雪沉默着，过了很久，才缓缓道：“但我却希望能将这件事永远忘记。”

沈三娘勉强笑了笑道：“我，现在已经忘了。”

傅红雪道：“那很好，很好……”

他们互相凝视着，就好像是很普通的朋友一样。

当他们想到在那黑暗的小屋中所发生的那件事，就好像在想别人的事一样。

因为那时他们的肉体虽已结合，却完全没有感情——这种结合本就永远不会在人们心里留下任何痕迹的。

就在这时，傅红雪手里的火折子忽然熄灭。

小室中又变成一片黑暗。

虽然是同样的黑暗，虽然是同样的两个人，但他们的心情已完全不同。

在那时，傅红雪只要一想起她发烫的胴体和嘴唇，全身就立刻像是在燃烧。

现在，她虽然就站在他面前，但他却已连碰一碰她的欲望都没有。他们都不再说话，因为他们都已无话可说。

然后沈三娘就听见傅红雪那奇特的脚步声，慢慢地走了出去。

“我并没有爱错人——我爱的就是她，绝没有任何别的原因。”

叶开静静地听沈三娘说完了，心里却还在咀嚼着这几句话。

他自己心里仿佛也有很多感触，却又不知是甜，是酸，是苦。

丁灵琳看着他，忽然笑道："他说的这几句话，我早就说过了。"

叶开道："哦？"

丁灵琳轻轻道："我说过我爱的就是你，不管你是个怎么样的人，我都一样爱你。"

叶开眼里却仿佛又出现了一抹令人无法了解的痛苦和忧虑，抬起头，凝视着东方已渐渐发白的穹苍，忽然问道："你不会后悔？"

丁灵琳道："绝不会。"

叶开笑了笑，笑得却似有些勉强，道："假如以后我做出对不起你的事，你也不会后悔？"

丁灵琳的表情也变得很坚决，就像是傅红雪刚才的表情一样。

她微笑着道："我为什么要后悔？我爱你本是我自己心甘情愿的，既没有别的原因，也没人逼我。"

她笑得就像是那随着曙色来临的光明一样，充满了无穷无尽的希望。

沈三娘看着她，想到了傅红雪，忽然觉得他们才是真正幸福的人。

因为他们敢去爱，而且能爱得真诚。

她忍不住轻轻叹息，道："也许我这次根本就不该再见他的。"

叶开道："可是你见了也不错。"

沈三娘道："哦？"

叶开道："因为你们这次相见，让我们都明白了一件事。"

沈三娘忍不住问道："什么事？"

叶开道："他爱翠浓，并没有错，因为他是真心爱她的。"

他微笑着，接着道："这件事让我们明白了，真心的爱，永远不会错的。"

傅红雪面对着门，看着从街上走到这小饭铺的人，看着这小饭铺里的人走出去。他忽然觉得自己比任何人都憔悴疲倦。直到现在，他才知道这种从不知目的地在哪里的流浪寻找，是件多么可怕的事。

这种生活令他总觉得很疲倦，一种接近于绝望的疲倦。

包在绣花手帕里那张十两的银票，已被他花光了，他既不知道这是属于谁的，也不想知道。

但他却很想知道那金如意的主人是谁，只可惜这金如意打造得虽精巧，上面却没有一点标志，他现在又必须用它去换银子，用换来的银子再去寻找它的主人。若是没有这柄金如意，现在他甚至已不知该怎么才能生活下去。

但是他却决心要杀死它的主人，这实在是种讽刺，世上却偏偏会有这种事发生——这就是人生。

有时人生就是个最大的讽刺。

傅红雪忽然又想喝酒了，他正在勉强控制着自己，忽然看见一个很触目的人从门外走了进来。

这人衣着很华丽，神情间充满了自信，对他自己所拥有的一切已很满足，对自己的未来也很有把握。

他也的确是个很漂亮、很神气的年轻人，和现在的傅红雪，仿佛是种很强烈的对比。也许正因为这原因，所以傅红雪忽然对这人有种说不出的厌恶。也许他真正厌恶的并不是这个年轻人，而是他自己。

这年轻人发亮的眼睛四下一转，竟忽然向他走了过来，居然在他对面的椅子上坐下，面上虽然带着微笑，却显得很虚假，很傲慢。他忽然道："在下南宫青。"

傅红雪不准备理他，所以就只当没有看见这个人，没有听见他说的话。

"南宫青"这名字，对他就全无意义，纵然他知道南宫青就是南宫世家的大公子也一样。

"南宫世家"虽然显赫，但对他已完全没有任何意义。

这种态度显然令南宫青觉得有点意外，他凝视着傅红雪苍白似雪的脸，忽然将那柄金如意从怀里掏了出来，道："这是不是阁下刚才叫伙计拿去兑换银子的？"

傅红雪终于点了点头。

南宫青忽然冷笑，道："这就是件怪事了。"

傅红雪忍不住道："怪事？"

南宫青冷冷道："因为我知道这柄金如意的主人并不是阁下。"

傅红雪霍然抬头瞪着他，道："你知道？你怎会知道？"

南宫青道："这本是我送给一位朋友的，我到这里来，就是要问问你，它怎么会到了你的手里？”

傅红雪的心跳忽然已加快，勉强控制着自己，道：“你说这柄金如意本是你的，你是不是能确定？”

南宫青冷笑道：“当然能。这本是‘九霞号’银楼里的名匠老董亲手打造的，刚才这店里的伙计不巧竟偏偏把它拿到‘九霞号’去换银子，更不巧的是，我又正好在那里。”

这实在是件很凑巧的事，但世上却偏偏时常都会有这种事发生，所以人生中才会有很多令人意料不到的悲剧和喜剧。

傅红雪沉默着，突也冷笑，道：“这柄金如意本来就算是你的，你现在也不该来问我。”

南宫青道：“为什么？”

傅红雪道：“因为你已将它送给了别人。”

南宫青道：“但他却绝不会送给你，更不会卖给你，所以我才奇怪。”

傅红雪道：“你又怎知他不会送给我？”

南宫青沉着脸，迟疑着，终于缓缓道：“因为这本是我替舍妹定亲的信物。”

傅红雪道：“真的？”

南宫青怒道：“这种事怎么会假？何况这事江湖中已有很多人知道。”

傅红雪道：“你有几个妹妹？”

南宫青道：“只有一个。”

他已发觉这脸色苍白的年轻人，问的话愈来愈奇怪了。他回答这些话，也正是因为好奇，想看看傅红雪有什么用意。

但傅红雪却忽然不再问了，他已不必再问。

江湖中既然有很多人都已知道这件亲事，这条线索已足够让他查出那个神秘的黑衣人来。

南宫青道：“你的话已问完了？”

傅红雪看着他，看着他英俊傲慢的脸，奢侈华丽的衣服，看着他从袖口露出的一双纤秀而干净的手，手指上戴着的一枚巨大的汉玉扳指……这一切，忽然又使得傅红雪对他生出说不出的厌恶。

南宫青也在看着他，冷冷道："你是不是已无话可说？"

傅红雪忽然道："还有一句。"

南宫青道："你说。"

傅红雪道："我劝你最好赶快去替你妹妹改定一门亲事。"

南宫青变色道："为什么？"

傅红雪冷冷道："因为现在跟你妹妹定亲的这个人，已活不长了！"

他慢慢地抬手，放在桌上，手里还是紧紧握着他的刀。

苍白的手，漆黑的刀！

南宫青的瞳孔突然收缩，失声道："是你？"

傅红雪道："是我。"

南宫青道："我听说过你，这几个月来，我时常听人说起你。"

傅红雪道："哦？"

南宫青道："听说你就像瘟疫一样，无论你走到什么地方，那地方就有灾祸。"

傅红雪道："还有呢？"

南宫青道："听说你不但毁了万马堂，还毁了不少很有声名地位的武林高手，你的武功想必不错。"

傅红雪道："你不服？"

南宫青突然笑了，冷笑着道："你要我服你？你为什么还不去死？"

傅红雪冷冷地看着他，等他笑完了，才慢慢地说出了四个字！

"拔你的剑！"

三尺七寸长的剑，用金钩挂在他腰畔的丝绦上，制作得极考究的鲨鱼皮剑鞘，镶着七颗发亮的宝石。南宫青的手已握上剑鞘，他的手也已变成了苍白色的。

他冷笑着道："听说你这柄刀是别人只有在临死前才能看得到的，我这柄剑却并不一样，不妨先给你看看。"

突然间，他的人已平空掠起，剑也出鞘。闪出的剑光，带着种清越的龙吟声，从半空中飞下来。

只听"叮"的一响，傅红雪面前的一只面碗已被剑光削成两半，接着又是"咔嚓"一声，一张很结实的木桌也被削成了两半。

傅红雪看着这张桌子慢慢地分开，从两边倒下去，连动都没有动。

旁边却已有人在大声喝彩！

南宫青轻抚着手上的剑锋，眼角扫着傅红雪，傲笑道："怎么样？"

傅红雪淡淡道："这种劈柴的剑法，我以前倒也听人说起过。"

南宫青脸色又变了，厉声道："只不过我这柄剑不但能劈柴，还能杀人。"

他的手一抖，一柄百炼精钢的长剑，竟被他抖出了数十点剑光。

突然间，漫天剑光又化作了一道飞虹，急削傅红雪握刀的手臂。

傅红雪没有拔刀。他甚至还是连动都没有动，只是瞬也不瞬地盯着这闪电般的剑光。直到剑锋已几乎划破他的衣袖时，他的臂突然沉下，突然一翻手，漆黑的刀鞘就已打在南宫青握剑的手腕上。

这一着好像并没有什么特别的地方，只不过时间算得很准而已——算准了对方的招式已老时，才突然地出手。

但一个人若不是有钢铁般的神经，又怎么能等到此时才出手，又怎么敢！

南宫青只觉得手腕上一阵麻木，然后就突然发现手里的剑已脱手飞出，钉在对面的墙上。

傅红雪还是坐在那里，非但刀未出鞘，连人都没有动。

南宫青咬了咬牙，突然跺脚，人已掠起，从傅红雪头上掠过去，伸手抄住了钉在墙上的剑，右腿在墙上一蹬，人也已借着这一蹬之力，倒翻而出，凌空一个"细胸巧翻云"，剑光如匹练般击下，直刺傅红雪的咽喉。旁边又已有人在大声喝彩。

这少年刚才虽然失了手，那一定只不过是因为他太轻敌，太大意。

他的出手实在干净利落，不但身法潇洒好看，剑法的轻盈变化，更如神龙在天令人叹为观止。

他们根本没有看见傅红雪出手。他们根本看不见。

只听"嚓"一声，剑已刺在椅子上，椅上坐的傅红雪，却已不见了。

他又在间不容发的一瞬间，才闪身避开这一剑。

南宫青明明看到这一剑已刺中傅红雪，突然间，对方的人已不见。

他竟连改变剑招的余地都没有。只有眼看自己这一剑刺在椅子上。

然后他才觉得痛。一阵强烈的疼痛，就好像有两只巨大的铁锤重重地敲在他肋骨间。

他的人还未落下。又已被打得飞了出去，撞在墙上，勉强提起一口气，才总算沿着壁慢慢滑下来，却已连站都站不稳了。

傅红雪正在冷冷地看着他，道："你服不服？"

南宫青喘息着，突然大喝："你去死吧！"

喝声中，他又扑过来，只听剑风"喀哧"，声如破竹，他已正手刺出了四剑，反手刺出三剑。

这连环七剑，虽没有刚才那一剑声势之壮，其实却更犀利毒辣，每一剑都是致命的杀手！

傅红雪身子闪动，忽然间已避开了这七剑。

他虽然是个跛子，但脚步移动间，却仿佛行云流水般清妙自然。

没有看见过他平时走路的人，绝不会知道这少年竟是个跛子。

可是他自己知道，就因为他知道自己是个不如人的残废，所以才能比大多数不跛的人都快三倍。

他下过的苦功也比别人多三倍——至少多三倍。

南宫青七剑攻出，正想变招，突然发现一柄刀已在面前。

刀尚未出鞘，刀鞘漆黑。

南宫青看见这柄漆黑的刀时，刀鞘已重重地打在他胸膛上。

他忽然什么也看不见了。等他眼前的金星消失时，才发现自己竟已坐在地上，胸膛间仿佛在被火焰灼烧，连呼吸都不能呼吸。

傅红雪就站在他面前，冷冷地看着他，道："现在你服不服？"

南宫青没有说话，他说不出话。

但这种家世显赫的名门子弟，却仿佛天生还有种绝不服人的傲气。

他竟挣扎着，又站起来，挺起了胸，怒目瞪着傅红雪。

鲜血已不停地从他嘴角流出来，他突然用尽全身力气大喝："你去死吧！"

傅红雪冷冷道："我还没有死，你手里也有剑，你可以来杀我。"

南宫青咬着牙，用力挥剑，可是他的手一抬，胸膛间立刻感觉到一阵撕裂般的痛苦。这一剑刺过去，哪里还有杀人的力量。

傅红雪已根本不必闪避招架，剑刺到他面前就已垂了下去。

刚才的喝彩，现在已变为同情的叹息。对一个骄傲的年轻人说来，这种同情简直比讥诮还难以忍受。

南宫青的身子突然开始颤抖，突然大声道："你既然恨我，为什么不索性杀了我？"

傅红雪道："我恨你？"

南宫青道："我跟你虽然无怨无仇，但我却知道你恨我，因为你自己也知道你是永远比不上我的。"

他眼睛里忽然闪动出一种恶毒残酷的笑意。

他的剑锋虽然已无法伤害傅红雪，但他却知道恶毒的话有时远比剑锋更伤人。

他大声接着道："你恨我，只因为我是个堂堂正正的人，你自己却只不过是个可怜的残废，是个见不得天日的私生子，白天羽若是活着，绝不会认你这个儿子，你根本连替他报仇的资格都没有。"

傅红雪苍白的脸，突又变得赤红，身子也已又开始发抖。

南宫青面上已不禁露出得意之色，冷笑着道："所以你无论怎么样羞侮我也没有用的，因为我永远比你强，永远也不会服你。"

傅红雪握刀的手背上，已又凸出了青筋，缓缓道："你永远也不服我？"

南宫青道："我死也不服你！"

傅红雪道："真的？"

南宫青道："当然是真的。"

傅红雪瞪着他，忽然叹了口气，道："你实在不该说这种话的……"

他的叹息声竟似比南宫青的冷笑更冷酷，就在这种奇特的叹息声中，他的刀已出鞘。

南宫青只觉得左颊旁有寒风掠过，一样东西从他肩头上掉下来。

他不由自主伸手接住，突然发现自己肩头和掌心已全都鲜血淋漓，他摊开手掌，才发现这样冷冰冰的东西，竟赫然是只耳朵。他自己的耳朵。

就在这一瞬间，他才感觉到耳朵上一阵比火焰灼热还剧烈的痛苦。

他的上半身突然冰冷僵硬，两条腿却突然软了，竟又“噗”地坐了下去。

他拿着自己耳朵的那只手臂上，就好像有无数条毒蛇在爬动，冷汗已雨点般从他额角上冒出来，他那张英俊傲慢的脸，现在看来已像是个死人。

傅红雪冷冷道：“我还没有死，我手里也还有刀，你呢？”

南宫青看着自己手上的耳朵。

牙齿“咯咯”地响，似已连话都说不出来。

傅红雪道：“你还是死也不服我？”

南宫青一双充满了恐惧的眼睛里，突然流下了泪来，颤声道：“我……我……”

傅红雪道：“你究竟服不服？”

南宫青突然用尽全身力气大叫：“我服了你。我服了你……”

他喊叫的时候，眼泪也随着流下。他一向认为自己是个死也不会屈服的人，但现在忽然发现恐惧就像是暴风洪水般不可抵御，忽然间已将他的勇气和自信全都摧毁。

他竟已完全不能控制自己。

傅红雪脸色又变得苍白如透明，竟连看都没有再看他一眼，就慢慢地转过身，慢慢地走出去。

他走路的姿势奇特而笨拙，但现在却已没有人还会将他看成个可笑的跛子。

绝没有任何人！

第四十四章

丁氏双雄

秋，秋风萧杀。

傅红雪慢慢地走过长街，风吹在他胸膛上，他胸中忽然觉得有种残酷的快意。

他并不是个残酷的人，从不愿伤害别人，也同样不愿别人伤害他。

但这世上却偏偏有种人总认为自己天生就是强者，天生就有伤害别人的权力，而别人却不能伤害到他们一点。

他们也许并不是真正凶恶的人，但这种要命的优越感，不但可恶，而且可恨。

对付这种人唯一的法子，也许就是割下他的耳朵来，让他明白，你伤害了别人时，别人也同样能伤害你。

傅红雪已发现这法子不但正确，而且有效。

九霞号银楼的陈掌柜刚坐下来端起碗茶，茶就溅得他一身都是。

他的手还在抖，心还是跳得很厉害，他从未想到他们的大公子也会痛哭流泪，现在只希望能装作完全不知道这回事。

就在这时，他忽然看见刚才那脸色苍白的少年，忽然从对街走了过来，他手里拿着的茶碗立刻跌在地上，跌得粉碎。

傅红雪已走进了这招牌虽老，粉刷却很新的店铺，冷冷地看着他，道："你就是这里的掌柜？"

陈掌柜只有点头。

傅红雪道："那柄金如意是我送来兑银子的，银子呢？"

陈掌柜赔着笑，道："银子有，有……全都在这里，公子只管随便拿。"

他竟将店里的银子都捧了出来，就好像将傅红雪当作了个打劫的强盗。

傅红雪心里忽然觉得很好笑。

他当然没有笑，板着脸又道："南宫青只有一个妹妹？"

陈掌柜道："只有一位。"

傅红雪道："跟她定亲的人是谁？"

陈掌柜道："是……是丁家的三少爷，叫……叫丁灵中！"

傅红雪的脸色变了。

陈掌柜却更吃惊，他从未想到傅红雪听到这名字后，脸色竟会变得如此可怕！

斜阳从门外照进来，照在他苍白的脸上。

他的脸似已透明如水晶。

好汉庄的毒酒，易大经的消息，王大洪的毒剑，连伤两命的飞刀……还有梅花庵外那个"人"——都到齐了么？

忽然间，所有的事又全都随着这名字出现在他心里了。

他的心似也变得透明如水晶。

世上本没有能永远隐瞒的秘密，所有的秘密，现在好像忽然都已到了揭穿的时候。

傅红雪忽然大笑，大笑着走出去，只留下那莫名其妙的陈掌柜吃惊地坐在那里。

他也从未想到一个人的笑声竟会如此可怕。

巨大的庄院，黑暗而沉默，只剩下几点疏散的灯火，掩映在林木间。

风中带着桂子和菊花的香气，月已将圆了。

马空群伏在屋脊上，这凄凉的夜色，这屋脊上的凉风，使得他胸中的血又热了起来。

仿佛又回到了那月夜杀人的少年时。

趁着朦胧的夜色，闯入陌生人的家里，随时在准备着挥刀杀人，也随时准备着被人伏击。

那种生活的紧张和刺激，他几乎已将忘却。

可是现在他并不担心被巡夜的人发现，因为这里正是江湖中享誉最久，也最负盛名的三大武林世家之一，夜行人根本不敢闯到这里来，这里也根本用不着巡夜的人，灯光更疏了，远处更鼓传来，已三更。

庄院里的人想必都已睡了，这里的家风，绝不许任何人贪睡迟起，晚上当然也睡得早。马空群的眼睛兀鹰般四面打量着，先算好了对面的落足地，再纵身掠过去。

他并不怕被人发现，但也不能不分外小心。多年来出生入死的经验，已使得他变成了个特别谨慎的人。

掠过几重屋脊后，他忽然看到个很特别的院子。院子幽雅而干净，雪白的窗纸里，还有灯光，奇怪的是，这院子里连一棵花草都不见，却铺满了黄沙。

沙地上竟种满了仙人掌，长满了尖针的刺，在凄凉的月光下看来，更显得说不出的狰狞诡秘。

马空群的眼睛立刻亮了，他知道这一定就是他要找的地方。他要找的人，总算还没有死。

屋子里悄无人声，灯光暗淡而凄迷。

马空群轻轻吐了口气，突然发出种很奇怪的声音，竟像是荒山中的狼嚎一声。

屋子里的灯光立刻熄灭，紧紧关着的门，却忽然开了。

一个嘶哑而又低沉的声音在黑暗中问道："是什么人？"

说到"人"字时，他的声音更低。

马空群又吐出口气，道："是梅花故人。"

黑暗中的声音突然沉寂，过了很久，才冷冷道："我知道你迟早一定会来的。"

门又紧紧关上，但灯光却仍未燃起。

屋子里是漆黑的，谁也看不清这个不爱花草却爱仙人掌的人，长得究竟是什么模样。

他的声音嘶哑低沉，甚至连他是男是女、是老是少都很难分辨。

这时黑暗中已响起他和马空群耳语般的谈话声。

马空群道："你是不是认为我不该来？"

这人道："你当然不该来，我们有约在先，梅花庵的事一过，我们从此就不再来往。”

马空群道：“我记得。”

这人又道：“你也答应过我，从此无论再发生什么事，都绝不牵连到我。”

马空群突然冷笑道：“但食言背信的并不是我。”

这人道：“不是你？难道是我？”

马空群道：“你不该叫人去杀我的。”

这人道：“我叫谁去杀你？”

马空群道：“你自己心里明白，又何必问我？”

这人沉默了半晌，才缓缓道：“你已见到老三？”

马空群冷笑道：“果然是老三。我早就听说过，丁家兄弟里，老三最精明能干，却想不到他除了把你一身功夫全学去了之外，还练得一手飞刀。”

这人道：“飞刀？什么飞刀？”

马空群道：“那天你在梅花庵，拿走了白天羽的两样东西，其中一样就是小李探花送给他的飞刀，你以为我不知道。”

这人沉默着，仿佛在用力咬着牙。

马空群道：“小李飞刀虽然名震天下，但真正见过的人却不多，除了你之外，也没有人能打造出和那一模一样的刀来。”

这人道：“只不过连我都不知道他已练成了小李飞刀。”

马空群冷冷道：“幸好他练得并不高明，所以我总算还能活着到这里来。”

这人又沉默了半晌，突然恨恨道：“我也知道你的万马堂已被人毁了，听说是个叫傅红雪的年轻人，难道他就是那贱人替白天羽生下的儿子？”

马空群道：“不错。”

这人道：“凭他一个人之力，就能毁了你的万马堂吗？”

马空群道：“他一刀出手，绝不会比白天羽少年时差。”

这人道：“他怎么能练成这种刀法的？难道白天羽早已将他的神刀心法传给了那贱人？”

马空群淡淡道：“白天羽对白凤公主本就是真心诚意的。”

黑暗中忽然响起一阵咬牙切齿的声音，听来如刀锋摩擦，令人不寒而栗。看来他和白天羽之间，的确有深不可解的仇恨。

马空群道："但若没有叶开在暗中相助，傅红雪也未必能得手。"

这人道："叶开？他跟白家有什么关系？"

马空群道："这人来历不明，行踪诡秘，起初连我都被他骗过了，当他只不过是个恰巧路过的人。"

这人冷冷道："连你居然都能被他骗过了，看来这人的本事倒不小。"

马空群道："他年纪虽轻，城府却极深，武功也令人难测深浅，实在比傅红雪还不好对付。"

这人道："你看他比起老三来如何？"

马空群道："那位丁三公子的确也是个绝顶聪明的人，只可惜……"

这人道："只可惜怎么样？"

马空群叹了口气，道："只可惜太聪明的人就不会太长命的。"

这人失声道："你杀了他？"

马空群淡淡道："我只求他不杀我，就已心满意足，怎么能杀得了他！"

这人道："是谁杀了他？"

马空群道："傅红雪。"

这人道："你怎么知道？难道你亲眼看见了？"

马空群迟疑着，终于承认。

这人厉声道："你亲眼看见他遭人毒手，竟没有过去救他？"

马空群道："我本该过去救他的，只可惜我也受了伤，自身已难保。"

这人道："是谁伤了你？"

马空群道："就是他，他的飞刀。"

这人说不出话了。

马空群道："不管怎么样，我既已来到这里，你就已无法脱身事外。"

这人道："你准备怎么样？"

马空群道："十九年前，梅花庵外那件血案，是你我两人主谋，江湖中绝没有一个人会想得到。傅红雪纵有天大的本事，也绝不会找到这里来。”

这人道：“所以你准备躲在我这里？”

马空群道：“暂时只好如此，等将来有机会时，再斩草除根，杀了傅红雪。”

这人冷冷道：“你我虽没有交情，但事已至此，我当然也不能赶你出去。”

马空群忽然笑了笑，道：“你当然也不会杀我灭口的，你是聪明人，总该想得到，我若没有准备，又怎敢到这里来。”

这人冷笑道：“你尽可放心，只不过近几年来，我这里几乎已隔绝红尘，就算在这里杀个把人，外面也绝不会有人知道的。”

马空群淡淡笑道：“如此说来，我倒的确可以放心住下去了。”

这人忽然道：“你刚才说的那个叶开，我倒也听说过他的名字。”

马空群道：“哦？”

这人道：“傅红雪纵然不会找到这里来，但叶开却迟早一定会来的。”

马空群悚然道：“为什么？”

这人道：“因为他现在几乎已等于是我们丁家的女婿。”

马空群失声道：“这千万使不得！”

这人冷冷道：“为什么使不得？他若做了丁家的女婿，我岂非更可以高枕无忧？何况，丁家的女儿已非他不嫁，我本来还不愿答应这件事，现在倒要成全成全他们了。”

马空群忽然冷笑，道：“你想成全他们？几时又有人成全过你？”

这人突又沉默，然后暗中就响起了他的脚步，“砰”的一声，推门走了出去。

马空群仿佛又笑了，微笑着喃喃自语：“叶开呀叶开，你最好还是莫要来，否则我保证你一定会后悔的。”

淡淡的星光从窗外照进来，桌上竟有壶酒。

他拿起来，尝了一口，微笑着又道：“果然是好酒，一个人在寂寞时，的确该喝……”

他并没有说完这句话，笑容已僵硬，人已倒下！

夜凉如水。

叶开抱着膝坐在冰冷的石阶上，看着梧桐树上的明月，心也仿佛是凉的。

月已将圆，人却已将分散了。

人与人之间，为什么总是要互相伤害的多，总是难免要别离的多？

既然要别离，又何必相聚？

他忽然又想起了萧别离，想起了在那边城中经历过的事，想起了梅花庵中那寂寞孤独的老尼，又想起了那山坡上的坟墓……

现在，所有的事他几乎都已想通了，只有一件事不明白，也只有一件事还不能解决。

也许这件事本就是无法解决的，因为他无论怎么样做，都难免要伤害别人，也难免要伤害自己。

别离虽痛苦，相聚又何尝不苦恼？凉风吹过，他听见了身后的脚步声，也听见那清悦的铃声。

他忽然回过头，道：“你来得正好，我正想去找你呢。”

丁灵琳抿嘴笑了，道：“你为什么不去？”

叶开道：“因为我刚才还没有决定，是不是该将这件事告诉你。”

丁灵琳道：“什么事？”

叶开道：“这件事我本不愿告诉你的，但又不想欺骗你，你总算一直对我不错。”

他的表情很严肃，声音也很冷淡。

这不像是平时的叶开。

丁灵琳已笑不出了，仿佛已感觉到他说的绝不是件好事。

她勉强笑着，道：“不管你要说什么事，我都不想听了。”

叶开道：“可是你非听不可，因为我不等天亮就要走的。”

丁灵琳失声道：“你要走？刚才为何不告诉我？”

叶开道：“因为这次你不能跟我走。”

丁灵琳道：“你……你一个人要到哪里去？”

叶开道：“我也不是一个人走。”

丁灵琳叫了起来，道：“你难道要带沈三娘一起去么？”

叶开道："不错。"

丁灵琳道："为什么？"

叶开道："因为我喜欢她，我一直都喜欢她，你只不过是个孩子，但她却是我心目中最可爱的女人，为了她，我可以放弃一切。"

丁灵琳吃惊地看着他，就像是从来也没有看见过这个人一样，颤声道："她……她难道也肯跟着你走？"

叶开笑了笑，淡淡道："她当然肯，你也说过我是个很可爱的男人。"

丁灵琳脸色苍白，眼圈却已红了，就仿佛突然被人狠狠地掴了一巴掌，掴在脸上。

她一步步往后退，泪珠一滴滴落下，突然转过身，冲出去，用力撞开了沈三娘的房门。

叶开并没有阻拦，因为他知道沈三娘也会跟她说同样的话。

沈三娘已答应过他。

但就在这时，他忽然听到沈三娘屋子里发出了一声惊呼，就像是有人突然看见了鬼似的。

惊呼声却是丁灵琳发出来的。

屋子里还燃着灯。

凄凉的灯光，正照在沈三娘惨白的脸上，她脸上的神色很平静。

她的人却已死了。

一柄刀正插在她胸膛上，鲜血已染红了她的衣裳。

可是她死得很平静，因为这本是她仔细考虑过之后才决定的。

除了死之外，她已没有别的法子解脱。

孤灯下还压着张短笺："丁姑娘是个很好的女孩子，我看得出她很喜欢你，我也是个女人，所以我虽然答应了你，却还是不忍帮你骗她，我更不能看着你们去杀马空群。"

这就是沈三娘最后的遗言，她相信叶开已该明白她的意思。

但丁灵琳却不明白。

她转过身，瞪着叶开，流着泪道："原来你是骗我的，你为什么要骗我？为什么要我伤心？"

叶开明朗的脸上，竟也露出了痛苦之色，终于长叹道："因为你迟早总要伤心的！"

丁灵琳大叫，道："为什么？为什么？……"

叶开已不愿再回答，已准备走出去。

丁灵琳却揪住了他的衣襟，道："你明明已答应陪我回家的，现在我们已然到家了，你为什么忽然又改变了主意？"

叶开道："因为我忽然很讨厌你。"

他用力拉开她的手，头也不回地走了出去。

他不敢回头，因为他怕丁灵琳看见他的眼睛——他眼睛里也有了泪痕。

一株孤零零的梧桐，被秋风吹得簌簌地响，也仿佛在为世上多情的儿女叹息。

梧桐树下，竟站着一个人。

一个孤零零的人，一张比死人还苍白的脸。

傅红雪，他仿佛早已来了，已听见了很多事，他凝视着叶开时，冷漠的眼睛里，竟似也带着些悲伤和同情。

叶开失声道："是你，你也来了？"

傅红雪道："我本就该来的。"

叶开忽然笑了笑，笑得很凄凉，道："不该来的是我？我真的不该来？"

傅红雪道："你非但不该来，也不该这么样对待她的。"

叶开道："哦？"

傅红雪道："因为这件事根本和你完全没有关系，丁家的人，跟你也并没有仇恨，我来找你，只不过想要你带着她走，永远不要再管这件事。"

叶开脸色苍白地苦笑道："这两天你好像已知道了很多事。"

傅红雪道："我已完全知道了。"

叶开道："你有把握？"

傅红雪道："我已见到过丁灵中！"

叶开不再问了，仿佛觉得这句话已足够说明一切。

傅红雪却忍不住要问他："你知道的是不是也不少呢？"

叶开点点头。

傅红雪道："你怎会知道的？"

叶开避不作答，却叹息着道："我只奇怪丁灵中怎么敢冒险去找你。"

傅红雪冷冷道："我只奇怪你为什么总是要纠缠在这件事里。"

突听一个人冷笑道："因为他这人天生就喜欢找麻烦，所以麻烦也找上他了。"

声音是从屋脊后传出来的。

只有声音，看不见人。

等到声音停下时，才看见屋脊后有粒花生高高抛起，又落下。

然后就有只手伸出来，抛出了个花生壳。

叶开失声道："路小佳！"

屋脊后有人笑了，一个人微笑着，坐起来道："正是我。"

叶开道："你怎么也来了？"

路小佳叹了口气，道："我本不想来的，只可惜非来不可。"

叶开道："来干什么？"

路小佳叹道："除了杀人外，我还会干什么？"

叶开道："来杀谁？"

路小佳道："除了你之外，还有谁？"

叶开也笑了。

路小佳道："你想不到？"

叶开道："我从第一次看见你的那天，就知道你迟早一定会来杀我的。"

路小佳笑道："想不到你这人居然还会算卦。"

叶开微笑道："同时，我也算准了你是绝对杀不了我的。"

路小佳淡淡道："这次你只怕就要算错了。"

叶开道："我也知道，不管怎样，你好歹都得试试。"

路小佳道："却不知你现在就想动手呢，还是先看看丁家兄弟的双剑破神刀？"

叶开道："双剑破神刀？"

路小佳道："双剑联璧，九九八十一式，剑剑连绵，滴水不漏，正是丁家兄弟专门练来准备对付白家刀的，你想必也没见过。"

叶开道："的确没有。"

路小佳道："这种武林罕睹的剑法，你现在好容易有机会能看到，若是错过了，岂非可惜。”

叶开道：“实在可惜。”

他回转头，傅红雪的脸又已苍白如透明。

就在这时，只听“锵”的一声龙吟，两道剑光如闪电交击，从对面的屋顶击下。

辉煌的剑光中，只见这两人一个长身玉立，英俊的脸上伤痕犹在，正是风采翩翩的丁三少爷。

另一人道装高冠，面色冷漠，掌中一柄剑精光四射，竟是从来很少过问江湖中事的大公子丁云鹤。

他们的脚尖一沾地，掌中剑又已刺出三招，两柄剑配合得如水乳交融，天衣无缝，果然是剑剑连环，滴水不漏。

丁灵琳瞪大了眼睛，站在廊下已看呆了，只有她一个人还被蒙在鼓里，完全不知道这是怎么回事。

忽然间，两柄剑似已化作了数十柄，数十道闪亮的剑光，已将傅红雪笼罩，连他的人都看不见了。

叶开叹息着，道：“看来这九九八十一剑最厉害之处，就是根本不给对方拔刀出手的机会。”

路小佳道：“你这人的确有点眼光。”

叶开道：“看来这剑法果然是专门为了对付白家神刀的。”

路小佳笑了笑道：“要对付白家神刀，唯一最好的法子，的确就是根本不让他拔刀出手。”

叶开道：“创出这剑法的人，不但是个天才，而且的确费了苦心。”

路小佳道：“因为他知道白家的人恨他，他也同样恨白家的人。”

叶开叹道：“这就是我唯一不明白的地方了，他们之间的仇恨，究竟是因何而起的？”

路小佳道：“你迟早总会明白的。”

叶开忽然笑了笑，道：“这九九八十一招，岂非迟早也有用完的时候？”

路小佳道：“这剑法还有个妙处，就是用完了还可以再用。”

这时丁家兄弟果然已削出了九九八十一剑，突然清啸一声，双剑回旋，又将第一式使了出来，首尾衔接，连绵不绝。

傅红雪脚步上那种不可思议的变化，现在已完全显示出来，如闪电交击而下的剑光，竟不能伤及他毫发。

可是，他的出手也全被封死，竟完全没有拔刀的机会。

叶开忽又道："创出这剑法来的人，绝不是丁家兄弟。"

路小佳道："哦？"

叶开道："这人以前一定亲眼看见过白大侠出手，所以才能将他有可能出手的退路封死。"

路小佳道："有道理。"

叶开道："这绝不是旁观者所能体会得到的，我想他一定还跟白大侠亲自交过手。"

路小佳道："很可能。"

叶开冷冷道："可能他就是那天在梅花庵外，行刺白大侠的凶手之一。"

路小佳道："哦？"

叶开凝注着他，慢慢地接着道："也许他就是丁乘风。"

丁乘风就是丁灵琳兄妹的父亲。

丁灵琳在旁边听着，脸色已变了许多，忽然已明白了似的。

但她却宁愿还是永远也不要明白的好。

这时丁家兄弟又已刺出七十多剑，傅红雪的喘息声已清晰可闻。

他显然已无力再支持多久，丁家的连环快剑，却如江河之水，仿佛永远也没有停止的时候。

叶开忍不住在轻轻叹息。

路小佳盯着他，道："你是不是想出手助他一臂之力？"

叶开道："我不想。"

路小佳冷笑道："真的不想？"

叶开微笑道："真的，因为他根本就用不着我出手相助。"

路小佳皱了皱眉，转头去看剑中的人影，脸色忽然也变了。

丁家兄弟的第二趟九九八十一式已用尽。

他们双剑回旋，招式将变未变，就在这一瞬间，突听一声大喝！

喝声中，雪亮的刀光已如闪电般划出！

傅红雪的刀已出手。

第四十五章

恩仇了了

刀光一闪，丁云鹤的身子突然倒飞而出，凌空两个翻身，“砰”的一声撞在屋檐上再跌下来，脸上已看不见血色，胸膛前却已多了条血口。

鲜血，还在不停地泉涌而出，丁灵琳惊呼一声，扑了过去。

路小佳正在叹息：“想不到丁家的八十一剑，竟还比不上白家的一刀。”

丁灵中手中剑光飞舞，还在独力支持，但目中已露出恐惧之色。

然后刀光一闪。

只听“叮”的一声，他掌中剑已被击落，刀光再一闪，就要割断他咽喉。

路小佳突然一声大喝，凌空飞起。

又是“叮”的一声，他的剑已架住了傅红雪的刀。

好快的剑，好快的刀！

刀剑相击，火星四溅，傅红雪的眼睛里也似有火焰在燃烧。

路小佳大声道：“无论如何，你绝不能杀他！”

傅红雪厉声道：“为什么？”

路小佳道：“因为……因为你若杀了他，一定会后悔的。”

傅红雪冷笑，道：“我不杀他，更后悔。”

路小佳迟疑着，终于下了决心，道：“可是你知不知道他是什么人？”

傅红雪道：“他跟我难道还有什么关系？”

路小佳道：“当然有，因为他也是白天羽的儿子，就是你同父异母的兄弟！”

这句话说出来，每个人都吃一惊，连丁灵中自己都不例外。

傅红雪似已呆住了。

路小佳道："你若不信，不妨去问他的母亲。"

傅红雪道："他……他母亲是谁？"

路小佳道："就是丁乘风丁老庄主的妹妹，白云仙子丁白云。"

没有风，没有声音，甚至连呼吸都已停顿，大地竟似突然静止。

也不知过了多久，才听见路小佳低沉的声音，说出了这件秘密："白天羽是丁大姑在游侠塞外时认识的，她虽然孤芳自赏，眼高于顶，可是遇见白天羽后，就一见倾心，竟不顾一切，将自己的终身交给了白天羽。

"这对她说来，本是段刻骨铭心，永难忘怀的感情，他们之间，当然也曾有过山盟海誓，她甚至相信白天羽也会抛弃一切，来跟她终生相厮守的。却不知白天羽风流成性，这种事对他来说，只不过是一时的游戏而已。等到她回来后，发觉自己竟已有了身孕时，白天羽早已将她忘了。以丁家的门风，当然不能让一个未出嫁的姑娘就做了母亲。恰巧那时丁老庄主的夫人也有了身孕，于是就移花接木，将丁大姑生出来的孩子当作她的，却将她自己的孩子交给别人去抚养。因为这已是她第三个孩子，她已有了两个亲生的儿子在身边。再加上丁老庄主兄妹情深，为了要让丁大姑能时常见到自己的孩子，所以才这么样做的。

"这秘密一直隐藏了很多年，甚至连丁灵中自己都不知道……"

路小佳缓缓地叙说着，目中竟似已充满了悲伤和痛苦之意。无论谁都看得出他绝不是说谎。

叶开忽然问道："这秘密既已隐藏了多年，你又怎么会知道的？"

路小佳黯然道："因为我……"

他的声音突然停顿，一张脸突然扭曲变形，慢慢地转过身，吃惊地看着丁灵中。

他肋下已多了柄短刀，刀锋已完全刺入他肋骨间。

丁灵中也狠狠地瞪着他，满面怨毒之色，突然跳起来，嘶声道："这秘密既然没有人知道，你为什么要说出来？"

路小佳已疼得满头冷汗，几乎连站都站不稳了，挣扎着道："我也知道这秘密说出来后，难免要伤你的心，可是……可是事已至此，我也不能不说了，我……”

丁灵中厉声道：“你为什么不能不说？”

叶开忍不住长长叹息，道：“因为他若不说，傅红雪就非杀你不可。”

丁灵中冷笑道：“他为什么非杀我不可？难道我杀了马空群的女儿，他就要杀我？”

叶开冷冷道：“你所做的事，还以为别人全不知道么？”

丁灵中道：“我做了什么？”

傅红雪咬着牙，道：“你……你一定要我说？”

丁灵中道：“你说。”

傅红雪道：“你在酒中下毒，毒死了薛斌。”

丁灵中道：“你怎知那是我下的毒？”

傅红雪道：“我本来的确不知道的，直到我发现杀死翠浓的那柄毒剑上，用的也是同样的毒，直到你自已承认你就是杀她的主谋。”

丁灵中的脸色突又惨白，似已说不出话了。

傅红雪又道：“你买通好汉庄酒窖的管事，又怕做得太明显，所以将好汉庄的奴仆，全都聘到丁家庄来。”

叶开道：“飞剑客的侠踪，也只有你知道，你故意告诉易大经，诱他订下那借刀杀人的毒计。”

傅红雪道：“这一计不成，你又想让我跟叶开火并，但叶开身旁却有一个丁灵琳跟着，你为了怕她替叶开作证，就特地将她带走。”

叶开长叹道：“你嫁祸给我，我并不怪你，可是你实在不该杀了那孩子的。”

傅红雪瞪着丁灵中，冷冷道：“我问你，这些事是不是你做的？”

丁灵中垂下头，冷汗已雨点般流下。

叶开道：“我知道你这么样做，并不是为了你自己，我只希望你说出来，是谁叫你这么样做的。”

丁灵中道：“我……我不能说。”

叶开道：“其实你不说我也知道。”

丁灵中霍然抬头，道：“你知道？”

叶开道：“十九年前，有个人在梅花庵外，说了句他本不该说的话，他生怕被人听出他的口音来，所以才要你去将那些听他说过那句话的人，全都杀了灭口。”

丁灵中又垂下了头。

傅红雪凝视着他，一字字道：“现在我只问你，那个人是不是丁乘风？”

丁灵中咬着牙，满面俱是痛苦之色，却连一个字也不肯说了。

他是不是已默认？丁乘风兄妹情深，眼看自己的妹妹被人所辱，痛苦终生，他当然要报复。

他要杀白天羽，是有理由的。

路小佳倚在梧桐树上，喘息着，忽然大声道：“不管怎么样，我绝不信丁老庄主会是杀人的凶手！”

叶开目光闪动，道：“难道你比别人都了解他？”

路小佳道：“我当然比别人了解他。”

叶开道：“为什么？”

路小佳忽又笑了笑，笑得凄凉而奇特，缓缓道：“因为我就是那个被他送给别人去抚养的孩子，我的名字本该叫丁灵中。”

这又是个意外。

大家又不禁全都怔住。

丁灵中吃惊地看着他，失声道：“你……你就是……就是……”

路小佳微笑着，道：“我就是丁灵中，你也是丁灵中，今天丁灵中居然杀了丁灵中，你们说这样的事滑稽不滑稽？”

他微笑着，又拈起粒花生，抛起来，抛得很高。

但花生还没有落下时，他的人已倒了下去。

他倒下去时嘴角还带着微笑。

但别人却已笑不出来了。

只有丁灵琳流着泪在喃喃自语：“难道他真的是我三哥？难道他真的是？……”

丁云鹤板着脸，脸上却也带着种掩饰不了的悲伤，冷冷道：“不管怎么样，你有这么样一个三哥，总不是件丢人的事。”

丁灵琳忽然冲到丁灵中面前，流着泪道：“那么你又是谁呢……究竟是谁叫你去做那些事的？你为什么不说？”

丁灵中黯然道：“我……我……”

忽然间，一阵急骤的马蹄声，打断了他的话，一匹健马急驰而入。

马上的人青衣劲装，满头大汗，一闯进了院子，就翻身下马，拜倒在地上，道：“小人丁雄，奉丁老庄主之命，特地前来请傅红雪傅公子，叶开叶公子到丁家庄中，老庄主已在天心楼上备下了一点酒，恭候两位的大驾。”

傅红雪的脸色又变了，冷笑道：“他就算不请我，我也会去的，可是他的那桌酒，却还是留给他自己去喝吧。”

丁雄道：“阁下就是傅公子？”

傅红雪道：“不错。”

丁雄道：“老庄主还令我转告傅公子一句话。”

傅红雪道：“你说。”

丁雄道：“老庄主请傅公子务必赏光，因为他已准备好一样东西，要还给傅公子。”

傅红雪道：“他要还我什么？”

丁雄道：“公道。”

傅红雪皱眉道：“公道？”

丁雄道：“老庄主要还给傅公子的，就是公道！”

“公道”的确是件很奇妙的东西。

你虽然看不见它，摸不着它，但却没有人能否认它的存在。

你以为它已忘记了你时，它往往又忽然在你面前出现了。

天心楼并不在天心，在湖心。

湖不大，荷花已残，荷叶仍绿，半顷翠波，倒映着楼上的朱栏，栏下泊着几只轻舟。

四面纱窗都已支起，一位白发萧萧、神情严肃的老人，正独自凭栏，向湖岸凝睇。

他看来就仿佛这晚秋的残荷一样萧索，但他的一双眼睛，却是明亮而坚定的。

因为他已下了决心。

他已决心要还别人一个公道！

夜色更浓，星都已疏了。

“欸乃”一声，一艘轻舟自对岸摇来，船头站着个面色苍白的黑衣少年，手里紧紧握着一柄刀。

苍白的手，漆黑的刀！傅红雪慢慢地走上了楼。

他忽然觉得很疲倦，就仿佛一个人涉尽千山万水，终于走到了旅途终点似的，却又偏偏缺少那一份满足的欢悦和兴奋。

“人都来齐了么？……”

现在他总算已将他的仇人全都找齐了，他相信马空群必定也躲藏在这里。

因为这老人显然已无路可走。

十九年不共戴天的深仇，眼看着这笔血债已将结清，他为什么竟连一点兴奋的感觉都没有？

这连他自己都不懂。

他只觉得心很乱。

翠浓的死，路小佳的死，那孩子的死……这些人本不该死，就像是一朵鲜花刚刚开放，就已突然枯萎。

他们为什么会死？是死在谁手上的？翠浓，他最爱的人，却是他仇人的女儿。

丁灵中是他最痛恨的人，却是他的兄弟。

他能不能为了翠浓的仇恨，而去杀他的兄弟？绝不能！

可是他又怎么能眼见着翠浓为他而死之后，反而将杀她的仇人，当作自己的兄弟！

他出来本是为了复仇的，他心里的仇恨极深，却很单纯。仇恨，本是种原始的、单纯的情感。

他从未想到情与仇竟突然纠缠到一起，竟变得如此复杂。

他几乎已没有勇气去面对它。

因为他知道，纵然杀尽了他的仇人，他心里的苦还是同样无法解脱。

但现在他纵然明知面前摆着的是杯苦酒，也得喝下去。

他也已无法退缩。他忽然发现自己终于已面对着丁乘风，他忽然发觉丁乘风竟远比他镇定冷静。灯光很亮。照着这老人的苍苍白发，照着他严肃而冷漠的脸。

他脸上每一条皱纹，每一个毛孔，傅红雪都看得清清楚楚。

他坚定的目光，也正在凝视着傅红雪苍白的脸，忽然道："请坐。"

傅红雪没有坐下去，也没有开口，到了这种时候，他忽然发现自己竟不知道该说什么。

丁乘风自己却已慢慢地坐了下去，缓缓地说道："我知道你是绝不会和你仇人坐在同一个屋顶下喝酒的。"

傅红雪承认。

丁乘风道："现在你当然已知道，我就是十九年前，梅花庵外那件血案的主谋，主使丁灵中去做那几件事的，也是我。"

傅红雪的身子又开始在颤抖。

丁乘风道："我杀白天羽，有我的理由，你要复仇，也有你的理由，这件事无论谁是谁非，我都已准备还你个公道！"

他的脸色还是同样冷静，凝视着傅红雪的脸，冷冷地接着说道："我只希望知道，你要的究竟是哪种公道？"

傅红雪手里紧紧握着他的刀，突然道："公道只有一种！"

丁乘风慢慢地点了点头，道："不错，真正的公道确实只有一种，只可惜这种公道却常常会被人曲解的。"

傅红雪道："哦？"

丁乘风道："你心里认为的那种真正公道，就跟我心里的公道绝不一样。"

傅红雪冷笑。

丁乘风道："我杀了你父亲，你要杀我，你当然认为这是公道，但你若也有个嫡亲的手足被人毁了，你是不是也会像我一样，去杀了那个人呢？"

傅红雪苍白的脸突然扭曲。

丁乘风道："现在我的大儿子已受了重伤，我的二儿子已成残废，我的三儿子虽不是你杀的，却也已因这件事而死。"

他冷静的脸上也露出了痛苦之色，接着道："杀他的人，虽然是你们白家的后代，却是我亲手抚养大的，却叫我到何处去要我的公道？"

傅红雪垂下目光，看着自己手里的刀。

他实在不知道应该如何答复，他甚至已不愿再面对这个满怀悲愤的老人。

丁乘风轻轻叹息了一声，道："但我已是个老人了，我已看穿了很多事，假如你一定要你的公道，我一定要我的公道，这仇恨就永无休止的一日。"

他淡淡地接着道："今日你杀了我，为你的父亲报仇固然很公道，他日我的子孙若要杀你为我复仇，是不是也同样公道？"

傅红雪发现叶开的手也在发抖。

叶开就站在他身旁，目中的痛苦之色，甚至比他还强烈。

丁乘风道："无论谁的公道是真正的公道，这仇恨都已绝不能再延续下去，为这仇恨而死的人，已太多了，所以……"

他的眼睛更亮，凝视着傅红雪，道："我已决定将你要的公道还给你！"

傅红雪忍不住抬起头，看着他。

"这老人究竟是个阴险恶毒的凶手？还是个正直公道的君子？"

傅红雪分不清。

丁乘风道："但我也希望你能答应我一件事。"

傅红雪在听着。

丁乘风道："我死了之后这段仇恨就已终结，若是再有任何人为这仇恨而死，无论是谁死在谁手里，我在九泉之下，也绝不饶他！"

他的声音中突然有了凄厉而悲愤的力量，令人不寒而栗！

傅红雪咬着牙，嘶声道："可是马空群——我无论是死是活，都绝不能放过他。"

丁乘风脸上突然露出种很奇特的微笑，淡淡道："我当然也知道你是绝不会放过他的，只可惜你无论怎么样对他，他都已不放在心上了。"

傅红雪变色道："你这是什么意思？"

丁乘风又笑了笑，笑得更奇特，目中却流露出一种说不出的悲哀和伤感。

他不再回答傅红雪的话，却慢慢地举起面前的酒，向傅红雪举杯。

“我只希望你以后永远记得，仇恨就像是债务一样，你恨别人时，就等于你自己欠下了一笔债，你心里的仇恨愈多，那么你活在这世上，就永远不会再有快乐的一天。”

说完了这句话，他就准备将杯中酒喝下去。但就在这时，突见刀光一闪。

刀光如闪电。

接着，“叮”的一响，丁乘风手里的酒杯已碎了，一柄刀随着酒杯的碎片落在桌上。

一柄飞刀！三寸七分长的飞刀！

傅红雪霍然回头，吃惊地看着叶开。

叶开的脸竟也已变得跟他同样苍白，但一双手却也是稳定的。

他凝视着丁乘风，丁乘风也在吃惊地看着他，道：“为什么？你为什么要这样做？”

叶开的声音很坚决，道：“因为我知道这杯中装的是毒酒，也知道这杯毒酒，本不该是你喝的。”

丁乘风动容道：“你……你这是什么意思？”

叶开叹了口气，道：“我的意思，你难道真的不明白？”

丁乘风看着他，面上的惊讶之色，突又变为悲痛伤感，黯然道：“那么我的意思你为何不明白？”

叶开道：“我明白，你是想用你自己的血，来洗清这段仇恨，只不过，这血，也不是你该流的。”

丁乘风动容道：“我流我自己的血，跟你又有什么关系？”

叶开道：“当然有关系。”

丁乘风厉声道：“你究竟是什么人？”

叶开道：“是个不愿看见无辜者流血的人。”

傅红雪也不禁动容，抢着道：“你说这人是个无辜的？”

叶开道：“不错。”

傅红雪道：“十九年前，那个在梅花庵外说‘人都来齐了么’的凶手，难道不是他？”

叶开道：“绝不是！”

傅红雪道：“你怎么知道的？你怎么敢确定？”

叶开道：“因为无论什么人在冰天雪地中，冻了一两个时辰后，说到‘人’这个字时，声音都难免有点改变的，可见他根本用不着为这原因去杀人灭口。”

傅红雪道：“你怎知在那种时候说到‘人’这个字时，声音都会改变？”

叶开想：“因为我试过。”

他不让傅红雪开口，接着又道：“何况，十九年前，梅花庵血案发生的那一天，他根本寸步都没有离开丁家庄。”

傅红雪道：“你有把握？”

叶开道：“我当然有把握！”

傅红雪道：“为什么？”

叶开说：“因为那天他右腿受了重伤，根本寸步难行，自从那天之后，他就没有再离开过丁家庄。因为直到现在，他腿上的伤还未痊愈，还跟你一样，是个行动不便的人。”

丁乘风霍然站起，瞪着他，却又黯然长叹了一声，慢慢地坐下，一张镇定冷落的脸，已变得仿佛又苍老了许多。

叶开接着又道：“而且我还知道，刺伤他右腿的人，就是昔日威震天下的金钱帮中的第一快剑，与飞剑客齐名的武林前辈……”

傅红雪失声道：“荆无命？”

叶开点头，道：“不错，就是荆无命，直到现在我才知道，荆无命为什么将他的快剑绝技，传授给路小佳了。”

他叹息着接道：“那想必是因为他和丁老庄主比剑之后，就惺惺相惜，互相器重，所以就将丁家一个不愿给别人知道的儿子带去教养。只可惜他的绝世剑法，虽造就了路小佳纵横天下的声名，他偏激的性格，却害了路小佳的一生。”

丁乘风诚然垂首，目中已有老泪盈眶。

傅红雪盯着叶开，厉声道：“你怎么会知道这些事的，你究竟是什么人？”

叶开迟疑着，目中又露出那种奇特的痛苦之色，竟似拿不定主意，不知道是不是应该回答他这句话。

傅红雪又忍不住问道："凶手若不是他，丁灵中杀人灭口，又是为了谁？"

叶开也没有回答这句话，突然回头，瞪着楼口。

只听楼下一个人冷冷道："是为了我。"

声音嘶哑低沉，无论谁听了，都会觉得很不舒服，可是随着这语声走上楼来的，却是个风华绝代的女人。她身上穿着件曳地的长袍，轻而柔软，脸上蒙着层烟雾般的黑纱，却使得她的美，更多了种神秘的凄艳，美得几乎有令人不可抗拒的魅力。

看见她走来，丁乘风的脸色立刻变了，失声道："你不该来的！"

这绝色丽人道："我一定要来。"

她声音和她的人完全不衬，谁也想不到这么美丽的一个女人，竟会有这么难听的声音。

傅红雪忍不住道："你说丁灵中杀人灭口，全是为了你？"

"不错。"

傅红雪道："为什么？"

"因为我才是你真正的仇人，白天羽就是死在我手上的！"

她声音里又充满了仇恨和怨毒，接着又道："因为我就是丁灵中的母亲！"

傅红雪的心似乎已沉了下去，丁乘风的心也沉了下去。

叶开呢？他的心事又有谁知道？

丁白云的目光正在黑纱中看着他，冷冷道："丁乘风是个怎么样的人，现在你想必已看出来，他为了我这个不争气的妹妹，竟想牺牲他自己，却不知他这么样做根本就没有原因的。"

她叹了口气，接着道："若不是你出手，这件事的后果也许就更不堪想象了，所以无论如何，我都很感激你。"

叶开苦笑，仿佛除了苦笑外，也不知该说什么了。

丁白云道："可是我也在奇怪，你究竟是什么人呢？怎么会知道得如此多？"

叶开道："我……"

丁白云却又打断了他的话，道："你用不着告诉我，我并不想知道你是什么人。"

她忽然回头，目光刀锋般从黑纱中看着傅红雪，道："我只想要你知道我是什么人！"

傅红雪紧握双拳，道："我……我已经知道你是什么人！"

丁白云突然狂笑，道："你知道？你真的知道？你知道的又有多少？"

傅红雪不能回答。他忽然发觉自己对任何人知道的都不多，因为他从来也不想去了解别人，也从未去尝试过。

丁白云还在不停地笑，她的笑声疯狂而凄厉，突然抬起手，用力扯下了蒙面的黑纱。

傅红雪怔住，每个人都怔住。

隐藏在黑纱中的这张脸，虽然很美，但却是完全僵硬的。

她虽在狂笑着，可是她的脸上却完全没有表情。这绝不是一张活人的脸，只不过是个面具而已。

等她再揭开这层面具的时候，傅红雪突然觉得全身都已冰冷。难道这才是她的脸？

傅红雪不敢相信，也不忍相信。

他从未见过世上有任何事比这张脸更令他吃惊，因为这也已不能算是一张人的脸。在这张脸上，根本已分不清人的五官和轮廓，只能看见一条条纵横交错的刀疤，也不知有多少条，看来竟像个被摔烂了的瓷土面具。

丁白云狂笑着道："你知不知道我这张脸怎会变成这样子的？"

傅红雪更不能回答，他只知道白云仙子昔日本是武林中有名的美人。

丁白云道："这是我自己用刀割出来的，一共划了七十七刀。因为我跟那个负心的男人在一起过了七十七天，我想起那一天的事，就在脸上划一刀，但那事却比割在我脸上的刀还要令我痛苦。"

她的声音更嘶哑，接着道："我恨我自己的这张脸，若不是因为这张脸，他就不会看上我，我又怎会为他痛苦终生？"

傅红雪连指尖都已冰冷。他了解这种感觉，因为他自己也有过这种痛苦，直到现在，他只要想起他在酗酒狂醉中所过的那些日子，他心里也像是被刀割着一样。

丁白云道："我不愿别人见到我这张脸，我不愿被人耻笑，但是我知道你绝不会笑我的，因为你母亲现在也绝不会比我好看多少。"

傅红雪不能否认。他忍不住又想起，那间屋子——屋子里没有别的颜色，只有黑！

自从他有记忆以来，他母亲就一直是生活在痛苦与黑暗中的。

丁白云道："你知不知道我声音怎么会变成这样子的？"

她接着道："因为那天我在梅花庵外说了句不该说的话，我不愿别人再听到我的声音，我就把我的嗓子也毁了。"

她说话的声音，本来和她的人同样美丽。

"人都来齐了么？……"她说这句话的时候，声音也还是美丽的，就像是春天山谷中的黄莺。傅红雪现在才明白叶开刚才说的话。她怕别人听出她的声音来，并不是因为那个"人"字，只不过因为她知道世上很少有人的声音能像她那么美丽动听。

丁白云道："丁灵中去杀人，都是我叫他去杀的，他自己并没有责任。他虽不知道我就是他的母亲，但却一直很听我的话，他……他一直是个听话的好孩子。"

她的声音又变得很温柔，慢慢地接着道："现在，我总算已知道他还没有死，现在，你当然也不会杀他了……所以现在我已可放心地死，也许我根本就不该多活这些年的。"

丁乘风突然厉声道："你也不能死！只要我还活着，就没有人能在我面前杀你！"

丁白云道："有的……也许只有一个人。"

丁乘风道："谁？"

丁白云道："我自己。"

她的声音很平静，慢慢地接着道："现在你们谁也不能阻拦我了，因为在我来的时候，已不想再活下去。"

丁乘风霍然长身而起，失声道："你难道已……已服了毒？"

丁白云点了点头，道："你也该知道，我配的毒酒，是无药可救的。”

丁乘风看着她，慢慢地坐了下来，眼泪也已流下。

丁白云道：“其实你根本就不必为我伤心，自从那天我亲手割下那负心人的头颅后，我就已死而无憾了。何况现在我已将他的头颅烧成了灰，拌着那杯毒酒喝了下去，现在无论谁再也不能分开我们了，我能够这么样死，你本该觉得很安慰才是。”

她说话的声音还是很平静，就像是在叙说一件很平常的事。但听的人却已都不禁听得毛骨悚然。现在叶开才知道，白天羽的头颅，并不是桃花娘子盗走的。但是他却实在分不清丁白云这么样做，究竟是为了爱？还是为了恨？无论这是爱是恨，都未免太疯狂、太可怕。

丁白云看着傅红雪，道：“你不妨回去告诉你母亲，杀死白天羽的人，现在也已死了，可是白天羽却已跟这个人合为一体，从今以后，无论在天上，还是在地下，他都要永远陪着我的。”

她不让傅红雪开口，又道：“现在我只想让你再看一个人。”

傅红雪忍不住问道：“谁？”

丁白云道：“马空群！”

她忽然回过身，向楼下招了招手，然后就有个人微笑着，慢慢地走上楼来。

他看来仿佛很愉快，这世上仿佛已没有什么能让他忧愁恐惧的事。他看见傅红雪和叶开时，也还是在同样微笑着。

这个人却赫然竟是马空群。

傅红雪苍白的脸突又涨红了起来，右手已握上左手的刀柄！

丁白云忽然大声道：“马空群，这个人还想杀你，你为什么还不逃？”

马空群竟还是微笑着，站在那里，连动也没有动。

丁白云也笑了，笑容使得她脸上七十七道刀疤突然同时扭曲，看来更是说不出的诡秘恐怖。

她微笑着道：“他当然不会逃的，他现在根本已不怕死……他现在根本就什么都不怕了，所有的仇恨和忧郁，他已全都忘记，因为他已喝下了我特地为他准备的，用忘忧草配成的药酒，现在他甚至已连自己是什么人都忘记了。”

可是傅红雪却没有忘，也忘不了。自从他懂得语言时，他听到的第一句话就是："去杀了马空群，替你父亲报仇！"

他也曾对自己发过誓："只要我再看见马空群，就绝不会再让他活下去，世上也绝没有任何人，任何事能阻拦我。"

在这一瞬间，他心里已只有仇恨，仇恨本已像毒草般在他心里生了根。

他甚至根本就没有听见丁白云在说什么，仿佛仇恨已将他整个人都投入了洪炉。

"……去将你仇人的头颅割下来，否则就不要回来见我……"

屋子里没有别的颜色，只有黑！这屋子里突然也像是变成了一片黑暗，天地间仿佛都已变成了一片黑暗，只能看得见马空群一个人。

马空群还是动也不动地坐在那里，竟似在看着傅红雪微笑。

傅红雪眼睛里充满了仇恨和杀机，他眼里却带着种虚幻迷惘的笑意，这不仅是个很鲜明的对比，简直是种讽刺。

傅红雪杀人的手，紧紧握住刀柄，手背上的青筋一根根凸起。

马空群忽然笑道："你手里为什么总是抓住这个又黑又脏的东西？这东西送给我，我也不要，你难道还怕我抢你的？"

这柄已不知杀过多少人，也不知将多少人逼得无路可走的魔刀，现在在他眼中看来，已只不过是个又黑又脏的东西。

这柄曾经被公认为武林第一天下无双的魔刀，现在在他眼中看来，竟似已不值一文。难道这才是这柄刀真正的价值？一个痴人眼中所能看见的，岂非总是最真实的？傅红雪的身子突又开始颤抖，突然拔刀，闪电般向马空群的头砍下去。

就在这时，又是刀光一闪！只听"叮"的一响，傅红雪手里的刀，突然断成两截。

折断的半截刀锋，和一柄短刀同时落在地上。一柄三寸七分长的短刀。一柄飞刀！

傅红雪霍然转身，瞪着叶开，嗄声道："是你？"

叶开点点头，道："是我。"

傅红雪道："你为什么不让我杀了他？"

叶开道："因为你本来就不必杀他，也根本没有理由杀他。"

他脸上又露出那种奇特而悲伤的表情。

傅红雪瞪着他，目中似已有火焰在燃烧，道："你说我没有理由杀他？"

叶开道："不错。"

傅红雪厉色道："我一家人都已经死在他的手上，这笔血债已积了十九年，他若有十条命，我就该杀他十次。"

叶开忽然长长叹息了一声，道："你错了。"

傅红雪道："我错在哪里？"

叶开道："你恨错了。"

傅红雪怒道："我难道不该杀他？"

叶开道："不该！"

傅红雪道："为什么？"

叶开道："因为他杀的，并不是你的父母亲人，你跟他之间，本没有任何仇恨。"

这句话就像一座突然爆发的火山。世上绝没有任何人说的任何一句话，能比这句话更令人吃惊。

叶开凝视着傅红雪，缓缓道："你恨他，只不过是因为有人要你恨他！"

傅红雪全身都在颤抖。若是别人对他说这种话，他绝不会听。

但现在说话的人是叶开，他知道叶开绝不是个胡言乱语的人。

叶开道："仇恨就像是一棵毒草，若有人将它种在你心里，它就会在你心里生根，它并不是生来就在你心里的。"

傅红雪紧握着双拳，终于勉强说出了三个字："我不懂。"

叶开道："仇恨是后天的，所以每个人都可能会恨错，只有爱才是永远不会错的。"

丁乘风的脸已因激动兴奋而发红，忽然大声道："说得好，说得太好了。"

丁白云的脸却更苍白，道："但是他说的话，我还是连一句都不懂。"

叶开长长叹息，道："你应该懂的。"

丁白云道："为什么？"

叶开道："因为只有你才知道，丁灵中并不是丁老庄主的亲生子。"

丁白云的脸色又变了，失声道："傅红雪难道也不是白家的后代？"

叶开道："绝不是！"

这句话说出来，又像是一声霹雳击下。

每个人都在吃惊地看着叶开。

丁白云道："你……你说谎！"

叶开笑了笑，笑得很凄凉。他并没有否认，因为，他根本就用不着否认，无论谁都看得出，他绝不是说谎的。

丁白云道："你怎么会知道这秘密？"

叶开黯然道："这并不是秘密，只不过是个悲惨的故事，你自己若也是这悲惨故事中的人，又怎么会不知道这故事？"

丁白云失声问道："你……难道你才是白天羽的儿子？"

叶开道："我是……"

傅红雪突然冲过来，一把揪住了他的衣襟，怒吼道："你说谎！"

叶开笑得更凄凉。他还是没有否认，傅红雪当然也看得出他绝不是说谎。

丁白云突又问道："这个秘密难道连花白凤也不知道？"

叶开点点头，道："她也不知道。"

丁白云诧异道："她连自己的儿子究竟是谁都不知道？"

叶开黯然地答道："因为这件事本来就是要瞒着她的。"

丁白云道："这究竟是怎么回事？"

第四十六章

爱是永恒

叶开迟疑着，显得更痛苦。

他本不愿说起这件事，但现在却已到了非说不可的时候。

原来花白凤有了身孕的时候，白夫人就已知道。她无疑是个心机非常深沉的女人，虽然知道她的丈夫有了外遇，表面上却丝毫不露声色。

她早已有法子要她的丈夫和这个女人断绝关系，只不过，无论怎么样，花白凤生下来的孩子，总是白家的骨血。她毕竟不肯让白家的骨血留在别人手里。因为这孩子若还在花白凤身边，她和白天羽之间，就永远都有种斩也斩不断的关系，白天羽迟早总难免要去看看自己的孩子。

所以白夫人竟设法收买了花白凤的接生婆，用一个别人的孩子，将她生的孩子换走。

花白凤正在昏迷痛苦中，当然不会知道襁褓中的婴儿，已不是自己的骨血。等她清醒时，白夫人早已将她的孩子带走了。

白夫人未出嫁时，有个很要好的姐妹，嫁给了一个姓叶的镖师。这人叫叶平，他的人就和他的名字一样，平凡而老实，在武林中虽然没有很大的名气，但却是少林正宗的俗家弟子。

名门弟子，在武林中总是比较容易立足的，他们恰巧没有儿子，所以白夫人就将花白凤的孩子交给他们收养，她暂时还不愿让白天羽知道这件事。

到那时为止，这秘密还只有她和叶夫人知道，连叶平都不知道这孩子的来历。

第三个知道这秘密的人是小李探花——在当时就已被武林中大多数人尊为神圣的李寻欢！

因为白夫人心机虽深沉，却并不是个心肠恶毒的女人——在自己的丈夫有了外遇时，每个女人心机都会变得深沉的。

白夫人做了这件事后，心里又对这孩子有些歉疚之意，她知道以叶平的武功，绝不能将这孩子培养成武林中的高手，她希望白家所有的人，都能在武林中出人头地。所以她将这秘密告诉了李寻欢，因为李寻欢曾经答应过，要将自己的飞刀神技，传授给白家的一个儿子。

她知道李寻欢一定会实践这诺言，她也信任李寻欢绝不会说出这秘密。

世上绝没有任何人不信任李寻欢，就连他的仇人都不例外。

李寻欢果然实践了他的诺言，果然没有说出这秘密。但他却也知道，世上绝没有能长久隐瞒的秘密，这孩子总有一天会知道自己身世的。

所以他从小就告诉这孩子，仇恨所能带给一个人的，只有痛苦和毁灭，爱才是永恒的。

他告诉这孩子，要学会如何去爱人，那远比去学如何杀人更重要。

只有真正懂得这道理的人，才配学他的小李飞刀；也只有真正懂得这道理的人，才能体会到小李飞刀的精髓！

然后，他才将他的飞刀传授给叶开。

这的确是个悲惨的故事，叶开一直不愿说出来，因为他知道这件事的真相，一定会伤害到很多人。

伤害得最深的，当然还是傅红雪。

傅红雪已松开了手，一步步往后退，似连站都已站不住了。

他本是为了仇恨而生的，现在却像是个站在高空绳索上的人，突然失去了重心。

仇恨虽然令他痛苦，但这种痛苦却是严肃的、神圣的。

现在他只觉得自己很可笑，可怜而可笑。

他从未可怜过自己，因为无论他的境遇多么悲惨，至少还能以他的家世为荣，现在他却连自己的父母究竟是谁都不知道。

翠浓死的时候，他以为自己已遭遇到人世间最痛苦不幸的事，现在他才知道，世上原来还有更大的痛苦、更大的不幸。

叶开看着他，目光中也充满了痛苦和歉疚。

这秘密本是叶夫人临终时才说出来的，因为叶夫人认为每个人都应该知道自己的身世，也有权知道。

傅红雪也是人，也同样有权知道。

叶开黯然道：“我本来的确早就该告诉你的，我几次想说出来，却又……”

他实在不知道应该怎么样将自己的意思说出来，傅红雪也没有让他说下去。

傅红雪的目光一直在避免接触到叶开的眼睛，却很快地说出两句话：“我并不怪你，因为你并没有错……”

他迟疑着，终于又说了句叶开永远也不会忘记的话：“我也不恨你，我已不会再恨任何人。”

这句话还没有说完的时候，他已转过身，走下楼去，走路的姿态看来还是那么奇特、那么笨拙，他这人本身就像是个悲剧。叶开看着他，并没有阻拦，直到他已走下楼，才忽然大声道：“你也没有错，错的是仇恨，仇恨这件事本身就是错的。”

傅红雪并没有回头，甚至好像根本就没有听见这句话。

但当他走下楼之后，他的身子已挺直。他走路的姿态虽然奇特而笨拙，但他却一直在不停地走。他并没有倒下去。

有几次甚至连他自己都以为自己要倒下去，可是他并没有倒下去。

叶开忽然叹了口气，喃喃道：“他会好的。”

丁乘风看着他，眼睛里带着种沉思之色。

叶开又道：“他现在就像是个受了重伤的人，但只要他还活着，无论伤口有多么深，都总有一日会好的。”

他忽又笑了笑，接着道：“人，有时也像是壁虎一样，就算割断它的尾巴，它还是很快就会再长出一条新的尾巴来。”

丁乘风也笑了，微笑着说道：“这比喻很好，非常好。”

他们彼此凝视着，忽然觉得彼此间有了种奇怪的了解。

就好像已是多年的朋友一样。

丁乘风道：“这件事你本不想说出来的？”

叶开道：“我本来总觉得说出这件事后，无论对谁都没有好处。”

丁乘风道：“但现在你的想法变了。”

叶开点点头，道：“因为我现在已发觉，我们大家为这件事付出的代价都已太多了。”

丁乘风道：“所以你已将这件事结束？”

叶开又点点头。

丁乘风忽然看了丁白云一眼，道：“她若不死，这件事是不是也同样能结束？”

叶开道：“她本来就不必死的。”

丁乘风道：“哦？”

叶开道：“她就算做错了事，也早已付出了她的代价。”

丁乘风黯然。

只有他知道她付出的代价是多么惨痛。

叶开凝视着他，忽又笑了笑，道：“你当然也知道她根本就不会死的，是不是？”

丁乘风迟疑着，终于点了点头，道：“是的，她不会死也不必死……”

丁白云很吃惊地看着他，失声地道：“你……你难道……”

丁乘风叹道：“我早已知道你为你自己准备了一瓶毒酒，所以……”

丁白云动容道：“所以你就将那瓶毒酒换走了？”

丁乘风道：“我早已将你所有的毒酒都换走了，你就算将那些毒酒全喝下去，最多也只不过大醉一场而已。”

他微笑着，接着又道：“一个像我这样的老古板，有时也会做一两件狡猾事的。”

丁白云瞪着他看了很久，忽然大笑。

丁乘风忍不住问道：“你笑什么？”

丁白云道：“我在笑我自己。”

丁乘风道：“笑你自己？”

丁白云道：“花白凤都没有死，我为什么一定要死？”

她的笑声听来凄清而悲伤，甚至根本分不出是哭是笑：“我现在才知道她比我还可怜，她甚至连自己的儿子是谁都不知道，连她都能活得下去，我为什么就活不下去？”

丁乘风道：“你本来就应该活下去，每个人都应该活下去。”

丁白云忽然指着马空群，道：“他呢？”

丁乘风道：“他怎么样？”

丁白云道：“我喝下的毒酒，若根本不是毒酒，他喝的岂非也……”

丁乘风道：“你让他喝下去的，也只不过是瓶陈年大曲而已。”

马空群的脸色突然变了。

丁乘风道：“也许他早已知道你要对付他的。”

丁白云道：“所以他看见我桌上有酒，就立刻故意喝了下去。”

丁乘风点点头，道：“你当然也应该知道，他本来绝不是个肯随便喝酒的人！”

丁白云道：“然后他又故意装出中毒的样子，等着看我要怎样对付他。”

丁乘风道：“你怎么对付他的？”

丁白云苦笑道：“我居然告诉了他，那瓶酒是用忘忧草配成的。”

丁乘风道：“他当然知道吃了忘忧草之后，会有什么反应。”

丁白云道：“所以他就故意装成这样子，不但骗过了我，也骗过了那些想杀他的人。”

马空群脸上又充满了惊惶和恐惧，突然从靴里抽出柄刀，反手向自己胸膛上刺了下去。

就在这时，又是刀光一闪，他手里的刀立刻被打落，当然是被一柄三寸七分长的飞刀打落的。

马空群霍然抬头，瞪着叶开，嗄声道：“你……你难道连死都不让我死？”

叶开淡淡道：“我只想问你，你为什么忽然又要死了？”

马空群握紧双拳道：“我难道连死都不能死！”

叶开：“你喝下去的，若真是毒酒，现在岂非还可以活着？”

马空群无法否认。

叶开道：“就因为那酒里没有毒，你现在反而要死，这岂非是件很滑稽的事？”

马空群也无法回答，他忽然也觉得这是件很滑稽的事，滑稽得令他只想哭一场。

叶开道：“你认为那忘忧草既然能令你忘记所有的痛苦和仇恨，别人也就会忘记你的仇恨了？”

马空群只有承认，他的确是这样想的。

叶开叹了口气，道：“其实除了忘忧草之外，还有样东西，也同样可以令你忘记那痛苦和仇恨的。”

马空群忍不住问道：“那是什么？”

叶开道：“那就是宽恕。”

马空群道：“宽恕？”

叶开道：“若连你自己都无法宽恕自己，别人又怎么会宽恕你？”

他接着又道：“但一个人也只有在他已真的能宽恕别人时，才能宽恕他自己，所以你若已真的宽恕别人，别人也同样宽恕了你。”

马空群垂下了头。

这道理他并不太懂。在他生存的那世界里，一向都认为“报复”远比“宽恕”更正确，更有男子气。

但他们都忘了要做到“宽恕”这两个字，不但要有一颗伟大的心，还得要有勇气——比报复更需要勇气。那实在远比报复更困难得多。

马空群永远不会懂得这道理。所以别人纵已宽恕了他，他却永远无法宽恕自己。

他痛苦、悔恨，也许并不是因为他的过错和恶毒，而是因为他的过错被人发现——“这本该是个永远不会有人知道的秘密，我本该做得更好些……”

他握紧双拳，冷汗开始流下。无论什么样的悔恨，都同样令人痛苦。

他忽然冲过去，抓起屋角小桌上的一坛酒，他将这坛酒全都喝下去。

然后他就倒下，烂醉如泥。

叶开看着他，心里忽然觉得有种无法形容的同情和怜悯。

他知道这个人从此已不会再有一天快乐的日子。

这个人已不需要别人再来惩罚他，因为他已惩罚了自己。

屋子里静寂而和平。所有的战争和苦难都已过去。

能看着一件事因仇恨而开始，因宽恕而结束，无疑是愉快的。

丁乘风看着叶开，苍白疲倦的眼睛里，带着种说不出的感激。

那甚至已不是感激，而是种比感激更高贵的情感。

他正想说话的时候，就看见他的女儿从楼下冲了上来。

丁灵琳的脸色显得苍白而痛苦，喘息着道："三哥走了。"

她忽然想起路小佳也是她的三哥，所以很快地接着又道："两个三哥都走了。"

丁乘风皱起了眉："两个三哥？"

丁灵琳道："丁灵中是自己走的，我们想拦住他，可是他一定要走。"

叶开了解丁灵中的心情，他觉得自己已无颜再留在这里，他一定要做些事为自己的过错赎罪。

丁灵中本就是很善良的年轻人，只要能有一个好的开始，他一定会好好地做下去。

叶开了解他，也信任他。

因为他们本是同一血缘的兄弟！

丁灵琳又说道："路小佳也走了，是被一个人带走的。"

叶开忍不住问道："他没有死？"

丁灵琳道："我们本来以为他的伤已无救，可是那人却说他还有法子让他活下去。"

叶开道："那个人是谁？"

丁灵琳道："我不认得他，我们本来也不让他把路……路三哥带走的，可是我们根本就没法子阻拦他。"

她脸上又露出种惊惧之色，接着道："我从来也没见过武功那么高的人，只轻轻挥了挥手，我们就近不了他的身。"

叶开动容道："他是个什么样的人？"

丁灵琳道："是个独臂人，穿着件很奇怪的黄麻长衫，一双眼睛好像是死灰色的，我也从来没有见过任何人有那种眼睛。"

丁乘风也已悚然动容，失声道："荆无命！"

荆无命！这名字本身也像是有种慑人的魔力。

丁乘风道："他没有亲人，也没有朋友，一向将路小佳当作他自己的儿子，他既然肯将小佳带走，小佳就绝不会死了。"

这老人显然在安慰着自己，叶开已发觉他并不是传说中那种冷酷无情的人。

他冷漠的脸上已充满感情，喃喃地低语着："他既然来了，应该看看我的。"

叶开苦笑道："他绝不会来，因为他知道有个小李探花的弟子在这里。"

丁乘风道："你难道认为他还没有忘记他和小李探花之间的仇恨？"

叶开叹息着，说道："有些事是永远忘不了的，因为……"

因为荆无命也是马空群那种人，永远不会了解"宽恕"这两个字的意思。

叶开心里在这么想，却没有说出来，他并不想要求每个人都和他同样宽大。

就在这时，一扇半掩着的窗户忽然被风吹开。一阵很奇怪的风。

然后，他就听见窗外有人道："我一直都在这里，只可惜你看不见而已。"

说话的声音冷漠而骄傲，每个字都说得很慢，仿佛已不习惯用言语来表达自己的意思。他要表达自己的思想，通常都用另一种更直接的法子。

他的思想也一向不需要别人了解。

荆无命！只听见这种说话的声音，叶开已知道是荆无命了。

他转过身，就看见一个黄衫人标枪般站在池畔的枯柳下。

他看不见这个人脸上的表情，只看见了一双奇特的眼睛，像野兽般闪闪发光。

这双眼睛也正在看着他："你就是叶开？"

叶开点点头。

荆无命道："你知道我是什么人？"

叶开又点点头。他显然不愿荆无命将他看成个多嘴的人，所以能不说话的时候，他绝不开口。

荆无命盯着他，过了很久，忽然叹息了一声。

叶开觉得很吃惊，他从未想到这个人居然也有叹息的时候。

荆无命缓缓道："我已有多年未曾见到李寻欢了，我一直都在找他。"

他的声音突然提高，又道："因为我还想找他比一比，究竟是他的刀快，还是我的剑快！"

叶开听着，只有听着。

荆无命竟又叹息了一声，道："但现在我却已改变了主意，你可知道为了什么？"

叶开当然不知道。

荆无命道："是因为你。"

叶开又很意外："因为我？"

荆无命："看见了你，我才知道我是比不上李寻欢的。"

他冷漠的声音竟似变得有些伤感，过了很久，才接着道："路小佳只懂得杀人，可是你……你刚才出手三次，却都是为了救人的命！"

刀本是用来杀人的。

懂得用刀杀人，并不困难，要懂得如何用刀救人，才是件困难的事。

叶开想不到荆无命居然也懂得这道理。

多年来的寂寞和孤独，显然已使得这无情的杀人者想通了很多事。

孤独和寂寞，本就是最适于思想的。

荆无命忽然又问道："你知不知道'百晓生'这个人？"

叶开点点头。

百晓生作"兵器谱"，品评天下英雄，已在武林的历史中，留下永不磨灭的一笔。

荆无命道："他虽然并不是正直的人，但他的兵器谱却很公正。"

叶开相信。

不公正的事，是绝对站不住的，但百晓生的兵器谱却已流传至今。

荆无命道："上官金虹虽然死在李寻欢手里，但他的武功，却的确在李寻欢之上。"

叶开在听着。

上官金虹和李寻欢的那一战，在江湖中已被传说得接近神话。

神话总是美丽动人的，但却绝不会真实。

荆无命道：“李寻欢能杀上官金虹，并不是因为他的武功，而是因为他的信心。”

李寻欢一直相信正义必定战胜邪恶，公道必定常在人间。所以他胜了。

荆无命道：“他们交手时，只有我一个人是亲眼看见的，我看得出他的武功，实在不如上官金虹，我一直不懂，他怎么会战胜的。”

他慢慢地接着道：“但现在我已了解，一件兵器的真正价值，并不在它的本身，而在于它做的事。”

叶开承认。

荆无命道：“李寻欢能杀上官金虹，只因为他并不是为了想杀人而出手的——他做的事，上可无愧于天下，下则无怍于人。”

一个人若为了公道和正义而战，就绝不会败。

荆无命道：“百晓生若也懂得这道理，他就该将李寻欢的刀列为天下第一。”

叶开看着他，突然对这个难以了解的人，生出种说不出的尊敬之意。

无论谁能懂得这道理，都应该受到尊敬。

荆无命也在凝视着他，缓缓道：“所以现在若有人再作兵器谱，就应该将你的刀列为天下第一。因为你刚才做的事，是任何人都做不到的，所以你这柄刀的价值，也绝没有任何兵器能比得上！”

一阵风吹过，荆无命的人已消失在风里。

他本就是个和风一样难以捉摸的人。

叶开迎风而立，只觉得胸中热血澎湃，久久难以平息。

丁灵琳在旁边痴痴地看着他，目中也充满了爱和尊敬。

女人的情感是奇怪的，你若得不到她们的尊敬，也得不到她们的爱。

她们和男人不同。

男人会因怜悯和同情而生出爱，女人却只有爱她们所尊敬的男人。

你若见到女人因为怜悯而爱上一个人，你就可以断定，那种爱绝不是真实的，而且绝不能长久。

丁乘风当然看得出他女儿的心意，他自己也正以这年轻人为荣。

像这样一个年轻人，无论谁都会以他为荣的。

丁乘风走到他身旁，忽然道："你现在当然已不必再隐瞒你的身世。"

叶开点点头，道："但我也不能忘记叶家的养育之恩。"

丁乘风接着道："除了你之外，他们也没有别的子女？"

叶开道："他们没有！"

丁乘风道："所以你还是姓叶？"

叶开道："是的。"

丁乘风道："木叶的叶，开朗的开？"

叶开道："是的。"

丁乘风道："你一定会奇怪我为什么要问这些话，但我却不能不问个清楚，因为……"

他看着他的女儿，目中已露出笑意，慢慢地接着道："因为我只有这么一个女儿，我若要将她交给别人时，至少总不能不知道这个人是姓什么的。"

现在他已知道这个人叫叶开。

他相信天下武林中人都一定很快就会知道这个人的名字。

《小李飞刀2：边城浪子》完

相关情节请看《小李飞刀3：九月鹰飞》

后　记

《风云第一刀》[1]终于已结束。

近年来，我已很少写这么长的故事，太长的故事总难免芜杂沉闷。

我这么样写，是因为我一心希望能在这故事里，写出一点新的观念来，一心希望这故事能有一个在新观念中孕育成的主题。

仇恨和报复，虽然并不可耻，但也绝不值得尊敬。

仇恨虽然是种原始而古老的情感，但绝不是与生俱来的。爱和宽恕，才是人类的本性。

这就是我这故事的主题。

我不知道这故事是不是已能将它的主题表达明白，我只知道，假如每个人都能以“宽恕”代替“报复”，这世界无疑就会变得更美好些。

每本小说，都应该有它的主题，武侠小说也一样，除非你认为武侠小说根本就不是小说。

事实上，的确有很多人都是这么想的，其中甚至包括了武侠小说的作者。

假如连武侠小说的作者本身都已看轻武侠小说，又怎么能期望别人重视它？

难道残酷的流血报复，真是武侠中不可缺少的？

难道武侠小说中，真的只有这些因素才能吸引读者吗？

我不相信。

假如你真的这么样想，就未免看轻了武侠小说的读者。

1　即《边城浪子》初名。——编者注

《小妇人》中，写的是家庭的温暖、亲情的甜蜜；《战争与和平》《乱世佳人》写的是时代的变动、战争的残酷，和人类在战争动乱中所表现出的博爱和信心。

《双城记》写的是爱情和友情的伟大；《人性枷锁》《红与蓝》[1]写人性的欲望，克服这种欲望的痛苦和矛盾。

《波城世家》写新旧两代间的冲突；《柏林孤城录》写人类如何为了自由而毅然肩负伟大的责任；《海狼》《白鲸》《老人与海》写的是人类不可克服的恐惧，和他们在恐惧中所表现的伟大勇气。

《傲慢与偏见》的主题，则更明显。

这些小说的主题，虽然严肃，但也同样充满了紧张、趣味和悬疑。

人性的冲突，才真正是任何小说中都不能缺少的动人因素。

作为一个“写武侠小说的”，我当然绝不反对以诡谲变化、惊人的情节和性格凸出的英雄人物来吸引读者的。我只不过觉得，除了这些之外，还应该再给读者一点别的东西，一些可以振奋人心的东西。一些可以让别人承认武侠小说也是小说的东西。

但我也知道，新的尝试不但冒险，而且通常总是吃力而不讨好的。

可是我心甘情愿。

因为我是个“写武侠小说的”，我总希望写武侠小说的人，将来也能被人称为“作家”，和别的作家一样受到重视。

我总希望武侠小说将来也能被人称为“小说”，和别的小说一样，可以让人堂堂皇皇地摆在客厅里。

古 龙

一九七二年九月二十日

1 当为《红与黑》。——编者注